SADIE JONES

AUFS LAND

ROMAN

Aus dem Englischen
von Katrin Segerer

 PENGUIN VERLAG

Die Originalausgabe erschien 2022
unter dem Titel *Amy and Lan* bei Vintage,
einem Imprint von Penguin Random House UK, London.

Der Verlag behält sich die Verwertung des urheberrechtlich
geschützten Inhalts dieses Werkes für Zwecke des Text-
und Data-Minings nach § 44b UrhG ausdrücklich vor.
Jegliche unbefugte Nutzung ist hiermit ausgeschlossen.

Penguin Random House Verlagsgruppe FSC® N001967

1. Auflage
Copyright © der Originalausgabe Sadie Jones 2022
Copyright © der deutschsprachigen Ausgabe 2024
Penguin Random House Verlagsgruppe GmbH,
Neumarkter Str. 28, 81673 München

Redaktion: Uta Rupprecht
Umschlaggestaltung: Sabine Kwauka
nach einem Entwurf von Amy Moss
Umschlagabbildung: © istockphoto/Fertnig;
shutterstock/maradon 333; shutterstock/Persian rugs;
© shutterstock/NOPPHARAT9889
Satz: satz-bau Leingärtner, Nabburg
Druck und Bindung: GGP Media GmbH, Pößneck
Printed in Germany
ISBN 978-3-328-60330-6

www.penguin-verlag.de

Für Mark und Tarn, in Liebe und Dankbarkeit

HERBST

2005

1

HALLOWEEN

Lan

Ich und Amy sind beide sieben.

Der Bach hier unten ist so eiskalt, dass uns die Füße wehtun. Ich halte das nicht aus, abcr Amy stört es nicht, deswegen stehe ich am Ufer oder sitze in einem Baum, während sie durchs Wasser watet und über Sachen redet, die sie nicht leiden kann oder die ganz okay sind.

Die Hauptsachen sind, wir wollen das Halloweenfeuer anzünden, und wir haben Hunger.

Amy kommt aus dem Wasser und versucht, die nassen Füße wieder in die Gummistiefel zu stecken, aber das klappt nicht. »Dämliche Scheißdinger«, flucht sie und läuft einfach mit halb angezogenen Stiefeln neben mir her heim. Die leeren Stiefelfüße sind zur Seite abgeknickt, was aussieht, als hätte sie sich die Beine gebrochen. An Socken denkt sie fast nie.

Es geht lange den Hügel rauf. Ich laufe rückwärts, damit ich langsam genug für sie bin. Hinter ihr wippt der Wald auf und ab. Vögel fliegen von den Ästen auf und machen hohle Geräusche. Wir erreichen das Ende des Felds und den Weg, klettern über das Gattertor und überqueren den Hof. Amy erzählt die ganze Zeit weiter, während sie auf den Gummistiefelschäften dahinschlappt.

Drinnen ist es gleich viel wärmer und riecht nach Kürbissuppe und Würstchen. Amy kickt die doofen Stiefel weg, und wir werfen unseren Kram hinter der Tür auf den Boden. Der Küchentisch ist voll von Walkers Ready Salted Chips und Brötchen wegen der Party, außerdem von großen Töpfen mit kaltem Wasser und Karotten drin. Jim kniet vor dem Rayburn und versucht, ihn wieder in Gang zu bringen, und unsere Mamas stehen mit verschränkten Armen hinter ihm und gucken. Wir fragen, ob wir das Halloweenfeuer anzünden dürfen, und Jim antwortet: »Schauen wir mal«, aber er hört gar nicht zu, weil wenn der Rayburn ausgeht, wird es im gesamten Bauernhaus mit jeder Sekunde kälter. »Zieh dir Socken an, Amy«, sagt Harriet, und Amy stöhnt bloß: »Mamaaa«, weil sie keine Socken dahat und bestimmt nicht hochläuft, um welche zu holen. Harriet fällt so was wie nackte Füße auf. Meine Mama hat uns wahrscheinlich noch gar nicht bemerkt. Jim sagt: »Da bist du ja, Lan, gibst du mir mal das WD-40?« Seine Stimme ist voll, aber nicht dröhnend und laut wie die von Amys Papa. Jim hat eindeutig die schönste Erwachsenenstimme, und er lässt mich immer helfen. Ich reiche ihm Schmieröl und Schraubenschlüssel, und er bedankt sich, als wäre ich auch ein Erwachsener.

Harriet schimpft über den Rayburn, und Mama meckert Jim an. Der erklärt, dass es letztes Mal bloß der Docht war, also keine *richtige* Reparatur, aber Mama meckert trotzdem, weil sie verheiratet sind. »Mir ist langweilig«, brummt Amy, und ich sage: »Hauen wir ab.« Ich schnappe mir ein paar Chips vom Tisch, Amy nimmt eine Handvoll Karotten, und wir gehen wieder raus. Die nassen Karotten tropfen auf den Steinboden. Amy sucht sich ein anderes Paar Stiefel aus dem Haufen, mit aufgestickten Blumen und Fleecefutter, viel zu groß. Die hat wohl irgendwer nach dem Spielen oder so hier vergessen.

Der Hof draußen ist Schlammsuppe. Der Himmel spiegelt sich darin wie in einem See. Wenn der Boden sich in eine riesige Pfütze verwandelt, können wir Kinder auf dem Popo drüberflitschen, bis alles voller Furchen ist, aber ich und Amy haben's eilig, weil wir das Halloweenfeuer höher bauen wollen. Es steht am Ende des Hofs und ist gigantisch. Lattenkisten und Gestrüpp und ein paar alte schwarze Bretter ragen raus, und mit der Plane obendrüber sieht es aus wie ein Vulkan. »Wir brauchen auf jeden Fall mehr Holz«, meint Amy, »los, komm.« Wir laufen zum Holzverschlag, wo die Scheite lagern.

Scheite sind eigentlich kein Halloweenfeuerholz, aber wir können welche reinschmuggeln.

Auf der einen Seite vom Verschlag liegen die fertigen Scheite und auf der anderen die, die noch nicht gehackt sind. In der Mitte steht die Schubkarre, und Äxte und Sägen hängen an Haken. Wenn wir den Holzstapel hochklettern, rutschen die Scheite, und wir schreien: »Baaaum fällt!«, und schrappen den ganzen Weg nach unten über Dreck und Käfer. Ein paar von den Scheiten haben richtig scharfe Kanten. Ich und Amy kriegen fast jeden Tag Splitter. Aber wir können eine Nadel mit einem Streichholz sterilisieren. Dann halten wir sie ganz flach, so wie Jim es uns gezeigt hat, und schieben den Splitter hoch. Wir stecken sie nicht gerade in die Haut und bohren ein Loch, weil das »tut scheiße weh«, wie Amy sagt. Bei den Kleinen machen wir auch die Splitter raus. Die heulen immer.

Wir verputzen die Chips und die Karotten und schlecken uns die salzigen Finger ab, dann klettere ich auf einen Eimer und hole eine Axt runter. Nur die kleine, die die Mamas benutzen, aber der Stiel ist nicht leicht zu fassen, weil er so glänzt, und das Blatt ist echt schwer, deswegen brauche ich beide Hände.

Ich umklammere den Stiel und schwinge die Axt um den Kopf rum, während Amy zum Halloweenfeuer rüberschaut.

Bis heute Abend dauert es noch ewig. Uns ist sooo langweilig.

Ich will eine richtige 8 hinkriegen, keine Baby-8, das sind nur zwei Nullen übereinander. Ich schwinge die Axt hoch, um den Kopf rum, runter zum Boden und wieder hoch. Es soll pfeifen, wie bei einem Seil, aber die Axt bewegt sich nicht schnell genug. Meine Schulter tut weh, und ich kriege die Drehung nur in eine Richtung gut hin, andersrum ist sie zwar schnell, aber ruckelig, und ich verliere das Gleichgewicht, weil die Axt so schwer ist. Sie zieht mich mit. Ich wirble im Kreis und lasse sie fast los, aber nur fast.

Mir ist ganz schwindelig.

Plötzlich steht Amy vor mir, genau in meiner Schwingbahn, und mein Körper weiß nicht, was er tun soll, deswegen saust die Axt zu Boden, blitzeschnell, mitten auf ihren Fuß, in ihren Stiefel rein und durch, mit einem *Ratsch* und einem *Flupp*.

Amy jault auf, wie unsere Hündin Christabel, als sie vom Lada angefahren worden ist. Sie starrt runter auf die Axt, genau wie ich. Der Griff ragt in die Luft, und das Blatt ist durch ihren Fuß in die Erde gefahren.

Meine Beine knicken weg, und ich lande auf dem Po. Amy japst nach Luft und speit Chips und Karotten auf ihre Füße und überallhin.

Aber sie schreit nicht. Und da ist auch kein Blut. Ich habe sie nicht zerhackt. Die Klinge hat ihre Zehen nicht mal berührt, nur die komplette Stiefelspitze abgeschnitten, bis auf ein paar faserige Fäden, an denen sie noch hängt.

Amy fällt auf die Knie und fängt an zu weinen, wobei ihr noch mehr Stücke und Krümel aus dem Mund purzeln. Die abgeschnittene Schuhspitze liegt da und starrt mich an. Wir beäugen die Axt, als könnte sie uns jederzeit angreifen. Dann fassen wir zusammen mit Wabbelfingern nach dem Stiel und ziehen sie raus. Meine Hände fühlen sich an, als würden sie verbrennen, und Amy macht wieder dieses Geräusch, als hätte sie wirklich alle Zehen verloren. In meinem Kopf sehe ich Blut. Amy auch, deswegen gucken wir noch mal nach.

Da ist definitiv kein Blut. Nur Amys weiße Zehen, wie in einer Sandale.

Wir legen die Axt weit genug weg, damit wir in Sicherheit sind, selbst wenn sie sich von allein bewegt, was gut passieren könnte, dann liegen wir auf der Seite und schnaufen, als wären wir gerannt. Amys Augen sind aufgerissen, und im Blau spiegeln sich kleine Fenster. Ich würde am liebsten ins Bett kriechen. Meine Brust ist ganz zittrig, und Amy lutscht am Daumen, was sie eigentlich gar nicht so oft macht.

Irgendwann rappeln wir uns wieder auf, nehmen die geklauten Stiefel und die abgeschnittene Spitze, huschen aus dem Verschlag, als gerade keiner guckt, und verstecken sie tief im Halloweenfeuer. Amy wäscht sich an der Tränke den Mund aus. Auf dem Weg zurück über den Hof quillt der Schlamm zwischen ihren blassblauen Zehen durch.

Mittlerweile sieht man in der Pfütze nicht mehr den Himmel, sie ist einfach nur dunkel.

»Erwachsene behaupten immer, dass alles gefährlich ist«, verkündet Amy. »Aber das stimmt nicht.« Sie hat recht.

»Nö.«

»Wir sind vorsichtig«, fügt sie hinzu.

Erwachsene sagen Sachen wie:

»Pass auf!«

»Achtung, das ist scharf.«

»Du brichst dir noch den Hals.«

»Verbrenn dir nicht die Finger.«

Aber wir sind schon mitten auf rostige Nägel getreten und haben nicht mal Wundstarrkrampf gekriegt. Und wir haben die Herdplatte angefasst. Das machen wir natürlich nicht noch mal, wir sind ja nicht blöd. Gefährliche Sachen sind gar nicht gefährlich, wenn man so klug ist wie wir und so cool wie wir.

Amy

Bei mir ist niemand, weil alle noch bei Lan in der Küche sind, also haben wir das ganze Haus für uns, und es gibt warmes Wasser, weil alles vom AGA geheizt wird, und der ist noch kein einziges Mal kaputtgegangen. Ich und Lan lassen die Badewanne randvoll laufen. Das Wasser ist heiß, aber manchmal kriegen wir einen kalten Tropfen von der Decke ab, wegen der Kondensation. Unsere Haut wird knallrot. In den Seifenrillen klebt Dreck, und auf dem Wasser schwimmen Schauminseln wie Eisschollen, die wir antippen, nur ganz sanft, damit sie nicht zerplatzen. Wegen der winzigen Eisbären drauf, die wir uns ausmalen.

Von unten dröhnen Erwachsenenstimmen zu uns hoch, Türen gehen auf und zu, und Martin Hodge kommt von der Arbeit. Wir springen aus der Wanne, wickeln uns in riesige, steife Handtücher und laufen auf die Seilbrücke über dem Großraum. Wegen dem heißen Bad ist uns nicht mal kalt. Die Party fängt bald an. Die Erwachsenen haben Franz Ferdinand in den CD-Player mit den Nagellackverzierungen von mir und Lan geschoben, und die Musik ist echt laut. Wir lassen die Handtücher fallen und springen rum, während wir mitbrüllen: »*Well do ya? Do ya do ya wanna? Well do ya, do ya do ya wanna? Wanna go ... where I've never let you before ...*«

Die Seilbrücke schaukelt, und Staub rieselt runter, und ich denke dran, wie die Axt durch meinen Stiefel gehackt hat, und es fühlt sich wieder an, als wären meine Zehen weg, aber als ich nachgucke, sind sie noch da, und wir schreien so laut wir können:

»Wir sind nicht tot! Wir sind nicht tot!«

Richtig witzig.

»Amy und Lan! Wir sind nicht tot! Amy und Lan!«

Die Kleinen kommen aus Lans Küche gerannt – Josh, Eden und Bryn und Bill Hodge und Lulu Hodge – und flitzen kreischend durch den Großraum wie Rennautos. Ich stoße Lan an: »Schnell!«, und wir zischen ab, um uns für Halloween zu verkleiden, bevor sie uns nachlaufen können.

Lan zieht eine schwarze Samtbluse von seiner Mama an und einen Sonnenhut, ich habe einen großen schwarzen Umhang und den Cowboyhut. Dann gehen wir zu meiner Mama ins Zimmer, um uns zu schminken, weil Gail kein Make-up besitzt, weil sie ja so *natürlich* ist. Meine Mama ist auch natürlich. Sie schminkt sich nur, wenn was Besonderes ist, also fast nie. Wir malen uns schwarze Ringe um die Augen und schwarze Lippen und andere Augenbrauen. Außerdem stopfe ich ein paar von Mamas Unterhosen unter Finbars Hut, damit er mir nicht ständig vom Kopf rutscht, und wir hängen uns beide Perlenketten um. Wir sehen total genial aus.

Die Küche im Bauernhaus ist voll. Meine Familie ist da und Lans Familie und die Hodges, außerdem Schnarchnasen-Colin und Ruby Wright, weil die immer zu früh kommen. Lans kleine Schwester Niah liegt in der Wiege, die Jim gebaut hat, neben dem Rayburn, der wieder läuft, deswegen ist Gail auch nicht mehr so ätzend zu Jim, sondern säuselt: »Ach, Jim ist so ein toller Handwerker«, und drückt ihm die Arme und wirft die Haare nach hinten.

Die Kleinen drehen durch, als sie die tollen Kostüme von mir und Lan sehen. Sie wollen sich auch verkleiden, aber wir sind noch nicht mal selber fertig, deswegen: »NEIN!«

»Seid lieb zueinander«, sagt Mama. Das sagt sie immer.

»Helft einander.«

»Nehmt die Kleinen mit.«

»Seid nett.«

»Habt euch lieb.«

Als sie uns wieder vergessen hat, gehen wir in die Speisekammer. Dort schmieren wir uns Öl und Hände voll Mehl aus dem Fass ins Gesicht, bis wir aussehen wie Gespenster. Da stürmen Bryn und

Eden und Bill und Lulu und Josh rein, und wir bearbeiten auch ihre Gesichter, bis wir *alle* aussehen wie Gespenster, und Papa knallt die Tür zu und hämmert dagegen und schreit, als wäre er Frankenstein, um uns einen Schreck einzujagen. Bloß dass Josh und Bryn richtig Schiss kriegen, nicht nur gespielt, und losheulen. Deswegen lässt Papa uns wieder raus und entschuldigt sich. Die Kleinen sind noch nicht alt genug, um zum Spaß erschreckt zu werden, so wie ich und Lan.

Wir rennen rum und springen in die Hundekörbe, Mehlklumpen fliegen durch die Gegend, die Hunde schlecken uns ab, und alles ist superlustig, bis Mama schreit: »Ab mit euch! Himmelherrgott!«

Sie kann einem echt Angst machen.

Sie schickt uns hoch, damit wir den Kleinen helfen, aber die wollen alle genau das anziehen, was wir anhaben, und das geht ja nicht. Trotzdem geben wir unser Bestes.

Jim sagt immer: »Gebt euer Bestes, mehr können wir alle nicht tun.«

Er sagt von allen Erwachsenen die besten Sachen.

Mein Papa kann am besten spielen und rumalbern.

Die Hodges können gar nichts am besten. Aber sie sind vernünftig. Was wahrscheinlich auch gut ist.

Als es endlich dunkel draußen ist, stapfen alle Erwachsenen und wir mit dem Essen und den Laternen über den Schmatzehof. Gail trägt nichts oder hilft sonst irgendwie, weil die kleine Niah ja schon *sooo anstrengend* ist. Alles riecht nach Holzrauch und Äpfeln, und ich und Lan stürmen mit flatternden Kostümen voran. Plötzlich ragt das große, kalte Halloweenfeuer vor uns auf, noch viel dunkler als der Nachthimmel. Eine Taschenlampe blitzt, und Finbar stakst mit seiner Selbstgedrehten im Mundwinkel hinter dem Feuerholz hervor wie eine verrückte Riesenvogelscheuche.

»Helft ihr mir mal mit der Plane, Kinder?«

Ich und Lan zerren an den Haken und Knoten, dann kommen die drei Papas zur Unterstützung, und zusammen mit Finbar werfen wir die Plane hoch und ziehen sie runter, und eine Ratte huscht aus dem Holzhaufen und rennt am Fuß von Rani Hodge vorbei, die schreit: »Martin! Eine Ratte!«

Ich und Lan äffen sie nach – »oh, Martin, eine Ratte!« – und schmeißen uns weg vor Lachen.

Wir wollen unbedingt das Feuer anzünden, aber erst müssen wir nach Igeln suchen. Bill Hodge fragt: »Wenn wir einen Igel braten, können wir ihn dann essen?«, und Lulu Hodge piepst sofort: »Essen!«, weil sie erst drei ist und alles wiederholt, was ihr Bruder sagt. Ich und Lan glauben, dass gebratener Igel schleimig wäre und wir ihn aufbrechen müssten wie die Seeigel damals am Strand, aber Jim meint, Igel schmecken eher wie Kaninchen und …

»Wir essen keine Igel, weil sie selten und wertvoll sind.«

Wir haben erst ein paar Igel gesehen, aber schon Millionen Kaninchen, alle ganz zahm, und wenn sie kauen, bewegen sich ihre winzigen Kiefer im Kreis. Ich und Lan finden Kaninchen auch wertvoll.

Als die Dorffamilien auftauchen und die Alten-Freunde-von-vor-Frith, geht die Party richtig los. Die Erwachsenen holen das Gartensofa, und alle lungern rum und reden und sind langweilig. Genau wie das eine Mal, als wir *Hans und die Bohnenstange* in Swansea angeguckt haben und mir beim Warten so langweilig war, dass ich mit dem Stuhl gekippt habe, bis ich mit dem Gesicht auf die Lehne vor mir geknallt bin und Nasenbluten gekriegt habe. Mama war trotzdem null nett zu mir, weil ich sie an dem Tag *so was von genervt* hatte. Darauf zu warten, dass die Party in Schwung kommt, ist sogar noch langweiliger als das damals. Ich halt's nicht mehr aus. Deswegen werfe ich den Kopf zurück und schreie: »Himmelherrgott, wann zünden wir endlich dieses Scheißfeuer an?«

Mein Hut fällt runter, und Mamas Unterhosen landen auf dem Boden. Die Erwachsenen – vor allem die aus dem Dorf – schnappen nach Luft, als hätte ich gerade auf den Boden gekackt oder so. Aber die Kinder aus dem Dorf lachen. Und Lan auch – logisch.

Lan

Jim lässt mich und Amy das Feuer anzünden. Gemeinsam halten wir den Gasbrenner mit ausgestreckten Armen. Das spitze Blau schießt raus, und es dauert gar nicht lang, bis riesige orange Flammen in den Himmel tosen. Sofort wird es heiß, und das Mehl auf unseren Gesichtern trocknet und reißt. Alle essen Suppe und Ofenkartoffeln mit Butter und Käse aus dem Laden und trinken Orangenlimo aus dicken Flaschen. Wir Frith-Kinder und die Dorfkinder rennen rum und spielen im Schlamm, und der eine aus der Schule behauptet, ich sehe aus wie ein Mädchen mit meinen Perlen und allem, und Amy sagt: »Wen interessiert's?« Mich bestimmt nicht. Und es gibt Würstchen mit Ketchup – den haben wir sonst nie, wegen Zucker oder wegen Geld. Harriet hat ihr Nudeldings gemacht, mit Mayo und Thunfisch und so. Sie und Rani Hodge reichen es rum, während Mama auf einem Holzstamm sitzt und Niah aus ihrer Brust füttert. Die glänzenden Haare hängen ihr vors Gesicht. Niah schläft die ganze Zeit. Sie ist wie eine kleine Kartoffel. Alle sind ganz begeistert von ihr, weil sie so nigelnagelneu und winzig ist. Jim läuft ständig zu ihr und Mama rüber und fragt: »Wie geht's meinen Mädchen? Wie geht's meiner Kleinen?«, und küsst sie und alles.

Es macht mir nichts aus, dass er verrückt nach Niah ist. Das bin ich auch. Obwohl sie eigentlich nur eine Kartoffel ist. Bryn und Eden sind einfach meine kleinen Schwestern. Ich erinnere mich nicht an ihre Geburt, deswegen denke ich nie dran, dass sie meine Halbschwestern sind. Aber weil Niah so neu ist, macht sie mir bewusst, dass ich nicht Jims richtiger Sohn bin. Ich meine, das *stört* mich nicht, bloß habe ich es wegen Niah öfter im Kopf. Ich kuschle mich an Mamas Arm, aber ich glaube, sie merkt es gar nicht.

»Lan«, ruft Harriet, als wäre es wirklich wichtig. »Lan!«

Ich setze mich auf.

»Lan, würdest du dich mit Amy ums Eis kümmern?«

Alle Kinder schreien: »Eis!«

»Könnt ihr es herholen, bevor ich bis zwanzig gezählt habe?«

Und ich vergesse Niah und Mama und dass ich nicht Jims richtiger Sohn bin, und ich und Amy sprinten los.

Als alle aufgegessen und fertig gespielt haben und es schon echt spät ist, gehen die meisten Freunde nach Hause, bis nur noch wir übrig sind: die Honeys, die Connells und die Hodges. Und natürlich Finbar. Wir machen zusammen Musik. Das ist der beste Teil. Es ist kalt und dunkel. Aber das Feuer lodert hoch und sengend heiß, und zwischendurch knackt es oder pfeift sogar, wenn Frischholz dabei ist. Finbar kann jedes Instrument auf der Welt. Ich und Amy sitzen mit dem Rücken zum Feuer, und er fragt: »Okay, Kinder, was darf's sein?«

Ich schaue gern in die erwartungsvollen Gesichter der anderen im Feuerschein. Finbar starrt auf seine Gitarre runter. Er fängt immer ganz schüchtern an, spielt ein paar Noten, als müsste er nachdenken. Er sieht aus wie ein Pirat oder ein Rockstar und manchmal auch wie ein Vampir, aber auf die gute Art. Amys Mama schneidet ihm die Haare, genau wie uns, weil er nicht gerne in die Stadt fährt, obwohl er schon siebenundzwanzig ist. Oder dreiundzwanzig. Erst spielt er das Lied über die Schmuggler und den Brandy und die Ponys. Das ist unser Lieblingslied. Dabei kribbelt unser Rücken immer so schaurig schön vor Angst. Bill Hodge haut auf Finbars

Tabla. Er ist erst fünf, kann aber richtig gut trommeln. Alle anderen machen auch Musik, und beim Refrain stimmen wir mit ein, und Finbar spielt noch was und noch was, und wir rutschen näher ans Feuer, weil es eiskalt ist. Die Sterne funkeln. Mamas Bluse ist nass geworden, und ich friere, deswegen gibt Jim mir seine große Jacke. Amy hat sich unter ihrem Umhang zusammengekauert wie eine Fledermaus.

Jim und Finbar spielen das Lied über den Mann, der Feuer und Regen gesehen hat. Ich spüre so was wie gute Traurigkeit in der Brust. »Ja«, sagt Amy, »ich auch«, und wir wiegen uns hin und her und gucken ins Feuer. Rani und Martin Hodge stehen vom Sofa auf und tanzen Walzer im Matsch. Sie sehen aus wie Gespenster oder wie Puppen. Dann spielen Finbar und Jim *Take Me Home, Country Roads*, was ich und Amy lieben. Wir singen: »*Take me home, country roads, take me home, country roads*«, so lange, bis uns schwindelig wird und unsere Wangen ganz taub sind.

Als das Lied vorbei ist, geben sich Harriet und Adam einen Liebeskuss auf den Mund, und wir tun alle so, als müssten wir uns übergeben, und Amy stöhnt: »Mamaaa! Papaaa!« Meine Mama liegt mit dem Kopf auf Jims Schoß, und Niahs kleines weißes Kartoffelgesicht ist hinter einer Decke verborgen. Bryn und Eden haben sich bei ihnen zusammengerollt und schlafen schon halb. Meine Familie sieht aus wie ein Welpenknäuel. Zum Glück ist kein Platz mehr für mich frei, ich bin überhaupt nicht müde.

»Mama, erzählst du die Geschichte?«, frage ich.

»Ach, Lan, echt jetzt?«, erwidert sie, aber wir wissen alle, dass sie Lust drauf hat.

»Ja, Gail, erzähl die Geschichte«, sagt Amy. Also fängt Mama an.

Die Geschichte beginnt immer gleich: mit den sieben schlechten Jahren.

»Sieben unglückliche Jahre lang war ich mit Lachlans Vater verheiratet.« Mama ist die Einzige, die mich je Lachlan nennt.

»Der arme Gray Parks … Ich war quasi noch ein Kind.«

Die beiden haben sich an der Uni kennengelernt. Sie war zu jung zum Heiraten, deswegen auch die sieben schlechten Jahre.

»Sieben schreckliche Jahre. Und dann, genau in dem Moment, als ich rausgefunden habe, dass ich schwanger bin, ist mir klar geworden, dass ich im falschen Leben festsitze.«

Amy beugt sich vor und flüstert mir ins Ohr: »Es war nicht ihr richtiges Leben.« So geht die Geschichte weiter.

»Es war nicht mein richtiges Leben«, erzählt Mama.

Sie wollte nicht mehr mit dem langweiligen Gray Parks im langweiligen London wohnen, deswegen ist sie gleich am nächsten Tag abgehauen, mit ein paar Klamotten in einer Tasche und mir in ihrem Bauch.

»Zum Glück warst du in ihrem Bauch«, flüstert Amy, und ich nicke. Darüber haben wir schon öfter geredet. Wir glauben, wenn ich nicht in Mamas Bauch gewesen wäre, hätte sie mich vielleicht im falschen Leben bei Gray Parks gelassen, aber zum Glück *war* ich in ihrem Bauch, deswegen sind Mama (und ich) zu Harriet und Adam nach Bristol, weil Harriet Mamas beste Freundin aus der Schulzeit ist. Harriet war auch schwanger. Und wirklich froh, Mama zu sehen, genau wie Adam, denn *alte Freunde sind die besten.*

»Und alles wandte sich zum Guten«, sagt Mama.

»Für immer!«, wispert Amy und lässt die Hände unter dem Umhang erscheinen wie eine Magierin. Dieses Stück mögen wir besonders.

Sobald alles sich zum Guten wendet, klinkt Harriet sich immer ein. Sie löst ihr Zopfgummi, und ihre Locken schnellen zur Seite und plustern sich auf im Feuerschein, als hätte sie goldenes Schaffell am Kopf kleben.

»Adam hatte damals viele Schauspieljobs«, erzählt sie, »deswegen waren Gail und ich oft allein in der Wohnung, und wir wurden runder und runder.«

Als Harriet nicht mehr arbeiten konnte wegen der Schwanger-
schaft, lagen sie nur noch rum und lasen Zeitung. Alles war richtig
deprimierend, zum Beispiel der Treibhauseffekt und Batteriehühner.
Und Palästina. Und Hurrikans.

»Die ganze Welt war düster und beängstigend. Aber wir waren
einfach schwanger. Und haben es ausgeblendet.«

»Doch dann …«, Adam setzt sich gerade hin und benutzt seine
Profi-Gruselgeschichtenstimme, »schaltete sich das Schicksal ein!«

»Sie haben gar nicht gesucht«, sage ich zu Amy.

»Es war reiner Zufall«, sagt Amy zu mir.

»Ich bin über eine Anzeige in der Lokalzeitung gestolpert«, sagt
Mama.

Bauernhof in zwei Parzellen zu verkaufen

Traditioneller Nutztierhof. Bauernhaus mit 4–5 Zimmern (renovie-
rungsbedürftig). Mehrere moderne und traditionelle Nebengebäude.
Großartiges Entwicklungspotenzial. Kuhhaus. Bullenhaus. Wagenhaus. Scheunen. 31 Hektar. Modernisierung erforderlich. Als Ganzes
oder in zwei Parzellen zu verkaufen.

Sofort riefen sie Rani und Martin Hodge an. Rani und Martin sind
schon seit immer die zweitbesten Freunde unserer Eltern und gehören zur Heimmannschaft. Sie wohnten auch in Bristol, und *noch
am selben Wochenende* schauten sich die fünf den Hof an. Sie spa-
zierten über die Felder und um die Gebäude rum. Die alten Maschi-
nen waren noch da, aber keine Tiere, wegen der Maul- und Klauen-
seuche.

»Alles war runtergekommen und traurig«, berichtet Harriet.
»Aber es war auch wunderschön, und es war Frith.«

Bloß dass es damals noch gar nicht Frith hieß, weil als Letztes die
Laceys dort gelebt hatten, deswegen hat jeder einfach Lacey-Hof
dazu gesagt, aber der *richtige* Name war Frith.

»Frith bedeutet Zuflucht auf Altenglisch«, meint Mama.

»Tatsächlich ist es Altnordisch«, verbessert Rani, die fast alles weiß.

»Ist doch egal.« Mama vertut sich nicht gerne.

Also verkauften Harriet und Adam ihre Wohnung und Rani und Martin ihr Haus, und Mama knöpfte Gray Parks so viel Geld ab, wie sie konnte, und die fünf gingen zur Auktion und kauften den Hof.

Und das alles in nur zwei Tagen.

Während der Renovierung lebten sie zusammen im Bauernhaus und in einem Wohnwagen und in einem Zelt, und Mama und Harriet wurden immer schwangerer, und es regnete jeden Tag.

»Erzähl uns von Jim!«, ruft Amy.

»Na schön«, sagt Mama. »Also: Damals im Frühling 1998 kugelte ich zu einem Tischlerworkshop in der Nähe von Ledbury.«

»Eigentlich wolltest du gar nicht hin!«, erinnere ich sie.

»Eigentlich wollte ich gar nicht hin«, wiederholt Mama, »aber zum Glück bin ich trotzdem gegangen – denn ratet mal, wer den Workshop geleitet hat?«

»JIM!«, schreien ich und Amy im Chor.

Mama sagt immer, wenn einem was richtig Gutes über den Weg läuft, muss man es festhalten. Jim ist Mamas richtig Gutes. Meins auch.

»Und ich habe Gail angeschaut«, fährt Jim fort, und wir verstummen, weil er leise spricht und sehr ernst klingt, »ich habe Gail angeschaut und gewusst: Diese Frau ist die Liebe meines Lebens.«

Die Zeitungsanzeige für Frith klebt auf der ersten Seite vom Fotoalbum. Alle Seiten sind aus schwarzem Karton, und die schöne, geschwungene Silberschrift von Rani erklärt, was alles ist.

Es gibt ein Bild von Jim und Adam mit dem neuen Faultank.

Und eins vom Großraum, bevor der überhaupt einen Boden hatte.

Das Allerbeste ist das, auf dem Jim die Seilbrücke baut und die drei Papas sie mit einem Flaschenzug hochhieven.

Dazwischen sind auch haufenweise Bilder von mir und Amy auf den Rücken von Erwachsenen, während sie Wände ausbessern oder Steine sammeln, und ziemlich oft liegen wir einfach im Hintergrund auf dem Teppich oder so, während Frith *bewohnbar* gemacht wird.

»Ich und Lan waren zuerst hier, und wir sind die Besten, weil wir die Ältesten sind«, erklärt Amy. »Nach mir und Lan kam Josh.« Sie zählt an den Fingern ab.

»Dann haben Mama und Jim *Eden* gekriegt«, sage ich. »Und *Bryn*.«

»Und Martin und ich haben *Bill* gekriegt«, sagt Rani. »Und *Lulu*.«

Bill und Lulu schlafen schon, deswegen reagieren sie nicht.

Finbar zupft an einer Saite, und der tiefe Ton hört überhaupt nicht mehr auf, bis er die Hand flach auf die Gitarre legt.

»Und dann hat Harriet mich angeschleppt.« Er lächelt sein Lächeln, das gleichzeitig traurig und freundlich wirkt. »Zusammen mit Braunfell. Ein Streuner wie ich.«

»Wir haben dich nicht vergessen, Finbar«, versichert Amy.

Wir können uns nicht mehr dran erinnern, wie Finbar nach Frith gekommen ist, da waren wir noch zu klein. An seinen Hund Braunfell erinnern wir uns auch nicht – der ist schon gestorben.

Die Erwachsenen haben das Bauernhaus und das Kuhhaus durch den Großraum verbunden und das Wagenhaus für die Hodges renoviert. Und Wildschütz und Christabel und Ivan geholt. Und die Hühner.

Und die Ziegen.

Und noch mehr Hühner.

Und noch mehr Ziegen.

Und den Obstgarten wieder in einen Obstgarten verwandelt.

Ich gähne. Amy steckt sich an und gähnt mit.

»Und die Truthühner«, murmelt sie.

Irgendwann zerfasert die Geschichte in immer kleinere und kleinere Erinnerungen. Ein Ende gibt es nicht, weil es die Geschichte ist, wie wir nach Frith gekommen sind. Und wir gehen hier nie, nie wieder weg.

2

DIE ÜBERRASCHUNG

Amy

Heute müssen wir nicht in die Schule, weil wir uns einen Pritschenanhänger angucken. Wir sitzen hinten im Lada. Er fährt pfeilschnell, und unsere Hintern knallen auf die harten Sitze. Ich drücke den Kopf gegen die Scheibe, damit er nicht so wackelt, und die Hecken peitschen auf den Lada ein, als wollten sie ihn noch mehr antreiben. Das Gras ist gelb, und zwischen den Regenwolken blitzen silberne Sonnenstrahlen hervor. Manche von den vorbeizischenden Hecken sind hoch und wild und haben kleine gefleckte Blätter runterhängen, andere sehen mit ihren zerfledderten weißen Enden aus, als hätten Riesenzähne sie zerfetzt.

Jim sitzt zwischen mir und Lan, Mama fährt, und Papa neben ihr schwafelt drüber, wie viel Heizöl und Futter wir für den Winter brauchen. Den Pritschenanhänger haben sie in der Lokalzeitung entdeckt. Wir hatten noch nie einen richtigen, deswegen dürfen ich und Lan heute auch schwänzen. Nur Gail ist nicht dabei, wegen Niah.

Das Haus vom Pritschenanhängermann steht ganz oben auf einem Hügel. Wir halten davor und drängen aus dem Auto. Der Mann kommt raus und mit ihm zwei Hunde, wie riesige, flauschige Braunbären, die auf uns zustürmen und uns beinahe umwerfen.

Ich und Lan verstecken uns hinter Jim, und Papa tut, als müsste er noch was aus dem Auto holen. Papa hat Angst vor fremden Hunden. Und vor Krankheiten. Und vorm Verschwinden. Manchmal sagt er: »O mein Gott, Harriet, ich verschwinde«, und Mama muss ihn beruhigen: »Alles ist gut, Adam, dir geht's gut.«

»Aus!«, befiehlt der Anhängermann den Hunden und zerrt an ihren Halsbändern. Er ist riesengroß, genau wie sein Haus, und hat eingesunkene Augen mit Flecken drum rum.

»Die tun nichts«, sagt Jim, der überhaupt keine Angst hat. Die Hunde springen ihn nicht mal an. Er ist wie ein Gott im Zeichentrickfilm, der die Hände ausstreckt und *das Meer und die wilden Tiere besänftigt.*

Drinnen setzt der Anhängermann Teewasser auf und brummt, dass seine Kinder ja in der Schule sind, und Papa erklärt, ich und Lan hätten frei, weil unsere Lehrerinnen und Lehrer sich heute gemeinsam *ein Fort bilden*, was gar nicht stimmt, wir schwänzen ständig. Papa kann richtig gut lügen, weil er Schauspieler ist. Pupsegal, was er behauptet, die Leute glauben ihm.

Durchs Fenster sieht man zusammengepferchte braun-weiße Kuhhintern in einem Stall. Die Erwachsenen trinken Tee und quasseln gefühlt eine Million Jahre über Antibiotika, bevor wir endlich wieder rausgehen. Der Schlamm auf dem Hof ist wie Kackasuppe und stinkt so krass, dass uns die Augen tränen. Zu Hause ist Jim der ruhigste Erwachsene, aber wenn wir unterwegs sind, übernimmt er quasi das ganze Reden, weil er als Einziger auf dem Land aufgewachsen ist und die anderen sich wie Betrüger vorkommen. Bis auf Papa, der glaubt, dass er überall reinpasst, obwohl er in Wahrheit immer auffällt, weil er so gut aussieht und so laut ist. Der Pritschenanhänger ist gigantisch und wirkt nigelnagelneu. Während die Erwachsenen überprüfen, ob er nicht kaputt ist, klettern ich und Lan auf eine rostige Maschine, die einem Tausendfüßler ähnelt, lassen uns kopfüber von den Stangen baumeln und gucken zu. Das ist ungefähr eine Minute lang interessant, aber die Erwachsenen reden und reden, also springen wir wieder runter in den Schmatzeschlamm und gehen auf Erkundungstour. Die beiden Riesenhunde dackeln uns nach, und ich sage: »Dreh dich nicht um, Lan, tu so, als wär alles normal«, weil Hunde merken, wenn man Angst hat.

Vor uns taucht ein Drahtzaun auf mit ein paar Hühnern auf der anderen Seite. Unsere sind viel hübscher. Die hier sehen alle gleich aus. Aber hinter den Hühnern ist ein Pferd. Ich bleibe wie angewurzelt stehen.

Es ist braun und hat eine seidige schwarze Mähne und einen Flauschebauch. »So ein Pferd nennt man Kastanienbrauner«, erkläre ich Lan. Lan wünscht sich auch ein Pferd, aber nicht so wie ich. Nicht mit Leib und Seele. Das Tier steht ganz still, seine schwarze Mähne und der lange schwarze Schweif wehen im Wind, und die großen Augen beobachten jede von unseren Bewegungen. Ich renne zum Hühnerzaun und klettere drüber, und die Hühner stieben auseinander auf ihren Staksebeinen. Einer von den Hunden will uns mit einem lauten, satten WUFF aufhalten, aber wir hören nicht auf ihn. Über den Pferdezaun können wir nicht klettern, weil der aus Stacheldraht ist. Ich strecke dem Pferd die Hand hin, und das Pferd reckt mir die Schnauze entgegen. Die Stacheln verschwinden im Fell an seinem Hals. Sein Atem schnaubt gegen meine kalte Hand. Ich schaue dem Tier in die Augen und flüstere: »Lan ... es ist so süß«, aber eigentlich meine ich was ganz anderes. Wunderschön oder vielleicht wichtig oder geheimnisvoll. »Wenn es ein Männchen ist, nennt man es Wallach«, sage ich. Bei Ziegen können ich und Lan so was erkennen, aber Pferde hatten wir noch nie. Ich glaube, es ist ein Männchen. »Ein Weibchen heißt Stute, und wenn sie noch klein sind, heißen sie Fohlen oder Füllen. Die Männchen heißen Hengstfohlen, die Weibchen Stutfohlen« – ich kann gar nicht mehr aufhören zu reden. Aber da schreit Mama nach uns.

»Hooo-heee …«

Ihr typischer Ruf, wie ein Zug. Das erste Mal ignorieren wir immer. Ich will nicht weg von hier. Schon schreit sie noch mal: »Hooo-heee … La-han, Amy!«

Wir warten so lange, wie es geht, dann rennen wir wieder zwischen den hässlichen Hühnern durch und steigen über den Zaun, während die Hunde uns schief angucken.

Der Pritschenanhänger wirkt viel zu groß und zu schick für den Lada, auch wenn er nicht mehr ganz neu ist. Jim gibt dem Anhängermann Geld aus dem Bündel in seiner Hosentasche. Sie schütteln sich die Hände, und ich zerre Mama zu mir runter, um ihr von dem Pferd zu erzählen. Sie wirft mir bloß einen Blick zu, als hätte sie Mitleid mit mir. »Können wir wiederkommen?«, frage ich. »Sch«, macht sie. Sie ist so was von nervig.

Papa verkündet: »Okay, Kinder, einsteigen. Wir fahren.«

Und einen Minimoment lang vergesse ich das Pferd, weil wir eigentlich nur mitgekommen sind, damit wir auf dem Pritschenanhänger nach Hause fahren können.

»Dürfen-wir-auf-den-Anhänger-bitte-bitte-bitte?«

Laut Mama fallen wir runter und sterben wahrscheinlich, aber Papa sagt: »Ach, wenn sie runterfallen, schreien sie laut, oder, Kinder?«

Jim findet es auch okay, also gibt Mama nach.

»Das ist keine gute Idee«, meint der knochenäugige Anhängermann, aber wir sitzen schon drauf, also Pech für ihn.

Jim winkt ihm durchs Fenster zu, als wir losfahren. Er kann dieses coole Erwachsenenwinken, ohne tatsächlich zu winken. Das üben ich und Lan auch immer, aber es wird nie so cool wie bei ihm.

Der Anhängermann ruft noch: »Vorsicht!«

Und Jim ruft zurück: »Jup!«, während der Lada uns durchs Tor zieht.

Der Feldweg ist ziemlich steil, und Jim rast total. Ich und Lan kauern auf allen vieren und fallen jedes Mal kilometertief, wenn der Anhänger in ein Loch rumpelt, und hauen uns kreischend die Knie an. Mama beugt sich aus dem Fenster, ihr Zopfgummi fliegt weg, und ihre Haare bauschen sich auf wie bei einem Löwenzahn. Sie schreit: »Festhalten!«, aber ich und Lan lachen so heftig, dass wir nicht antworten können. Plötzlich kommt die Sonne raus, superhell wie blitzendes Silber, und der Wind pikst wie Stacheln. Am Ende vom Hügel will Jim, dass wir zurück in den Lada steigen, aber wir rühren uns nicht vom Fleck, also denken die Erwachsenen vernünftig drüber nach und merken, dass die Straße nicht mal ansatzweise so holprig ist wie der Feldweg und damit wahrscheinlich sogar sicherer, deswegen dürfen wir auf dem Anhänger bleiben. Mama gibt mir ihren Mantel, aber der Glückspilz ist Lan, weil er Jims Jacke kriegt.

Zu Hause müssen sie uns vom Anhänger pulen wie Pflaster, weil wir festgefroren sind. Den ganzen Weg zum Haus laufen wir komisch und spielen Ötzi aus dem Eis. Papa kommt mit uns rein, und ich und Lan wickeln uns warme Geschirrtücher vom AGA um die Hände.

Mama geht zu den Ziegen. Die Ziegen sind ihr Bereich, so wie die Hühner Gails Bereich sind und Finbar sich ums Gemüse kümmert, weil ihm *alles mit Gesicht zu sehr ans Herz wächst*. Mama ruft: »Verdammt noch mal, Adam!«, weil Papa so faul ist, aber er tut, als würde er sie nicht hören, und verzieht sich nach oben.

»Mama sollte mit Jim verheiratet sein statt mit Papa«, sage ich.

»Mhm«, stimmt Lan mir zu, weil wir beide wissen, dass Mama und Jim die beiden besten Erwachsenen sind und Gail und Papa nicht.

»Dann wären wir Geschwister.«

»Wie Zwillinge.«

Als uns wieder warm ist, schlüpfen wir hinten raus. Mama schüttelt den Eimer über dem Elektrozaun und ruft: »Hooo-heee, Zicklein-Zicklein-Zicklein«, und die Ziegen flitzen mit flappenden Ohren auf sie zu. Der Hängebauch an Hazels knochiger Hüfte wackelt. Sie kriegt bald ihr Junges. »Mein weiser, alter Liebling«, trällert Mama. Die jungen Ziegen kraxeln übereinander. Ich und Lan können uns noch dran erinnern, wie sie *geboren* wurden, das war richtig cool. Bloß dass eine gestorben ist. Aber das haben wir zum Glück nicht gesehen, weil wir schon geschlafen haben. Eigentlich mag Mama alle von Hazels Kindern, sogar Satan, obwohl der so ein Frechdachs ist. »Bitte sehr, meine Schönheiten«, gurrt sie.

Als sie mit dem leeren Eimer zurück über den Zaun steigt, sind ihre Wangen rosa von der Kälte und vom Bücken. Ihre Locken sind zurückgebunden, aber man sieht die Kräusel trotzdem. Ihr Gesicht ist weich und rund wie bei einem Engel, nur die Nase ist groß und knochig und kriegt manchmal eine andere Farbe. Wenn sie glücklich ist, glänzt sie golden, aber wenn sie wütend oder traurig ist, wird sie rot und unheimlich und ganz spitz zwischen den Haaren, die wild zur Seite stehen wie die Strahlen der Sonne auf Gails Sternkarte. Am wütendsten war Mama das eine Mal, als wir Ziegenkötel ins Bett von meinem kleinen Bruder Josh gepackt haben. Noch viel wütender als auf Papa, wenn er sie mal wieder nervt, weil er *schlimmer ist als noch ein Kind*. Am meisten aufgeregt haben sie dabei gar nicht die Ziegenkötel, sondern dass es um Josh ging. Mein kleiner Bruder war schon immer lieb und sanft, die Art von Kind, die man piesacken kann. Hätten wir die Ziegenkötel bei Lans Schwester Eden ins Bett gepackt oder bei den Hodge-Kindern, wäre Mama nicht mal halb so sauer geworden.

Ich und Lan liegen bäuchlings auf dem Boden im Großraum neben dem Regal beim Fernseher und blättern die Tierbücher durch. »Wir haben Hunderte Felder«, sage ich, »auf einem davon kann unser Pferd stehen.« Auf Frith gibt es nicht besonders viele Bücher. Die

Selbstversorgerbibel, das Lieblingsbuch der Erwachsenen. *Kochen nach den Jahreszeiten*. Und *Die besten Tipps für Kleinbauern*. Lan guckt sich gerade die Bilder in *Die sieben Phasen der Ziegenschwangerschaft* an.

Wenn wir alle zusammen essen, wird es richtig laut in Lans Küche, und die Kleinen wuseln überall rum. Wir feiern den neuen Pritschenanhänger, deswegen sind die Hodges aus dem Wagenhaus rübergekommen, und sogar Finbar ist da. Manchmal fühlt Finbar sich, als würde er keine Luft mehr kriegen, und hält nicht das ganze Essen lang durch, deswegen sitzt er immer in der Nähe der Hintertür.

Em ist auch da, die vergessen wir ständig. Sie ist eine von den Vorher-Freundinnen. Weil sie bei uns wohnt, sitzt sie neben mir. Sie ist ziemlich klein für eine Erwachsene und redet nicht viel, deswegen denken wir oft gar nicht an sie, bis sie was sagt oder wir gegen ihr Schlafsofa mitten im Großraum laufen. Und sie ist immer in eine Million Strickjacken eingewickelt, weil sie aus London kommt.

Mama hat Shepherd's Pie gebacken und aus unserer Küche drüben im Kuhhaus mitgebracht. Papa kann auch gut kochen, aber er veranstaltet immer ein Riesentheater. Wenn er Spaghetti macht, tut er so, als wäre er Jamie Oliver, schnalzt mit Geschirrtüchern und singt auf Italienisch. Mama stöhnt dann: »Himmel, Adam«, aber eigentlich findet sie es toll. Jim kann nur Käsetoast, aber er wäscht oft ab, wenn die anderen Erwachsenen kochen. Jim war beim Militär, bevor er Anwalt geworden ist, und danach Schreiner, und das ist laut ihm der Grund, warum er so gut aufräumen kann und Konflikte jeder Art hasst. Um einen Konflikt zu vermeiden, würde er alles tun – meistens draußen rumlaufen, aber manchmal auch nicht antworten oder lachen, was Gail nur noch mehr aufregt.

Ich und Lan *schlendern*, damit wir reden können, mit wem wir wollen, und essen zwischendurch ein paar Bissen von unseren Tellern. Es ist nicht so, als könnten wir nicht am Tisch sitzen, wir sind besser als die meisten Kleinen. Bill Hodge ist der Allerschlechteste. Er hat eine superlaute Stimme, und gerade rennt er um den Tisch rum wie ein Verrückter und *brüllt*. Rani schimpft nicht mal mit ihm, das macht sie nie, sie kneift nur die Augen zu und murmelt: »Bill, Bill, Bill«, und Martin kümmert sich auch nicht, er hängt nur über seinem Teller wie eine große Wolke. Bills Schwester Lulu ist so dämlich, dass sie einfach über alles lacht, was Bill anstellt, außer er tut ihr weh, dann kreischt sie wie am Spieß. Er ist ein total nerviges Kind. Das sind sie beide.

Josh sitzt bei Mama und umklammert beim Essen konzentriert seine Gabel. »Halt die Klappe, Bill«, sage ich. Da fängt Bill an, alle mit einem langen Löffel auf den Rücken zu hauen. Mama trifft er richtig hart – sie macht: »Autsch!« –, und plötzlich streckt Josh aus heiterem Himmel das Bein aus, sodass Bill drüberstolpert. Dafür legt er nicht mal die Gabel weg. Bill knallt voll mit dem Gesicht voraus auf den Steinboden. Alle drehen durch, dabei hat er gar keinen Zahn verloren oder so was, eigentlich geht's ihm prima. Er schreit sich die Seele aus dem Leib und streckt uns die knallroten Hände hin. Ich und Lan fangen an zu lachen, und ich spucke versehentlich meine Kartoffel aus, und die Erwachsenen wollen uns ein schlechtes Gewissen einreden, aber das klappt nicht. Dann kriegt Josh sein Fett weg, weil er Bill ein Bein gestellt hat, aber ich finde ja, Leute mit Löffeln zu hauen, ist einfach falsch. Rani hätte Bill aufhalten sollen, aber das macht sie nie. Ihre indische Amma hat ihr wohl mit der Suppenkelle auf die Beine geschlagen, und Martins Papa war ein weißer Saufbold aus Basingstoke, der seinen Sohn verdroschen hat, deswegen meckern die beiden nicht mal mit Bill. Oder mit Lulu. Nie. Bill heult immer noch und verteilt Schnodder überall, und Josh heult jetzt auch, weil Mama ihn wegen der Sache mit Bill weg von sich gepflanzt hat.

Er tut mir richtig leid, deswegen umarme ich ihn und flüstere ihm ins Ohr: »Für mich bist du ein Held, Josh, und Bill Hodge ist ein Pisser.« Josh lutscht am Daumen, aber seine Mundwinkel heben sich.

»Vielleicht wird es Zeit fürs Bett?«, fragt Em-von-vorher-die-zu-Besuch-ist. Wir haben sie schon wieder vergessen.

»Eindeutig«, meint Rani. »Irgendwann reicht's. Zurück ins Wagenhaus, alle miteinander.«

Die Erwachsenen schnappen sich die Kleinen, und ich und Lan protestieren nicht mal, auch wenn wir die Ältesten sind. Müde lasse ich mich von Papa die Treppe raufziehen, die echt steil ist, mit Wänden auf beiden Seiten und einem kratzigen Teppich auf den Stufen. Josh trägt er auf dem Rücken. Meine Beine tun übel weh vom Pritschenanhänger, aber auf die gute Art. Ich starre auf die Stufen unter meinen Füßen und denke an den Kastanienbraunen. Ich erinnere mich an sein Gesicht. An seine Augen, die tief in meine schauen, und seinen Atem an meiner Hand.

»Papa ...« Ich habe Angst zu fragen. Sie sagen *nie* Ja, zu *nichts*. »Papa?«

»Ja, Süße?«

»Krieg ich ein Pferd?«

Wir sind fast oben.

»Bitte, bitte?«

»Klar«, sagt Papa. Einfach: *Klar*.

Die Stufen unter mir kippen weg. Meine Beine funktionieren nicht mehr, als hätten sie plötzlich keine Knochen drin.

»Echt?«

»Irgendwann mal.«

Ich blase die Luft aus. Einen Moment lang dachte ich, er meint es ernst. Ob er wohl weiß, wie mies ich mich jetzt fühle? Wie aufgeregt ich war? In dieser winzigen Sekunde, als er »klar« gesagt hat?

»Versprochen.«

Er beugt sich zu mir, um mir einen Kuss auf den Kopf zu drücken, dabei fällt ihm Josh fast die Treppe runter.

Er hat es *versprochen*. Ich springe die letzte Stufe rauf. Wenn er es verspricht, dann stimmt es auch. Nicht mal Papa würde bei einem Versprechen lügen.

Ein Traktormotor knattert. Helle Scheinwerfer huschen über die Wand. Ein metallischer Knall. Schritte.

»Klingt nach Schnarchnasen-Colin«, brummt Papa. »Was will der denn hier um diese Uhrzeit?«

Es ist immer Schnarchnasen-Colin. Mir schnurz, was er will. Papa läuft wieder runter und vergisst, »Zähneputzen« zu sagen, also mache ich mir nicht die Mühe. Ich und Josh verschwinden in unsere Zimmer. Colin brummt unten: »N' Abend zusammen«, wie üblich. Wahrscheinlich geht es um Asbest. Meine Bettdecke ist blau und hat Sterne drauf, und ich liebe sie, aber ich hasse es, mich auszuziehen. Ich lasse mich mit dem Gesicht voraus auf die weichen Baumwollsterne fallen, die im Blau schweben.

»Hey, Kinder!«, reißt mich Mamas Stimme aus dem Halbschlaf. »Kommt runter!«

»Runter mit euch!«, ruft auch Jim, und seine Stimme klingt superernst.

Ich rapple mich auf. Ich und Josh stolpern über die schmalen Stufen nach unten. »Wie? Was? Warum?«, schreien helle Stimmen überall im Bauernhaus und im Kuhhaus. Die Erwachsenen ziehen sich an der offenen Tür Stiefel an. Die anderen Kinder kommen aus dem Bauernhaus angetrappelt. Die kalte Luft riecht nach Stein und Schlamm und Colins Schafen und Traktoröl.

»Was ist los?«, fragt Papa.

Alle scharen sich in einer Traube zusammen. Ich und Lan zwängen uns zwischen den Beinen durch, bis wir was sehen. Schnarchnasen-Colin steht neben seinem Anhänger, die Hand auf der Klappe.

»Bereit für 'ne kleine Überraschung?« Bei seinem Genuschel klingt *Überraschung* wie was ganz anderes.

»Worum geht's, Colin?«, fragt Mama. »Doch nicht … um die Schafe?«

»Schafis!«, ruft Josh. Er ist noch klein.

»Nö«, meint Colin.

Er zerrt an der Klappe. Die Scharniere quietschen. Das Metall landet mit einem klappernden Hüpfer auf dem Boden. Wir beugen uns vor. Der Anhänger wirkt leer bis auf das Stroh, aber dann tritt Colin zur Seite – und wir entdecken ganz hinten ein Kälbchen. Es blinzelt im Licht und ist *klitzeklein*. Es liegt auf der Seite, halb versteckt. Ein so kleines Kälbchen habe ich noch nie gesehen. Es hat eine feuchte Stupsnase und Glupschaugen, die viel zu groß sind für sein Minigesicht.

»Ist wahrscheinlich auf dem Feldweg umgeknickt«, sagt Colin.

»Ein Kalb«, bemerkt Gail. »Was soll es hier?«

Colins Schäferhündin Betsy streckt mit hängender Zunge den Kopf aus dem Traktorfenster. Unsere drei Hunde rennen uns fast über den Haufen, weil sie auch gucken wollen, und Wildschütz bellt ein Hallo, weil er und Betsy beste Freunde sind. Dann schnuppern sie alle neugierig am Anhänger, weil sie das Kälbchen riechen.

»Die Mutter und das Geschwisterchen sind gestorben. Grade mal fünf Tage alt«, erzählt Colin. »John und Mary waren sich sicher, das hier würd's auch nicht packen. Wollten es 'ner anderen Kuh geben, aber das hat nicht geklappt. Ist halt 'n Risiko. Ich dachte, vielleicht nehmt ihr's. Frith hatte früher immer Kühe.«

Sein eckiger Kopf sieht aus wie ein Betonschalungsstein, und alle seine Pullis haben Löcher, genau wie seine Fleecejacken. Normalerweise redet er nicht mal halb so viel, sondern brummt nur so was wie *Jup* oder *Okidoki*. Er läuft die Rampe rauf und hebt das Kälbchen hoch, dessen Beine schnurgerade runterbaumeln. »Ich glaub's nicht«, flüstert irgendwer von den Erwachsenen, und Mama sagt: »Scheiße.«

36

»Es hat keinen mehr.« Colin schaut uns der Reihe nach an. »Und ich kann's nicht nehmen, ich hab schon meine achthundert Mistviecher an der Backe, um's mal freundlich auszudrücken.«

Im Haus wirkt das Kälbchen gleich viel größer. Es ist immer noch kleiner als Ivan, aber der ist ja auch ein Wolfshund.

»Rückt ihm nicht so auf die Pelle«, mahnt Jim.

Es ist ziemlich wacklig auf den Beinen. Wir Kinder schieben uns näher, um es zu berühren. Bryn und Eden flüstern immer wieder: »Babykuh!« Josh lutscht am Daumen und guckt einfach nur.

»Eigentlich wollte ich im Spar bloß 'ne Schachtel Streichhölzer kaufen«, erklärt Colin.

Er hat das Kälbchen nicht aus dem Spar, sondern vom Pritschenanhängerhof, aber Leslie Robinson, die im Spar arbeitet, hat ihm davon erzählt.

»Sie meinte, euch tät ein Kälbchen nicht schaden, und da hat sie recht«, fährt Colin fort.

Die Hintertür geht auf, und Finbar streckt blinzelnd den Kopf rein. Als er das Kälbchen entdeckt, erstarrt er, als wäre er irgendwo gegengelaufen. Er presst sich die Hand auf die Brust.

»Heiliger Bimbam.«

Seine nackten Arme ragen bleich und sehnig aus dem T-Shirt mit den Farbspritzern. Er steuert auf das Tier zu.

»Hallo, meine Hübsche. Hallo, du kleines Schätzchen.«

Dann kniet er sich sogar hin.

»Finbar! Das ist ein Kälbchen!«, flüstere ich.

»Das sehe ich, Amy.«

Er schaut das Kälbchen an, und das Kälbchen schaut zurück. Sein weiß-braunes Fell ist wuschelig, und auf dem Kopf sitzen ein paar längere Locken, die wie eine Perücke wirken. Finbar streichelt ihm das Gesicht, und wir machen mit. Das Kälbchen ist warm und ein bisschen feucht, wie vom Morgentau. Die anderen Kinder sind noch zu klein, um sich leise zu freuen. Lulu Hodge und Lans Schwester Bryn sprudeln ständig über. So nennt Jim das. *Bill ist übergesprudelt* oder *Eden ist übergesprudelt.* Wenn wer von uns in der Nähe des Kälbchens übersprudelt, schicken die Erwachsenen uns raus.

Colin bringt Milchpulver rein und eine riesige Babyflasche, die Erwachsenen legen den Boden mit Handtüchern aus, und Colin zeigt uns, wie man die Milch abmisst und mischt und wie man die Flasche hält. Der Gumminuckel ploppt dem Kälbchen ein paarmal aus dem Mund, aber dann erwischt es ihn und trinkt und schlürft und schluckt, und seine großen Augen werden dunkel. »Guck dir die Wimpern an«, wispert Lan. Und ich gucke.

»Aber wo soll es hin?«, fragt Rani auf ihre vernünftige Hodge-Art.

»Draußen geht nicht«, meint Colin.

Wir wechseln uns mit dem Füttern ab, während die Erwachsenen ein ernstes Gespräch führen.

»Heute Nacht gibt's Minusgrade. Und wir haben keinen Unterstand, außer den von den Ziegen. Wenn Satan das Kälbchen nicht kaltmacht, erfriert es …«

Die glatte Plastikflasche liegt in meiner Hand. Wir beobachten, wie die Milchschlucke den Hals runterwandern. Als Josh dran ist, reiche ich ihm die Flasche weiter. Wir streicheln das Kälbchen beim Trinken, und unsere Hände drängen sich übereinander.

»Dann muss es wohl in die Klause«, sagt Mama.

Ich und Lan wechseln einen erstaunten Blick. *Die Klause?*

»Aber die Klause ist ein Menschenzimmer«, wendet Eden ein.

»Tja, was muss, das muss«, bemerkt Martin.

Martin Hodge ist der langweiligste Erwachsene von allen, also wenn er so was sagt, dann passiert es auch.

Wir wandern vom Großraum in die Klause wie eine königliche Parade. Ich und Lan gehen ganz vorne, Colin trägt das Kälbchen, Papa rennt voraus und macht die Tür auf.

In unserem Haus ist ein Kälbchen, und es darf direkt neben meiner Küche wohnen. Es fühlt sich an, als würden winzige Flöhe in meinem Kopf und in meinen Beinen und vor meinen Augen rumhüpfen.

»Stellt euch vor, als Frith gebaut wurde, war das Wagenhaus voller Wagen und das Kuhhaus voller Kühe.« Mama ist fast genauso aufgeregt wie ich.

Wir rollen die Teppiche in der Klause zusammen und werfen sie in den Großraum.

»Wird bestimmt nett, eine Nachbarin zu haben«, meint Em. »Sie kann mich warmhalten.« Wir haben schon wieder vergessen, dass sie da ist und ihr Sofa ganz in der Nähe der Klausentür steht.

Wir räumen alles raus. Stühle und Bilder. Als ich und Lan eine Kiste Scharniere über den Boden schleifen, nimmt Martin sie uns mit einem »Pst!« ab. Niemand will das Kälbchen erschrecken.

Die Klause ist nur ein Winzraum in der Ecke vom Großraum, hat aber eine eigene Tür. Eigentlich sollte die Klause mal Papas Arbeitszimmer werden, wenn ihn die Schreiblust packt, aber sie ist viel zu kalt. Außerdem schreibt Papa nur im Bett und sowieso fast nie. Jim und Martin holen Stroh aus dem Schober. »Zwei ganze Ballen«, kommentiert Rani. Martin umarmt sie. »Luxus pur!«

Sanft legt Colin das Kälbchen auf dem Stroh ab, und es stößt ein leises *Muh* aus, wie eine kleine Hupe.

»Eine Kuh im Kuhhaus«, murmelt Mama wieder.

Alle schauen und reden und schauen.

Ich und Lan lehnen uns überall dagegen und hängen an den Händen der Erwachsenen. Wir sind nicht müde, bloß verschwimmt alles, weil man sich auf zu viel gleichzeitig konzentrieren muss.

Rani hat wohl einen Kuchen rübergebracht, aber wir haben keinen Hunger. Wir sind nicht müde, wir haben nur keinen Hunger und können nicht richtig denken. Außer an das Kälbchen. Am liebsten würden wir nie wieder was anderes angucken. Keine Ahnung, wo die Kleinen sind. Vielleicht im Bett. Ich glaube, ich kann mich weder gerade hinstellen noch bequem hinsetzen, aber wir gehen nicht ins Bett. Sie können uns nicht zwingen. Ich gucke mich nach dem passendsten Erwachsenen um und entscheide mich für Papa, ziehe an seiner Hand.

»Dürfen wir in der Klause schlafen?«

»Bitte, bitte?«, stimmt Lan mit ein.

Die Erwachsenen schauen zu uns runter, dann einander an.

»Wüsste nicht, was dagegenspricht«, meint Jim.

Mama und Gail helfen uns kichernd, unsere Kissen und Decken zu holen. Das Kälbchen beobachtet neugierig, wie wir uns Nester im Stroh bauen.

»Rein mit euch und hinlegen, leise«, sagt Papa.

Das Kälbchen ist uns so nah, dass wir es berühren können, wenn wir die Hand ausstrecken, und es wärmt die Luft um uns rum. Mir tun schon die Wangen weh vom vielen Grinsen. Die Erwachsenen schließen die Klausentür, und ihre Gesichter drängen sich vor der kleinen Glasscheibe. »Sie sind neidisch«, sage ich. »Die Armen«, bemerkt Lan, »sie sind zu groß, um hier drin zu schlafen.« Dann beschlägt die Scheibe. Und wir vergessen die Erwachsenen komplett.

Wir liegen auf der Seite – um das Kälbchen anzuschauen, nicht, weil wir müde wären. Ich mache auf keinen Fall die Augen zu. Die bleiben offen. Das Stroh ist spitz und pikst. Und juckt. Und raschelt, wenn wir uns bewegen, ganz anders als unsere Betten. »Guck, es schläft«, wispert Lan. Unser Kälbchen hat die Lider geschlossen. Seine Ohren zucken. Sein Atem wird kräftiger – »es schnarcht!«, flüstere ich. Weil wir nicht laut lachen dürfen, sind wir still. Weil wir still sind, müssen wir gähnen. Ich recke die Finger zu einem warmen Huf. Ich will Lan vorschlagen: *Hey, lass uns die Hufe polieren.* Gleich sag ich's. Hufe. Schnarchen. Stroh. Nichts.

3

KEIN BETT FREI

Lan

Wir haben das Kälbchen Gabriella Weihnacht genannt, weil Dezember ist. Am liebsten hätten wir es in unserem Schulkrippen-spiel dabei, aber es darf nicht. Wir lassen es nicht gern allein, wenn wir zur Schule müssen, aber Adam bringt uns im Letzten Relikt hin, und das ist cool. Das Letzte Relikt ist superheldenrot und hat einen CD-Player. Auf dem Feldweg lässt Adam keine von seinen CDs laufen, weil die sonst *geschrottet* werden, erst, wenn wir auf der richtigen Straße sind, und dann singt er ganz laut mit, wegen seiner ausgebildeten Stimme. Niemand außer ihm darf das Letzte Relikt fahren, nicht mal Harriet. Adam sagt immer, das Auto ist das »letzte Relikt seines Lebens«. Nicht, weil er jetzt tot wäre, er meint das Leben in Bristol, als er noch mehr Schauspieljobs hatte. Früher ist er wohl gern in den Pub gegangen mit all seinen Freunden und hat sich thailändisches Essen vom Lieferdienst bestellt und Oasis gehört. Harriet meint, dass es natürlich doof ist, niemanden mit seinem Auto fahren zu lassen, aber wir müssen nett und verständ-nisvoll sein, weil dadurch, dass Adam keine Schauspieljobs mehr kriegt, stellt er *alles infrage*. Das Letzte Relikt ist ein Toyota Corolla. Das sagen wir gern – *Toyota Corolla*! Wir rasen über die Landstraße, und Adam hat *La traviata* eingelegt, und wir Kinder singen mit und rufen: »Prost! Zum Wohl!«, und stoßen mit eingebildetem Wein an. Manchmal spielt Adam auch *Purple Rain*, was haargenau dieselbe Länge hat wie der Schulweg. Dann strecken wir die Arme aus dem Fenster, und Adam schreit: »Luftgitarre!«, und wir schmettern: »*Don't wanna be yourrr ... weekend lover!*«, während das Letzte Relikt ins Dorf rollt. Leute, die gerade ihre Hunde vor dem Spar anbinden, und alte Damen drehen sich um und starren uns an. Wir sind die Coolsten, und alles ist genial, und dann hört die Musik auf, und wir müssen in die langweilige Schule. »Na, wie war's?«, fragt Adam immer, wenn wir uns wieder ins Letzte Relikt drängen. Wissen wir nicht, das haben wir längst vergessen. Wir wollen bloß zurück nach Hause zu Gabriella Weihnacht.

Schon verrückt, wie viel Kacka sie produziert. Richtig schlabbrig, nicht wie bei einer Ziege. Ziegenkacka ist so sauber, das könnte man fast essen. Außer die Ziege ist krank, dann stinkt es. Gabriella trinkt ungefähr fünf Liter Milch jeden Tag, und die kommen direkt wieder aus ihrem riesigen Popo raus, wie aus einem Schokobrunnen. Wir könnten ihr stundenlang dabei zugucken. Die Erwachsenen sind auf einmal ganz besessen vom Putzen, ständig sollen wir Gabriellas Flaschen auswaschen und den Klausenboden wischen. Em-die-*immer*-noch-zu-Besuch-ist behauptet, alles wäre so reinlich, dass sie Gabriella von ihrer Schlafcouch aus kaum riecht, aber *wir* riechen Gabriella sogar vom Bauernhaus aus, also kann Em entweder nicht gut riechen, oder sie will bloß höflich sein.

Keiner weiß, wann Em-die-immer-noch-zu-Besuch-ist wieder geht. Sie ist nett, aber wir haben einfach keinen Platz für sie. Ihr Sofa steht mitten im Großraum. Der ist jetzt quasi ein gigantisches Schlafzimmer. Weil es draußen dauernd dunkel ist und regnet, müssen wir Kinder drinnen spielen, und wenn Em auf ihrem Sofa ist, können wir nicht im Großraum spielen oder auch nur Klavier üben, sondern müssen in den Rest der Häuser. Wir spielen genauso wie früher, aber plötzlich nennen die Erwachsenen es *rumwüten*.

Sie reden so oft darüber, wo Em-die-immer-noch-zu-Besuch-ist sonst schlafen könnte, dass ich und Amy uns ein Lied ausgedacht haben:

Honeys im Bauernhaus.
Connells im Kuhhaus.
Hodges im Wagenhaus.
Finbar, Finbar – kein Bett frei!

Ganz früh am Morgen, als es draußen noch dunkel ist, schleichen wir auf Zehenspitzen an Ems Sofa vorbei und holen die Schubkarre und die Eimer und machen Gabriellas Nachtkacka weg, bevor wir uns für die Schule herrichten. Wir putzen uns im Kuhhaus-Bad die Zähne, weil das am größten ist. Mama liegt noch mit Niah im Bett. Wir stecken den Kopf aus der Tür. Meine anderen beiden Schwestern tragen ihre Sachen über die Seilbrücke, um sich bei uns anzuziehen. Bryn stolpert über ihre Strumpfhose und macht: »Autsch!«, dann setzen sich die zwei auf den Po.

Mamas Stimme zischt aus dem Schlafzimmer: »Pssst! Em schläft!«

Ständig müssen wir wegen Em leise sein. Wir gucken durch das Seilbrückennetz auf sie runter. Sie ist fest eingekuschelt und schläft friedlich. Amy schaut mich an und verdreht die Augen. Wir huschen zurück ins Bad und singen flüsternd beim Zähneputzen:

Honeys im Bauernhaus.
Connells im Kuhhaus.
Hodges im Wagenhaus.
Finbar, Finbar – kein Bett frei!

»Pssst!«, ruft Mama aus dem Schlafzimmer. »Hört auf damit!«

Dabei haben wir doch versucht zu flüstern. Ich bin genervt, und Amy fragt: »Was ist?«, aber ich habe den Mund voller Zahnpasta, deswegen kann ich nicht antworten. Ich spucke aus und nehme einen Schluck Wasser. Der Zahnputzbecher ist blau mit einer gelben Ente drauf und rauen Stellen da, wo mal der Henkel war. Ich nehme ihn mit, als ich wieder rausgehe, um nach Bryn und Eden zu schauen. Amy folgt mir. Sie hat immer noch ihren komischen kurzen Schlafanzug mit den Ponys an. Wir gucken von der Brücke. Durch die großen Glastüren zum Hof sieht man nichts, weil es draußen noch dunkel ist, aber Gabriella schleckt über die Scheibe in der Klausentür, das macht sie gern. Ihre Zunge ist superlang. Und fast genau unter uns steht Ems Sofa mit der schlafenden Em.

»Pssst!«, zischt Amy wie eine wütende Erwachsene, und ich pruste beinahe mein Wasser aus.

Bryn und Eden zuppeln an ihren Strumpfhosen rum. Josh ist mit Harriet in der Kuhhaus-Küche, und es riecht nach Gebratenem, also macht Jim uns im Bauernhaus Frühstück. Wir starren auf Ems spitzes weißes Gesicht in der grauen Knautschdecke. Zwischen ihren Lippen quellen kleine Atemwolken raus, als wäre sie eine schrumpelige Drachenoma. Amy verdreht wieder die Augen.

Mein Mund ist immer noch voller Spucke und Zahnpasta und Wasser, und Amy wirft mir einen Blick zu, der heißt: *Ich hab eine Idee.* Sie lässt mich nicht aus den Augen, während sie nach dem Zahnputzbecher in meiner Hand greift und einen großen Schluck Wasser nimmt, genauso groß wie meiner. Dann erstickt sie fast vor Lachen und muss die Augen zukneifen. Als sie sie wieder aufmacht, schauen wir runter zu Em mit unseren Mündern voll Wasser und luftballondicken Backen. Meine zittern, so lange halte ich das Zeug schon drin. Wir wissen, dass wir das nicht tun dürfen. *Auf keinen Fall.* Aber sie schläft unter uns wie eine Zielscheibe.

Also tauchen wir nur gaaanz leicht die Finger in den Zahnputzbecher und schütteln sie ein bisschen. Die Tropfen fallen auf Em. Sie bewegt sich nicht mal.

»La-han«, sagt Eden.

Bryn grummelt, dass ihr T-Shirt viel zu eng ist und sie es nicht über den Kopf kriegt.

»Was macht ihr da?«, fragt Eden.

Winzige Wassertropfen sickern uns aus dem Mund.

»Hört auf damit!« Eden will immer rumkommandieren.

In Ems Haaren sind Tropfen. Wir schütteln die nassen Finger über ihr. Wenn sie jetzt noch niesen würde ... Ein Nieser wäre richtig cool, wie im Zeichentrickfilm.

»Amy?«, ruft Adam laut, und das war's – wir spucken das Wasser aus, direkt auf Em drauf, und Amy japst auf und verschüttet auch noch den Rest aus dem Zahnputzbecher, der mitten auf Ems Gesicht klatscht. Und während sie loskreischt, rennen wir davon.

Im Letzten Relikt herrscht *dicke Luft*. Adam hat eine CD ausgesucht, die wir nicht mögen, und singt nicht mit. Wortlos setzt er uns an der Schule ab und schaut uns nicht mal an. Uns ist schlecht.

Amy meint, vielleicht haben sie es nach der Schule wieder vergessen, aber wir wissen genau, dass das nicht stimmt. Das hier ist schlimmer als die Ziegenkötel in Joshs Bett. Am meisten Angst haben wir davor, was Harriet sagen wird. Aber schämen tun wir uns am meisten vor Jim.

Nach der Schule wartet Adam an der Ecke auf uns. Er hat die Türen vom Letzten Relikt schon aufgemacht, damit wir einsteigen können, aber er guckt in die andere Richtung und brummt bloß: »Schuhe«, was heißt: *Passt auf die Sitze auf.* Als wir zu Hause sind, redet er immer noch nicht mit uns, sondern sagt nur mit gemeiner Stimme: »Raus mit euch«, bevor er meine Schwestern und Josh reinbringt. Sie gehen ins Bauernhaus, also laufen ich und Amy ins Kuhhaus, stehen in der stillen, leeren Küche und fühlen uns klein und schrecklich.

Irgendwann sagt Amy: »Entschuldigen wir uns.«

Sie meint nicht bei Em, sondern bei Jim.

»Ja, okay.«

Wir fühlen uns so mies, dass wir nicht mal wie sonst die Hintertür ganz weit aufreißen, sondern nur einen winzigen Spalt, durch den wir raus auf den Hof schlüpfen.

Im Winter wird es nachmittags nach der Schule schon stockdunkel, und so allein auf dem Hof ist es gruselig. Finbars Hütte und das Wagenhaus mit den Hodges drin kommen uns weit weg vor. Wir halten die Luft an und rennen, bis wir bei den Lichtern von Jims Werkstatt sind. Das ist die einzige Tür, an die wir jemals anklopfen. Vom grellen Licht müssen wir blinzeln, aber es ist warm.

Jim arbeitet an einem Stück Holz. Helle Späne kringeln sich an seinem Hobel und fallen runter. Als wir reinkommen, hört er auf und fährt sich über Gesicht und Kopf. In seinen Haaren klebt immer Sägemehl, deswegen sind sie dick und steif und stehen hoch, wie Holz.

»Das ist nicht Gails Kommode«, sagt er.

Er macht eine Shaker-Kommode für Mama, aber irgendwas kommt dauernd dazwischen.

»Ich bau bloß schnell ein Gatter für Finbar, damit die Ziegen draußen bleiben. Das Holz ist von der großen alten Kiefer, die wir letztes Jahr gefällt haben, wisst ihr noch?«

Wir antworten nicht, sondern treten nur von einem Fuß auf den anderen und starren zu Boden.

»Was ist los?« Er weiß genau, was wir gemacht haben. Er ist einfach erwachsen.

»Tut uns leid«, murmelt Amy. »Em …«

Ich kriege kein Wort raus.

»Em?«, bohrt Jim nach. Er will, dass wir es sagen.

»Wir …«, fängt Amy an und verstummt wieder. Laut ausgesprochen klingt es bestimmt richtig schlimm. Ich warte drauf, dass sie weiterredet, aber das passiert nicht.

Ich halte es nicht mehr aus. »Wir haben Em angespuckt, als sie geschlafen hat.«

Ich fasse es nicht – Amy muss gleich lachen! Ich spüre sie neben mir, ich merke es genau. Das ist einfach … *falsch*. Ich muss garantiert mitlachen. Vor Panik bricht mir der Schweiß aus. Amy bellt wie ein Hund im Versuch, es zu unterdrücken, und dann fängt sie plötzlich an zu weinen. *Weinen*. Das passt gar nicht zu ihr. Ich gucke kurz, ob sie nur so tut. Aber nein. Die Tränen strömen, und weil sie weint, fühle ich mich gleich noch mieser. Ich kaue an den Fingernägeln rum, während sie sich wieder beruhigt.

»Tut mir leid«, flüstert sie. Ihr Gesicht ist nass, und ihre Augen leuchten blau. »Uns beiden. Entschuldigung.«

»Entschuldigung«, wiederhole ich. »Das war gemein von uns.«

Jim löscht das Licht über der Werkbank und steckt die Kreissäge aus, damit die Kleinen nicht mitten in der Nacht reinschleichen und sich die Hände absäbeln.

»Wisst ihr, was ein Barometer ist?« Jim reicht Amy ein riesiges Taschentuch.

Wir schütteln die Köpfe.

»Das misst den Luftdruck in der Atmosphäre und verrät einem, ob es bald regnet oder ob es sonnig und trocken bleibt.«

Wir haben keine Ahnung, wovon er da redet. Ich meine, wir verstehen, was er sagt, aber nicht, was es damit zu tun hat, dass wir Em angespuckt haben.

»Ihr zwei seid so was wie Barometer für diesen Ort hier«, erklärt er, »für Frith. Ihr habt was ziemlich Fieses gemacht, weil ihr gespürt habt, dass ein Sturm aufzieht. Das war nicht nett, aber das wisst ihr ja. Entschuldigt euch bei Em. Und dann vergessen wir das Ganze.«

»Müssen wir?«

»Allerdings. Versprochen?«

»Versprochen.«

Ich und Amy schauen uns an. Es ist vorbei.

Wir rennen ungefähr zehnmal schneller als auf dem Hinweg, und Jim kommt in seinem Schneckentempo hinterher.

Adam ist in der Küche, ziemlich nah bei meiner Mama, und redet mit ihr. Als wir durch die Tür stürmen, springt er zurück und packt Amy und schwingt sie lachend durch die Luft. Sie fragt, ob er noch sauer ist. »Wer könnte denn auf dich sauer bleiben? Wer? Niemand!«, ruft er und kitzelt sie. Anscheinend hat er es einfach vergessen.

Mama steht am Rayburn und kocht. Sie dreht sich nicht um, sondern rührt weiter in irgendwas Nassem mit viel Gemüse. Ich starre ihren Rücken an und versuche rauszufinden, ob sie mich jetzt hasst. Niah liegt in einem von den Hundekörben, damit sie nicht auf dem Boden rumkugelt, und Christabel liegt selbstgefällig im anderen, als wäre Niah ihr Welpe.

»Weiß wer, wo Em ist?«, frage ich, weil wir es Jim versprochen haben.

Mama wendet sich um und legt den Kochlöffel weg. Ich muss an Ranis Mutter denken und wie sie ihr früher mit Suppenkellen auf die Beine geschlagen hat. Mama hat mich noch nie mit irgendwas geschlagen. Harriet klebt Amy manchmal eine, aber nur ganz selten, wenn sie fuchsteufelswild ist. Mama hebt Niah hoch, setzt sich auf die Bank und schwingt langsam die langen Haare von der einen Seite zur anderen. Sie wirkt bitterernst, so als würde sie gleich was drüber sagen, welche Art von Junge ich bin. Ihre Augen sind dunkelbraun, genau wie ihre Haare, und sie starrt mich an, bis ich mich winde. Alle meinen, dass ich Mamas Augen habe, was gut ist. Gray Parks Augen hätte ich nicht gern, wo ich ihn doch nicht mal kenne. Niah schaut mich auch an, aber sie hat keine Ahnung, was passiert, wahrscheinlich noch weniger als Christabel, die gerade gepupst hat. Mama schiebt sich Niah auf den Schoß und greift nach meiner Hand.

»Da hat aber jemand heiße Pfötchen.«

Verlegen strecke ich einen Fuß aus und betrachte ihn. In meinem Socken ist ein Loch, und mein Zeh lugt dumm raus.

»Ich geb dir ein bisschen Causticum«, meint Mama. »Und Aurum metallicum. Die helfen beide sehr gut gegen Schuldgefühle. Halt mal Niah.«

Sie legt Niah auf den Rücken und steht auf, sodass ich mich beeilen muss, damit meine Schwester nicht von der Bank kullert. Mama klimpert derweil in ihrem Spezialschrank rum und mischt mir einen ihrer Zaubertränke. Wenn sie mir so was gibt, dann kann sie mich nicht hassen. Ich lächle Niah an, und die lächelt zurück, aber mit den Spuckebläschen ist das irgendwie eklig.

Als Mama sich mit einem braunen Fläschchen in der Hand wieder umdreht und mein Lächeln bemerkt, sagt sie: »Siehst du? Meine Magie wirkt schon.«

Jim kommt rein. »Alles wieder gut?«

Adam hat sich mit Amy auf den Sessel plumpsen lassen, als wäre sie zu schwer zum Tragen, und sie umarmt ihn.

»Alles wieder gut«, antwortet Mama, und Jim drückt ihr einen Kuss auf den Kopf. Das mag sie gern. Genau wie ich, deswegen drückt er mir auch einen auf den Kopf.

»Gut«, sagt er.

»Gail?«, ruft Harriet aus der Kuhhaus-Küche. »Wir müssen los! Adam? Joshs Hausaufgaben!«

Adam stemmt sich aus dem Sessel und humpelt los, wobei er die schreiende Amy wie einen Sack über den Boden schleift.

»YESH, MASTER!«, ruft er zurück. Er hat eine Schulter hochgezogen und ein Auge zugekniffen und wedelt mit dem Arm. »COMING, MASTER!«

»Wo wollt ihr hin?«, frage ich Mama.

»Ins Dorf. Mit dem Gemüse.«

Draußen ist es nass und dunkel, aber wenn ich Ärger habe, bin ich gern in ihrer Nähe.

»Dürfen wir mit?«

Als das ganze Gemüse in Tüten und Kisten im Kofferraum liegt und wir auf der Straße sind, drückt Harriet das Gaspedal vom Lada durch. Mama dreht am Radio. Irgendwann findet sie einen Sender, aber der ist walisisch. Manchmal kommt auch Isländisch, und einmal haben wir sogar Russisch gehört. »Habt Respekt vor dem Lada«, sagt Adam immer mit seinem unheimlichen russischen Akzent, »er ist der Letzte seiner Art.«

Wir rasen dahin, und Mama und Harriet knuspern Äpfel und kichern.

»Was zum Teufel machen wir jetzt mit Em?«, fragt Harriet, und ich und Amy spitzen die Ohren wie Fledermäuse.

»Die arme Em«, meint Mama.

»Die arme, arme Em«, sagt Harriet.

Sie ist nicht *die arme, arme Em*, weil wir sie angespuckt haben, sondern wegen ihrer *schrecklichen Trennung*.

»Stell dir vor«, fährt Harriet fort. »Nach fast zehn Jahren Ehe. Wegen einer Jüngeren. Ich meine, Em ist doch auch noch jung.«

»Ich weiß!«, ruft Mama. »Sie ist in meinem Alter. Sechsunddreißig.«

»Hmpf. *Männer.*«

»Dabei ist sie so eine tolle Frau«, meint Mama.

»Wirklich toll.«

Erwachsene betonen immer, wie toll andere Erwachsene sind. Em ist ganz okay. Aber sie ist kein Kälbchen. Amy guckt mich an und zuckt mit den Schultern. »Em ist bloß eine langweilige Erwachsene.« Ich nicke.

Die Schilder blitzen im Scheinwerferlicht, grün und weiß. Wir sind schon fast beim Kreisel. Plötzlich macht Harriet einen Schwenker nach links auf den Randstreifen, tritt auf die Bremse und schaltet den Motor aus. Alles ist still. Wir sind das einzige Auto auf der einsamen, dunklen Straße. Sie wendet sich um und schaut mir und Amy ins Gesicht.

»Seid netter zu Em, ja? Du auch, Lan«, sagt sie mit ihrer Sturmstimme. »*Freundlichkeit. Liebe.* Okay?«

Beinahe rechne ich damit, dass ihre Haare sich aus dem Zopf befreien und in alle Richtungen fliegen, aber das passiert nicht.

»Okay«, antwortet Amy. »Tut mir leid, Mama.«

»Mir auch, Harriet«, schließe ich mich an. »Das machen wir.«

»Gut.« Harriet fährt wieder los und bespricht mit Mama, an welchem Haus wir zuerst anhalten, und ich und Amy atmen auf.

Später, als wir aus dem Dorf zurück sind und alle drei Familien bei sich zu Hause gegessen haben, liege ich im Bett und denke über den Tag nach. Einen Moment lang kann ich mich gar nicht mehr erinnern, ob wir uns wirklich bei Em entschuldigt haben. Ich sehe vor mir, wie wir sie angespuckt haben und wie Jim nett zu uns war und wie alles wieder in Ordnung gekommen ist, aber haben wir auch wirklich *Entschuldigung* gesagt, so wie versprochen? Dann fällt es mir wieder ein: Ja, haben wir, vor dem Abendessen, alle beide. Und Em ist von der Bank aufgestanden und hat uns umarmt. Das war ein bisschen komisch, weil wir Umarmungen von ihr nicht gewohnt sind, aber wir waren so erleichtert, dass wir uns nicht rausgewunden haben. Ich döse gerade weg, als Amy in ihrem Zimmer drüben im Kuhhaus krächzt wie ein Papagei. Ich krächze zurück, und wir machen noch ein paar andere Tiergeräusche, bis Adam schreit: »Ruhe!«, weil Em ins Bett will. »Tschuldigung, Em«, rufen wir, »tut uns leid …«

»Schon okay«, ruft Em, »alles gut.«

Es war nett von ihr, dass sie kein Stück sauer war, weil wir sie angespuckt haben. Vielleicht war es sogar *toll.*

Ich muss an Mamas Rücken denken, als sie am Rayburn gestanden und sich ewig nicht umgedreht hat. Dabei hat sie gar nichts Böses zu mir gesagt oder mit uns geschimpft. Als Harriet links rangefahren ist und uns eingebläut hat, dass wir nett sein sollen, war das, als würde uns ein Löwe anbrüllen, aber ich habe hinterher zu Amy rübergeguckt, und sie sah ganz normal aus, als würde es ihr gut gehen. Sie macht sich wahrscheinlich keine Sorgen, dass Harriet sie nicht mag. Sie glaubt nicht, dass ihre Mama eines Tages einfach abhauen könnte.

4

VITA UND VIRGINIA

Amy

Ich liege auf Gabriellas Bauch und höre zu, wie mein Papa Lan Schauspielnachhilfe für seine Rolle als Weiser aus dem Morgenland gibt. Lan liest scheiße, weil er immer vor sich hin träumt, sagt Miss Pillar, aber eigentlich liegt es daran, dass Gail ihn nie dazu zwingt und er viel schüchterner ist als ich. Er kriegt seinen Text einfach nicht richtig hin. Papa dröhnt. Gabriella scheint das nicht zu gefallen.

»Komm schon, Lan. Stell dir den hellen Stern vor, der über der Wüste strahlt. Öffne die Brust ganz weit. Große Geste und … *Folget dem Stern!*«

Lan flüstert, statt *mit Stütze zu sprechen*, und Papa versucht, nicht genervt zu sein, das merkt man genau. Er ist vielleicht Schauspieler, aber *nicht genervt* spielt er richtig schlecht. Ich verstecke mich, damit ich es nicht noch schlimmer mache. Eigentlich sollte ich ein Heiliger König sein statt Esel Nummer drei. Ich bin viel königlicher als Lan. Mama sagt, es ist *sexistisch*, und das stimmt. Ich habe nicht mal Text allein. Lan hat ganz viel.

»*Folget dem Stern!*«
(alle) »*Folget ihm!*«
»*Nun ist es nicht mehr weit!*«

»*Kommt schon, Kamele.*«

»*Seht! Ich bringe Myrrhe.*«

»*Kommt schon, Kamele*« sollte eigentlich »*Kommt, ihr Kamele!*« lauten, aber es wird jedes einzelne Mal »*Kommt schon, Kamele*«, so als wäre er angepisst, mit den Viechern rumhängen zu müssen, und würde das Jesuskind gar nicht sehen wollen.

Irgendwann meint Papa: »Vergiss es, Lan. Bei der Aufführung klappt es bestimmt«, und verschwindet, um was anderes zu machen.

Ich komme aus der Klause raus und sage: »Wen interessiert schon das blöde Krippenspiel?«, aber Lan wird ganz schlaff. Er schlurft zum Klavier rüber und spielt fünfzigmal hintereinander dieselbe Note. Gail hilft ihm nie bei irgendwas. Keine Ahnung, wo sie überhaupt steckt.

Plötzlich rauscht meine Mama rein.

»Auf geht's, Kinder!« Damit zerrt sie uns nach draußen und zwingt uns, mit ihr Steine auf dem Langfeld zu sammeln. Echt unglaublich!

»Mamaaa …«

Mit Mama auf dem Langfeld Steine zu sammeln, ist kalt und superätzend, außerdem ist *Winter*, aber sie hat eine ihrer Launen, also müssen wir mit, auch wenn unsere Finger taub werden und der Schlamm wie Kleber ist.

»Na los«, ruft sie, »je schneller wir machen, desto eher sind wir fertig.«

Sie hat richtig Spaß.

»Schön für sie«, brummle ich Lan zu.

Als wäre das alles ein Spiel. Sie brüllt Lans Weiser-aus-dem-Morgenland-Text, wieder und wieder.

»*Folget dem Stern!*« (sucht nach einem Stein)

»*Folget ihm!*« (hebt ihn auf)

»*Nun ist es nicht mehr weit!*« (stapft zurück zum Anhänger)

»*Kommt!* (wirft den Stein auf den Anhänger) *Ihr Kamele!*«

»*Seht!* (wirft den nächsten) *Ich bringe Myrrhe.*«

Irgendwann stimmen ich und Lan mit ein. Und eigentlich ist es gar nicht so schlimm. Es ist sogar ganz lustig.

Auf einmal meint Mama mit ihrer Triumphmiene: »Na, siehst du, Lan, du kannst alles.«

Ich stehe mit kältepiksigen Händen da und schaue sie an und den Haufen Steine auf dem Anhänger und ihre große, glänzende Nase, und sie ist diese strahlende, fesselnde Frau. Dann gucke ich zu Lan, dem die Kinnlade runterhängt, weil er kapiert, dass er seinen kompletten Text richtig gesagt hat. Und laut. Und ich kann es einfach nicht fassen.

»Leck mich fett, Mama«, sage ich, so wie sie immer »Leck mich fett, Amy« sagt, wenn was Geniales passiert. Und sie grinst, und ich denke, sie ist meine beste Freundin.

Als wir wieder drinnen sind und uns aufwärmen, sagt Gail: »Danke, Harriet, du bist ein Schatz.«

Auch für die Krippenspielkostüme bedankt sie sich, die Mama, Martin und Rani gemacht haben. Eden, Bryn und Lulu waren leicht, weil die drei Engel sind, und Bill und Josh sind Schafe, das war auch nicht schwer. Lans Heiliger-König-Kostüm ist einfach Glitzerzeug vom ganzen Hof, aber ich soll als Esel Nummer drei eine *braune* Strumpfhose und ein *braunes* T-Shirt anziehen. Logisch, dass wir so was nicht haben. Mama hat geflucht: »Scheiße, wer hat denn bitte ein braunes T-Shirt? Ich fahr garantiert nicht bis in die Stadt, um eins zu kaufen!« Also kriege ich eine graue Strumpfhose und ein oranges T-Shirt als Esel Nummer drei.

Gail mischt ihre Mittelchen hier am Küchentisch im Bauernhaus und füllt sie mit dem winzigen Glastrichter, den Jim ihr zum Geburtstag geschenkt hat, in Fläschchen ab. Sie will Leslie Robinson bitten, das Zeug im Spar zu verkaufen. Gail und Rani haben schöne Etiketten und Anhänger mit *Hof Frith* drauf gebastelt.

»Vielleicht fände Amy es nicht so schlimm, nur ein Esel zu sein, wenn sie das richtige Kostüm hätte«, meint sie jetzt.

Mama schrubbt sich gerade die Finger mit der Spülbürste, um das Langfeld abzukriegen, hält aber inne.

»Du könntest ihr ein T-Shirt färben«, fährt Gail fort. »Das ist gar nicht schwierig.«

Mama starrt Gail an, als würde sie gleich irgendwas tun, die ganzen kleinen Fläschchen auf dem Boden zerschmettern oder so, deswegen sage ich schnell: »Mir egal. Ich will gar kein langweiliger brauner Esel sein.«

Gail hantiert weiter mit ihrem Trichter rum, und Mama schaut aus dem Fenster.

»Ich glaube, ich gehe in die Badewanne«, erklärt sie langsam. Wenn Mama badet, müssen wir sie alle komplett in Ruhe lassen, sonst schreit sie uns an.

Sie trocknet sich die Hände ab und wendet sich zum Gehen.

»Oh«, macht Gail. »Alles in Ordnung?«

»Bestens«, antwortet Mama und verschwindet.

Da ruft Papa von uns drüben: »Ich rieche diese Kuh! Mistet ihr bitte die Klause aus, Kinder? Jetzt?«

»Wenn ihr eh in die Richtung unterwegs seid, kannst du deiner Mutter Rescue-Tropfen bringen?«, fragt Gail. »Und gib ihr auch ein bisschen Impatiens.«

Sie streckt mir zwei Fläschchen hin.

»Klar. Danke.« Ich nehme sie, überbringe sie aber nicht, sondern kippe sie stattdessen in unsere Spüle. Mama will garantiert nicht *gerettet* werden, vor allem nicht von *ihr*.

Das Krippenspiel ist im Gemeindehaus, also null wie langweilige Schule. Lan hat eine Krone mit Weingummijuwelen, die wir ständig wegfuttern, deswegen müssen die Lehrerinnen und Lehrer neue drankleben. Alle von Frith sind da, um uns zuzuschauen, sogar

Finbar und Em. Lan kann seinen Text richtig gut, er vergisst nichts und ist fast immer laut genug, dass man ihn hört. Wir haben viel mehr Erwachsene im Publikum als unsere ganzen Freunde, wie ein riesiges Team, und alle lächeln und klatschen, und wir winken wie verrückt und springen auf und ab. Das sollen wir eigentlich nicht, weil es *ablenkt* und *die Illusion zerstört*, aber es macht Spaß, und keiner kann uns dran hindern. Und danach gibt es Mince Pies. Irgendwann fahren wir wieder nach Hause, mit jeder Menge Gekreische und der Schminke noch auf den Gesichtern. Und dann ist die Schule vorbei, wegen Ferien. Und *Weihnachten*.

Am 21. Dezember ist Wintersonnenwende. Das erzählt Gail immer. Und es ist mein und Lans Halbgeburtstag, auch wenn das allen pupsegal ist, und außerdem der Tag, an dem wir unseren Weihnachtsbaum ausbuddeln. Wir lassen die silberne Sternspitze das ganze Jahr über dran, und ich und Lan besuchen ihn manchmal im Sommer und unterhalten uns mit ihm. Zum Ausbuddeln fahren wir auf dem Anhänger, mit Suppe und Marshmallows und Ziegenmilchkakao und Ranis Brot. Rani und Martin haben im Wagenhaus einen künstlichen Weihnachtsbaum. Den haben sie vor Ewigkeiten zusammen gekauft. Er ist aus blauem Lametta, und das Flitterzeug fällt langsam ab, deswegen sieht er schon ziemlich kahl aus, aber sie finden ihn romantisch. Martin hat Weihnachten gar nicht gefeiert, bevor er Rani kennengelernt hat, und sie glauben beide nicht an Jesus und den ganzen Bums – logisch, weil Martin wie wir ist und Rani Hindu. Ihre Familie hatte einen blauen Lamettaweihnachtsbaum, als sie noch klein war, deswegen ist das ihre Tradition, und es macht sie glücklich.

Wir schüren ein Lagerfeuer und rösten Marshmallows, und Finbar gräbt den Baum aus, während Gail einen heidnischen Zauber spricht. Sie trägt keine Robe, bloß eine Wollmütze. Bei ihrem Sprechgesang machen ich und Lan Furzgeräusche, und dann wollen wir richtig furzen, aber das klappt nicht, und Papa wird stinksauer und motzt uns an. Keine Ahnung, warum ihm das so wichtig ist, er ist kein Heide. Aber Gails Weißer-Hexen-Kram fasziniert ihn irgendwie, viel mehr als den Rest von uns, sogar mehr als Jim. Finbar wickelt die Baumwurzeln in Sackleinen, und wir tragen den Baum zusammen zum Anhänger, und alle rufen ständig: »Vorsicht!«, und ich und Lan setzen uns daneben, und dann geht's den Hügel wieder hoch.

Seit dem Sommer kümmern wir uns um zwei Truthühner. Sie heißen Vita und Virginia. Virginia ist Vitas Mutter, und sie muss zuerst sterben. Alle unsere Truthühner heißen Vita und Virginia. Virginia wird an Weihnachten gegessen, wegen der Jungfrau Maria, und Vita im Sommer. Ich glaub nicht, dass Vita Virginia vermisst, wenn wir sie gegessen haben, weil sie jetzt schon erwachsen ist und längst vergessen hat, dass Virginia ihre Mutter ist. Nächstes Jahr kriegen wir zwei neue Truthühner und fangen wieder von vorne an. Ich und Lan haben noch nie gesehen, wie sie geschlachtet werden. Das macht Jim. Er schlachtet alle Vögel, aber die Ziegen kommen zur Metzgerei Allens und werden dort geschlachtet. Papa hat *ein einziges Mal* ein Huhn geschlachtet, und alle hoffen, dass das nie wieder passiert, weil er danach ständig über Hemingway geredet hat und wie er *der Wahrheit ins Auge geblickt* hat und dass er sich *wie Lady Macbeth* vorkam, die versucht, sich das Blut von den Händen zu waschen, bis Mama irgendwann meinte, wenn er nicht bald die Klappe hält, schlachtet sie *ihn* und hat überhaupt kein schlechtes Gewissen und geht danach einfach in die Badewanne, um sich sein Blut abzuwaschen.

Wir bringen die Ziegen im Anhänger von Schnarchnasen-Colin zu Allens. Mama fährt. Sie weint immer. Manchmal kommt Gail mit, um sie zu trösten, und manchmal kaufen wir danach Pommes. Ich und Lan warten vorne im Laden und gucken uns die ganzen Hühner und Fasane an, die kopfüber hängen, und die Lammkeulen und das dunkelrote Rindfleisch mit den dicken weißen Fettadern drin, während Mama Tommy Allen zuquatscht über *Standards* und *Freundlichkeit*. Dabei ist Tommy Allen superfreundlich. Einmal hat Mama zu Gail gesagt: »Nichts ist so sexy wie ein netter junger Metzger«, und die beiden haben ewig gelacht, obwohl es gar nicht so witzig war. Tommy beruhigt Mama, was die Ziegen angeht, und dann gibt er mir und Lan noch ein Minzkaramell und Mama auch. Der Karamell-Teil ist gut, aber der Minz-Teil ist eklig, und die Dinger sind viel zu hart.

Jedes Mal, wenn die Ziegen weggebracht werden, schwören ich und Lan uns, sie nie und nimmer zu essen, aber dann vergessen wir es wieder. Wenn sie erst im Shepherd's Pie oder sonst irgendwo drin sind, kommt es einem gar nicht mehr vor wie diese eine Ziege, die früher auf dem Feld rumgesprungen ist. Außer das eine Mal, als Papa in seiner lustigen Pfarrerstimme gebetet hat: »Danke, Gordon, dass du heute dein Fleisch für uns hingegeben hast.« Gordon war eine fröhliche kleine Ziege, graubraun mit einem schwarzen Streifen auf dem Rücken, und plötzlich habe ich ihn wieder mit den anderen ums Futter rangeln sehen. Ich habe losgeheult, und Lan auch, und wir haben die restlichen Kinder angesteckt, und dann war *Chaos*. Martin hat vorgeschlagen, nur noch den Tieren Namen zu geben, die wir nicht essen wollen. »Das ist doch barbarisch«, hat Rani entgegnet.

»Jeder definiert Barbarei anders«, sagt Jim immer. »Keiner denkt, dass er auf der falschen Seite steht.«

Jim hat ein Spezialmesser, das in Wildleder eingewickelt ist und auf dem obersten Regalbrett in seiner Werkstatt liegt, damit die Kleinen sich damit nicht versehentlich gegenseitig erstechen. Vor Frith hat niemand von den Erwachsenen auch nur irgendwas getötet, sie haben Fleisch einfach im Supermarkt gekauft und *so gut wie möglich ausgeblendet, wo es herkommt*. Bevor die Entscheidung für das superscharfe Messer gefallen ist, haben sie mit verschiedenen

Methoden rumprobiert. Sie reden oft über die Male, wo sie es verbockt haben, und sagen Sachen wie *winden* und *schreien* und schlagen die Hände vors Gesicht. Anscheinend ist es keine gute Idee, mit einer Axt hinter einem Huhn herzurennen. Ich und Lan fangen gern Hühner ein und bringen sie Jim, nur bleiben wir nie, um zuzugucken, er lässt uns nicht. Aber dieses Jahr wollen wir un-be-dingt sehen, wie Virginia geschlachtet wird, weil es *wichtig* ist.

»Es ist Weihnachten«, sage ich. »Und das ist ein besonderes Ritual.«

»Wie ein Opfer«, meint Lan. Er überlegt, ob er auch Heide sein will, so wie Gail. Sollen er und Gail und Papa halt zusammen Heiden sein.

»Dürfen wir, bitte, bitte?«

Gail spricht immer ein heidnisches Gebet für die Truthühner. Bei den anderen Hühnern macht sie sich nicht die Mühe, vielleicht, weil die zu klein sind. Früher ist sie mit Jim rausgegangen und hat Sachen gesungen, aber jetzt hat sie keinen Bock mehr. Sie sieht fast jeden Tag nach Virginia und berichtet, wie dick sie geworden ist. Das Truthuhnschlachten wird bestimmt so wie das Weihnachtsbaumausbuddeln, bloß noch aufregender. Meine Mama will nicht, dass wir zugucken, dabei betont sie dauernd: »Wer die Augen vor dem Töten verschließen will, sollte auch kein Fleisch essen.« Und wir sind alt genug. Und sie können uns nicht abhalten. Also Pech gehabt.

Mama geht Virginia einfangen, und ich und Lan laufen mit Jim durch den eiskalten Fisselregen zur Werkstatt, um das Messer zu holen. Unser Atem macht Wölkchen, während wir über Weihnachten reden und die ganzen Sachen, die wir gern essen. »Wie heißt die eine Füllung noch mal? Die knupsige?«

»Knusprig, nicht knupsig«, meint Jim. »Zitrone-Thymian.«

»Und Miniwürstchen!« »Und Brotsoße!« »Brotsoße ist eklig.« »Gar nicht …«

Jim stapft zur Werkstatttür.

»Wartet hier.«

Wir versuchen, ernst zu bleiben, weil *man sollte keinen Spaß am Töten haben*, aber wir sind trotzdem ganz hibbelig. Weit weg im Obstgarten hören wir die Hühner auseinanderstieben und Virginia kollern. Klingt, als würde sie sich freuen, dass sie eingefangen wird. Wir schauen uns an und kichern.

Als Jim mit dem Messer wieder rauskommt, hopsen wir neben ihm her, an den Fenstern der Hodges vorbei, den ganzen Weg bis zum Heuschober gegenüber der eingestürzten Ruine drüben beim Heufeld, wo wir mal die Schlange entdeckt haben. Im Heuschober wickelt Jim das Messer aus und betrachtet es gründlich, bevor er es auf dem Schleifstein schärft. Stumm lauschen wir dem Schaben und Kratzen. Das Messer ist nicht sonderlich groß, wenn er es in der Hand hat, sieht man den Griff gar nicht mehr. Wir halten den Atem an, als er die Klinge mit dem Finger testet, dann schärft er noch mal nach. Schließlich reißt er sich ein Haar aus. Wir recken die Hälse.

»Was machst du da? Ist es scharf genug?« Statt einer Antwort nickt er bloß, legt das Messer weg und holt einen Strohballen. Ich und Lan helfen ihm. Er reißt ihn auf, und wir kicken das Stroh auseinander, bis unter dem Fleischerhaken ein goldenes Bett liegt.

Mama kommt mit Virginia rein, die fröhlich aussieht. Sie ist es gewohnt, dass man sie rumträgt.

»Hallo, Harriet«, begrüßt Jim sie.

»Bist du dir dabei sicher?«, fragt Mama und meint mich und Lan und das Zuschauen. Jim zuckt die Achseln. Sie wechseln einen Blick, ohne was zu sagen, unterhalten sich stumm, so wie ich und Lan oft.

»Tja«, macht Mama. »Na dann.«

Sie bringt Virginia zum Strohbett, und Jim schaut runter auf sein Messer, und ich und Lan schauen uns an, und plötzlich pochen unsere Herzen richtig schnell, echt komisch.

Mama legt Virginia hin, die kollert und fliehen will, und auf einmal ist der Spaß vorbei, und ich und Lan weichen zurück. Meine Spucke schmeckt nach saurer Milch. Virginia ist fast so groß wie unsere Hündin Christabel. Der würden wir auch nicht die Kehle durchschneiden. Virginia wehrt sich weiter. Ihr Kopf zuckt hin und her, als hätte sie es eilig.

»Wenn ihr gehen wollt, dann geht«, meint Jim, »ihr müsst das hier wirklich nicht sehen«, aber keiner von uns beiden rührt sich.

Irgendwie kann ich jetzt keinen Rückzieher mehr machen, nachdem ich den Entschluss gefasst und wochenlang gebettelt habe und so gern zugucken wollte. Aber alles ist ganz anders, als ich es mir vorgestellt habe.

»Na, na, mein Mädchen«, murmelt Mama Virginia zu.

Mit dem Vogel unterm Arm kniet sie auf dem Stroh. Wir wollten Virginia immer streicheln, aber sie hat uns nie gelassen. Ihre Federn sind grau und an den Rändern dunkler, und ihre Schuppenbeine und der Wabbelhals sind echt eklig. Mit ihren Knopfaugen starrt sie durch die Gegend und gluckt, und die rosaroten Schwabbelteile von ihrem Kehllappen zittern, und alles ist einfach nur traurig. Keine Ahnung, ob sie uns sieht. Sie kann richtig gut Trockenfutter von Steinchen unterscheiden, aber wenn sie in die Ferne guckt, wirkt ihr Blick verschwommen. Jetzt betrachte ich ihren verschwommenen Blick und ihren Kehllappen und schäme mich.

»Warum lassen wir es nicht einfach?«, fragt Lan plötzlich. »Muss das wirklich sein? Wir können doch alles andere essen.«

Die beiden Erwachsenen schauen superdramatisch auf – Jim mit dem Messer in der Hand und Mama in ihrem gestreiften T-Shirt wie eine Einbrecherin, die auf frischer Tat ertappt worden ist.

»Geht, wenn ihr wollt«, sagt sie, immer noch mit der ruhigen Stimme, die sie für Virginia verwendet.

Wenn Lan geht, gehe ich mit. Aber er ist wie festgefroren. Virginia hört auf zu starren und genießt Mamas Streicheleinheiten.

»Ganz ruhig, mein Mädchen. Alles ist gut.« Mama singt fast, so wie Gail beim Weihnachtsbaum, nur dass Virginia zuhört. »Ihre Art wurde von uns Menschen speziell dafür gezüchtet, gegessen zu werden.«

Virginia schmiegt sich an sie. Bei Vögeln ist das immer schwer zu erkennen, aber sie wirkt liebevoll. Ich halte den Atem an. Jim bewegt sich behutsam durch den Schober und holt einen von den Futtersäcken aus Papier. Den reicht er Mama, die ihn um Virginias Körper presst und ihren Kopf zu Boden senkt, mit gaaanz langsamen Strichen über ihren Hals, wieder und wieder.

»Das ist ihre Bestimmung«, trällert sie sanft. »Der Grund, warum sie auf der Welt ist. Sonst würde sie gar nicht existieren. Sie hätte nie gelebt und auch nie Vita bekommen.«

Virginia gackert leise, als würde sie Mama antworten. Ich und Lan sind wie hypnotisiert. Die kalte Luft wird still, und alles ist plötzlich glasklar, als hätte es wer geputzt. Jim tritt hinter Mama und kniet sich hin. In meinem Hals sitzt ein harter Kloß, wie als ich mal versehentlich ein Minzkaramell verschluckt habe und Mama mit dem Lada eine Vollbremsung hinlegen musste.

»Sie hatte ein wunderbares Leben.« Mama lehnt sich auf den Vogel. »Wunderbares Gras, wunderbares Futter, Liebe …«

Sie hält Virginias schlanken Hals dicht übers Stroh, ohne es zu berühren.

Jim schiebt das Messer in die Lücke dazwischen und murmelt irgendwas. Ich kriege den Schnitt gar nicht mit, aber als er das Messer wieder wegzieht, sehe ich nur noch Blut, das aufs Stroh strömt. Virginia bewegt sich nicht, sie checkt nicht mal, was passiert ist. Meine Beine sind Wasser. Mama streichelt noch immer Virginias Kopf. Ihre Augen wirken wie vorher … – dann wird ihr Hals schlaff – dann wirken sie tot.

Es ist, als würde die Luft um uns rum aufseufzen. Virginias Körper zuckt. Von den Todeskrämpfen haben ich und Lan schon gehört. Lan wird kalkweiß, als müsste er gleich kotzen. Seine

Haare sind seltsam dunkel. Jim hilft Mama dabei, Virginia zu Boden zu drücken. Das sieht gar nicht so leicht aus. Lan macht ein leises Geräusch. Die Todeskrämpfe hören auf. Jim und Mama entspannen sich. Noch ein paar Sekunden, dann sagt Mama: »Jetzt aber«, und steht auf, nimmt den Sack vom dicken, fedrigen Truthuhnkörper und faltet ihn wie einen Kissenbezug. Mit dem Handrücken wischt sie sich die Augen. Jim steht auch auf und umarmt sie fest.

»Alles okay?«

Mama nickt schniefend.

»Sentimental zu werden, ist genauso falsch, wie es zu genießen«, sagt sie zu mir und Lan und sieht fast ein bisschen sauer aus.

»Niemand hat es genossen«, meint Jim. »Geht's euch gut, Kinder?«

Ich weiß es nicht.

Trotzdem antworte ich: »Ja.«

Jim hebt Virginia an den Beinen hoch, und ihr langer Hals schlackert hin und her.

»Schnur«, sagt er. Mama reicht ihm welche.

Lan dreht sich um und rennt aus dem Schober. Ich bin zu überrascht, um ihm zu folgen, außerdem will ich gar nicht. Jim bindet Virginia die Beine zusammen und hängt sie an den Fleischerhaken. Ihre riesigen grauen Flügel sind ausgebreitet, weiter als meine Arme, sodass man den ganzen weißen Flaum drunter sieht. Wenn ich wollte, könnte ich sie jetzt streicheln, aber ich will nicht. Meine Zehen sind taub. Ich schüttle die Füße aus und tripple auf der Stelle.

»Du kannst uns beim Rupfen helfen«, meint Mama. »Je eher wir damit anfangen, desto leichter geht's.«

Ich gucke auf die großen, schuppigen Klauenfüße und schüttle den Kopf. Jim räumt das Stroh weg und schiebt mit dem Fuß Erde über ein bisschen Blut, das durchgesickert ist. Ich mache mit und fühle mich pragmatisch, so wie Mama und er. Stark.

»Ich freu mich so auf Weihnachten!«, sagt Mama.

Beim Rupfen ratschen die Federn wie winzige Zähne, die ausgerissen werden. Sie landen in einem fluffigen Haufen auf dem Boden. Ein Windstoß wirbelt sie auf, und kurz verwandelt sich der Schober in eine Schneekugel mit zwei Erwachsenen und einem toten Truthuhn drin.

Der Kadaver baumelt am Haken. Ein dicker schwarzer Blutstropfen dehnt sich und fällt vom Kopf. *Virginias Kopf*, denke ich, *Virginias Blut*, aber jetzt, wo sie tot ist, wirkt sie gar nicht mehr wie sie.

»Geh doch mal nach Lan gucken«, schlägt Jim vor. »Ob alles okay ist.«

»Lan! Lan!«

Meine Gummistiefel klatschen über den schlammigen Weg. Er ist garantiert nicht zum Haus zurückgegangen.

»LAN!«

Ich spähe über das Gatter zum Heufeld, und da steht er und tut so, als würde er irgendwas Interessantes in der Hecke angucken. Ich klettere rüber und laufe zu ihm.

»Was machst du?«

»Nichts.«

»Was guckst du?«

»Nichts.«

Sein Gesicht ist tränenüberströmt. Ich tue auch so, als wäre die Hecke interessant, und schaue in der Gegend rum. Das Heufeld ist ein superschönes Feld. Hier fühlen wir uns immer sicher, selbst wenn wir nur dran entlanglaufen. Es hat hohe Hecken an drei Seiten und auf der vierten eine hübsche Steinmauer.

»Hier könnte unser Pferd hin«, sage ich. »Irgendwann mal.«

»Ich will zu meiner Mama.«

Lan rennt los und ich hinterher. Gail würde wahrscheinlich gern erfahren, dass Virginia gut geschlachtet wurde.

Sie steht in ihrem riesigen Steppmantel am Obstgartenzaun und sieht genauso blass und elend aus wie Lan. Ihre ganzen Haus- und Perlhühner picken in der Nähe rum, mit Vita in der Mitte. Die futtert in aller Seelenruhe mit ihren winzigen Freunden und checkt gar nicht, dass sie zehnmal so groß ist wie sie.

»Mama!«

Lan wirft sich so heftig in Gails Arme, dass sie ihn auffangen *muss*, sonst würde sie rückwärts umfallen.

»Haben sie es getan?«, fragt sie.

Lan kriegt vor lauter Weinen kaum ein Wort raus. Er sagt, dass er Jim hasst und meine Mama hasst und dass er nie wieder Fleisch isst. Eigentlich hasst er meine Mama gar nicht. Genauso wenig wie Jim. Das ist Quatsch.

Gail erzählt, wie sehr sie Virginia geliebt hat und was für ein tolles Truthuhn sie war. Ich fühle mich mies, weil ich nicht so traurig bin wie die beiden. Jim sagt immer, dass der Tod überall um uns rum ist. Wir wissen natürlich Bescheid über die *richtigen* Höfe und die großen Schlachtbetriebe, aber wir sind nicht wie diese bösen Leute. Ein Teil von mir will einwenden: *Ist doch bloß ein Truthuhn*. Es kommt mir so vor, als würde ich zugucken, wie Lan die Geschichte entwirft, als Virginia für Weihnachten geschlachtet wurde und alles ganz schrecklich war. Das ist ein neuer Gedanke, und es gefällt mir nicht, mich anders zu fühlen als er, getrennt von ihm.

»Warum hast *du's* nicht gemacht?«, frage ich Gail. »Warum hast *du* Virginia nicht geschlachtet? Immerhin gehört sie dir.«

»Das könnte ich nicht!« Gail wirkt schockiert.

»Aber essen kannst du sie schon.«

Gail schüttelt den Kopf und schlingt noch mal die Arme um Lan, aber nur, damit sie mir nicht antworten muss. Sie ist genervt von mir. Ich gucke zu den Hühnern, die bei ihren Füßen rumwuseln.

»Okay, Lan, lass mich wieder los.« Gail schüttelt ihn ab, als würde sie keine Luft kriegen, wenn er sie drückt. »Ich hol dir ein paar Rescue-Tropfen.«

Sie geht davon und ruft: »Adam! Adam! Sie haben es getan!«

Ich höre Papa antworten, und die beiden unterhalten sich. Gail lacht, und Papa lacht auch. Sooo traurig kann sie ja nicht sein, wenn sie über Papas Witze lacht. Ich glaube, sie will bloß kein Blut an den Händen kleben haben, genau wie Papa. Der mag auch keine schwierigen Sachen. Die beiden sind sich in vielen Dingen ziemlich ähnlich.

5

WEIHNACHTEN

Lan

Als wir am ersten Weihnachtsfeiertag aufwachen, ist es frostig und sonnig und ganz anders als an allen anderen Tagen. So fühlt es sich an. Ich, Amy, Mama und Harriet machen Morgen-Ziegen und Morgen-Hühner, zittern in unseren Schlafanzügen und treten Pfützen zu Splittern. Und während wir draußen sind, läuten die Kirchenglocken los. Wir können die Kirche nicht sehen, die steht im Dorf, aber die Glocken schallen durchs gesamte Tal. Heute könnte alles passieren – sprechende Tiere, einfach alles. Amy erzählt, dass Perdy auf ihrem Bett gelegen und geschnurrt hat, was ein *Zeichen* sein muss, weil Perdy nicht die Art von Katze ist. Finbar sagt, an Weihnachten können Tiere sprechen. Harriet hat uns mal ein Buch über ein Mädchen und einen magischen Besen vorgelesen, wenn sie den in der Hand hatte, konnte sie eine schwarze Katze verstehen. Irgendwann finde ich auch in echt Magie, ganz sicher. Früher habe ich gedacht, dass Mama zaubern könnte, aber sie ist keine richtige Hexe. Was wahrscheinlich gut ist, dann kann sie nicht einfach davonfliegen.

Später gucken ich und meine Schwestern in unsere Strümpfe, die an Mamas und Jims Bett hängen. In Niahs Strumpf sind nur Feuchttücher, aber das merkt sie gar nicht. Amy und Josh sind bei ihren Eltern, und die Hodges sind im Wagenhaus mit ihrem blauen

Baum. Eigentlich treffen wir uns alle erst zum Mittagessen, wenn es draußen dunkel ist und in den ganzen Häusern Kerzen und Lichterketten funkeln. Es sieht aus, als wären es doppelt so viele, weil sie sich in den Fensterscheiben spiegeln. Die Erwachsenen legen Weihnachtslieder und normale Lieder auf, während sie kochen. Überall hört man Musik, sogar draußen, und Rani bringt Samosas rüber, damit wir nicht verhungern. Sie und Harriet und Adam kümmern sich ums Essen, und Em-die-jetzt-hier-wohnt hilft mit. Heute Morgen ist Schnarchnasen-Colin mit einer Dose Pralinen und Geschenken für uns von seinem Hügel runtergekommen, als noch niemand angezogen war. Ich habe ein Spielzeugauto gekriegt und Amy einen rosa Kamm, und wir haben ein schlechtes Gewissen, weil uns die Sachen nicht gefallen und seine Mama tot ist und er ganz allein. Als er Gabriella gesehen hat, die mit ihrem Lamettaheiligenschein als Engel Gabriel verkleidet ist, hat er gebrummt: »Was sagt man denn dazu? Was kommt als Nächstes?« Die Erwachsenen haben ihn für den Abend eingeladen, und er meinte: »Ja, wenn die Schafe mich lassen.« Das war wahrscheinlich nur ein Scherz, aber ich und Amy sind uns nicht sicher. Colin war unser erster Freund hier auf Frith, und eigentlich sollten wir ihn nicht immer Schnarchnase nennen. Als die Erwachsenen aus der Stadt hergezogen sind, waren sie nicht dran gewöhnt, wie dunkel es auf dem Land wird, und Martin hat sich nach der Arbeit verfahren und nicht mehr nach Hause gefunden. Er ist ewig über die Feldwege geirrt und musste am Ende bei Colin klopfen. Als Colin ihn für eine Tasse Tee in sein Gruselhaus gebeten hat, wo seine Mutter gestorben ist, dachte Martin, er würde ihn gleich die Kellertreppe runterschubsen und *aufknüpfen und abschlachten*, aber das hat er natürlich nicht gemacht. Er hat Martin heimgelotst und ist dann noch stundenlang dageblieben, und jetzt ist er unser Freund.

An Weihnachten gibt's erst abends Mittagessen. Der goldbraune Truthahn steht genau in der Mitte vom Tisch und glänzt und dampft.

Er sieht richtig lecker aus, aber ich weiß, dass es Virginia ist, deswegen werde ich nichts davon essen. Der Rest vom Tisch biegt sich unter den Beilagen – Ranis knallorangen Spezialkarotten und Rosenkohl, den die meisten Leute eklig finden, aber wir nicht, und tonnenweise Bratkartoffeln. Und Bratensoße. Und Brotsoße. Und zwei verschiedenen Füllungen. Adam wirft Hände voll Petersilie über alles und ruft: »Grünes Konfetti!«, wodurch es besonders wirkt, auch wenn Petersilie nach nichts schmeckt und uns im Hals klebt.

Martin zerlegt den Truthahn, und alle schauen zu. Ich beuge mich so weit vor, dass ich fast schielen muss, und Martin warnt: »Pass auf deine Nase auf!« Das Brustbein ist weiß, wo er das Fleisch weggeschnitten hat. Der Truthahn ist saftig und riecht super. Alle danken Mama für den *wichtigsten Teil des Weihnachtsessens*. Ich lade mir den Teller randvoll, damit niemand merkt, dass ich kein Fleisch nehme, sie soll nicht böse auf mich sein.

Die Erwachsenen essen langsam, aber wir essen blitzschnell und wälzen uns danach stöhnend im Großraum auf den Sitzsäcken und dem Boden und naschen Pralinen und Stinkekäse. Ich und Amy lassen uns Trauben in den Mund fallen, als wären wir römische Kaiser. »Seht mich an, o jaaa! Köööstlich«, und die anderen machen uns nach. Jim hat ein Kindergitter in den Klausentürrahmen geklemmt, und Gabriella beugt sich drüber und will auch mitspielen. Adam schießt eine Million Fotos von ihr mit ihrem Lamettaheiligenschein. Die Hunde haben die Teller abgeschleckt, und jetzt liegen sie rum und wedeln mit den Schwänzen, dann muss Christabel, die schon eine alte Dame ist, speien, und Ivan der Wolfshund schleckt es auf, und alle, die zuschauen, müssen selbst fast speien, was Jim *den Dominoeffekt* nennt.

Und als wir schon denken, dass Weihnachten gar nicht so toll ist, und überhaupt nicht mehr wissen, warum wir uns so drauf gefreut haben, schleicht Adam sich raus. Amys Papa ist der einzige

Mensch auf der Welt, der so aus dem Zimmer schleicht, dass alle es mitkriegen.

»Nicht gucken!«, ruft er aus der Kuhhaus-Küche. »Finbar! Martin!«

Wir versuchen zu linsen, aber die anderen Erwachsenen werfen uns auf die Sitzsäcke und springen auf uns drauf und halten uns die Augen zu. Mama liegt auf mir. Ich kriege keine Luft mehr. Bills Knie ziept an Edens Haaren, und sie fängt an zu weinen. Mir tun die Augen weh, weil Mama so fest draufdrückt. »Mach dir keine Sorgen wegen dem Truthuhn, Lan«, flüstert sie, »ich versteh das.«

»TADAAA!«, ruft Adam in seiner *La-traviata*-Stimme.

Die Erwachsenen rollen sich wieder von uns runter, und wir öffnen die heißen, brennenden Augen. Mitten im Großraum hängt ein zerknittertes weißes Laken.

»Das ist eine Kinoleinwand«, verkündet Adam.

Auf dem Laken leuchtet ein Rechteck aus so hellem Licht, dass wir ganz geblendet sind. Adam rennt mit flatternden Ärmeln auf und ab und murmelt: »O nein, o nein, o nein.« Bei der Generalprobe hat er anscheinend was gemacht, um den Projektor auf die richtige Höhe zu kriegen, aber er weiß es nicht mehr. Irgendwann ruft er laut: »Scheiße!«, und alle lachen und warten. Und warten. Das Laken zittert wie Wasser, wenn der Wind drüberbläst. Auf einmal steht Finbar auf und verschwindet wortlos durch die Hintertür.

»Er hat sich richtig gut geschlagen«, meint Harriet.

»Konnte er nicht atmen?«, fragt Amy.

Aus dem Nichts zaubert Adam zwei DVDs herbei. Eine heißt *Tschitti Tschitti Bäng Bäng*, die andere ist schwarz-weiß mit alten Leuten drauf, die sich neben einem Weihnachtsbaum umarmen und lächeln und dumm gucken. Wir haben beide noch nicht gesehen, aber die Wahl fällt uns nicht schwer.

Ich und Amy sind fürs Licht zuständig, und wir müssen es dauernd wieder anknipsen, weil niemand fertig ist oder sie sich Sorgen machen, dass die Hunde an die Schokolade kommen, oder sie mehr

Wein und Bier brauchen. Den Projektor hat Martin aus dem Büro mitgebracht, und Jim hat die Leinwand gebastelt, aber die *Idee* war von Adam, und er ist auch mit dem Letzten Relikt in die Stadt gefahren und hat die DVDs besorgt, deswegen klatschen alle für ihn, und Harriet kann ihn gerade noch dran hindern, eine Rede zu halten. Sie schiebt die DVD in den Laptop, und wir schalten den Heizlüfter aus, weil die Laptoplautsprecher so leise sind, und kuscheln uns auf Ems Sofa und unseren Sitzsäcken unter unsere Bettdecken, und dann geht's los.

Der Film ist lang und wird noch länger, weil der Projektor ständig überhitzt und der Laptop auf Stand-by schaltet und irgendwer aufs Klo muss, aber wir Kinder sind mucksmäuschenstill. Ich sitze eingequetscht neben Amy, mit Erwachsenenbeinen hinter uns. Wir haben die beste Sicht. Weil es eine Überraschung war – und vielleicht sogar, weil alles schief läuft –, gefällt uns *Tschitti Tschitti Bäng Bäng* sogar noch besser als *Madagascar* und alle anderen Filme, die wir je gesehen haben. Auch wenn die Kinder darin seltsam und nervig sind. Sie haben genau die gleiche Haarfarbe wie Niah, und die Erwachsenen finden sie *supersüß*, aber wir finden sie zum Speien. Gabriella steckt immer wieder den Kopf aus der Klause und muht. Wenn sie den Hals reckt, ist ihr Gesicht vor der Leinwand, und Tschitti Tschitti Bäng Bängs Streifenflügel flattern auf ihrem hübschen Kälbchenkopf.

Als der Film zu Ende ist, schlummern Lulu, Eden und Bryn. Bill liegt sabbernd auf Ranis Schoß und schläft mit offenen Augen, wie ein Zombie.

»Das macht er, damit niemand ihn ins Bett schicken kann«, meint Rani, als ob Bill echt clever wäre und nicht bloß komisch.

Die Erwachsenen fangen an, in der Küche rumzuklappern, und Mama geht hoch, um nach Niah zu schauen.

Seit der Projektor aus ist, fühlt sich alles düster und kalt an. Meine Augen jucken, und ich kann mich nicht entscheiden, ob ich Hunger habe oder nicht. Ich und Amy geben den Hunden ein paar kalte Bratkartoffeln. Vom Film schwirrt mir der Kopf, und ich kriege Durst. Ich tauche eine Kartoffel in ein Fettauge auf der kalten Bratensoße, und das weiche Innere saugt sich voll, aber dann will ich die Kartoffel doch nicht mehr, also lasse ich sie ganz reinplumpsen. Plötzlich fällt mir das Lego wieder ein, mein Hauptgeschenk. Es ist ein X-Flügel-Sternenjäger mit einem *Vollständig*-Aufkleber auf der Schachtel. Den wünsche ich mir schon ewig, und Mama hat ihn für mich gefunden.

»Wer will denn da davonschleichen?«, fragt Harriet. »Na komm, hilf uns beim Abtrocknen, Lan.«

»Ich muss nur schnell was holen.«

Auf Socken flitze ich die Treppe hoch.

Alles ist eiskalt. Sogar der Teppich. Oben husche ich auf Zehenspitzen an Niahs Zimmer vorbei und werfe einen Blick rein, weil man immer nach ihr sehen muss. Eigentlich dachte ich, das wollte Mama machen, aber sie ist nicht hier, und die Wiege steht im Dunkeln, also laufe ich weiter zu meinem Zimmer. Bloß dass vor mir Mama und Adam sind. Es ist ziemlich finster, und erst denke ich, Mama weint, weil Adam sie umarmt, aber sie weint gar nicht – die beiden küssen sich auf den Mund.

»Was macht ihr da?«

Sie hören auf, und Adam streckt den Arm aus, der nicht um Mama geschlungen ist.

»Wir wünschen uns frohe Weihnachten. Komm her und lass dich drücken, Lan!«

Er klingt ganz normal, aber als ich bei ihnen bin, ist er nicht mehr da, nur noch Mama. Ich gucke zu ihr hoch und weiß nicht, was ich sagen soll.

»Es war so ein schöner Tag, da haben wir uns einen Kuss gegeben«, erklärt sie. »So einen wie den …« Sie küsst mich auf den Kopf. »Hast du nach Niah geschaut?«

»Der geht's gut. Ich wollte mein Lego holen.«

»Ich komme mit.«

Irgendwie wirkt sie aufgekratzt. Auf dem Weg in mein Zimmer erzählt sie mir, wie toll es ist, dass sie genau den X-Flügler gefunden hat, den ich mir gewünscht habe, dass sie in drei Läden war und es überhaupt keinen Sinn macht, Lego neu zu kaufen, alle Leute, die das tun, sind verrückt, weil man das Zeug auch für weniger als die Hälfte kriegt.

»Zum Glück hat jemand es neu gekauft«, sage ich. »Sonst könnten wir es jetzt nicht haben.«

Sie lobt mich in einer gekünstelten Stimme, weil ich so klug bin, und wir gehen wieder runter in die Küche, wo die Abspüler plötzlich superfröhlich und laut sind. Auf Martins und Ranis brandneuem iPhone-Lautsprecher läuft Musik. Den haben die beiden sich gegenseitig zu Weihnachten geschenkt, weil sie richtige Jobs haben. Die Erwachsenen hüpfen rum, während sie aufräumen. Der Kaiser Chief sagt einen Aufstand voraus.

Alle Lichter sind wieder an. Ich stehe mit meiner Schachtel Lego im Arm da und bin mir nicht sicher, was ich tun soll. Adam packt Reste in eine Schüssel, und auf einmal muss ich wieder dran denken, wie er meine Mama geküsst hat. Er hat behauptet, es wäre ein Frohe-Weihnachten-Kuss gewesen. Aber das stimmt nicht. Der Kuss war kein Weihnachtskuss, das war gelogen, aber ich weiß nicht, was es sonst gewesen sein soll. Ein Liebeskuss geht ja nicht, weil sie nicht verheiratet sind, aber warum haben sie sich dann geküsst? Na ja, egal. Wahrscheinlich.

Es gibt keinen guten Platz für mein Lego. Wenn ich es hier auf dem Boden auspacke, treten alle drauf, und in den Großraum will ich nicht, weil die Kleinen da gerade übersprudeln. Am besten baue ich es einfach später.

Das Lied ist vorbei, und die Erwachsenen machen: »Puh!«, weil sie schwitzen. Das nächste Lied ist eine Schnulze von diesem einen

Mann. Den spielt Adam seit Neustem dauernd im Letzten Relikt. Die Erwachsenen seufzen glücklich: »Hmmm!«, und Rani und Martin schauen sich an und singen: »*You're the one I love, you're the one I love*«, während sie Sachen sauberwischen oder Teller abkratzen.

Harriet kehrt einen Riesenhaufen Essen und Dreck zusammen und tanzt mit dem Besen auf Adam zu und trällert: »*You're the one I love, you're the one I love*«. Sie kann von allen Erwachsenen am besten singen. Beim Klavierunterricht singt sie uns immer vor, um uns die Melodie zu zeigen. Ihre Haare sind wie eine goldene Pusteblume. Ihre Stimme ist voll und schön, nicht nervig wie diese superhohen Frauenstimmen. Es klingt toll, nach Weihnachten und Liebe. Inzwischen steht sie vor Adam, aber er scheint sie nicht zu sehen, was komisch ist, schließlich ist sie direkt vor seiner Nase. Dann sieht er sie irgendwie doch und grinst sie an, aber nur für eine halbe Sekunde, bevor er davonwirbelt und stattdessen Amy in seiner *La-traviata*-Stimme anschmettert: »*You're the one I love*«. Er ist völlig anders als noch vor einer Minute oben mit Mama.

Amy starrt neben der Hintertür auf eine Lichterkette.

»Hallo-hooo!«

Sie schläft, genau wie Bill Hodge, nur im Stehen. Adam wedelt mit der Hand vor ihrem Gesicht.

Die Haare an ihrem Hinterkopf sind komisch verstrubbelt. Sie reißt den Mund auf und gähnt. Schon beim Zuschauen werde ich auch hundemüde. Dann bemerke ich den Geruch. Superstark und schrecklich.

Erst denke ich, Amy hätte gepupst. Dann, dass es von Virginias Kadaver auf dem Tisch stammt. Ich kriege richtig Angst. Es stinkt so eklig. Es riecht nicht mal mehr nach Fleisch. Eher nach totem Fuchs oder einem ausgetrockneten, schleimigen Teich oder den zerbrochenen Eiern im Hühnerstall. Jetzt fällt es auch den anderen auf, und die Erwachsenen halten inne und sagen: »Du meine Güte«, und schnuppern. Harriet schaltet die Musik aus.

»Was *ist* das?« Amy hebt ruckartig den Kopf, wie die Springteufel in *Tschitti Tschitti Bäng Bäng*. »BAH!«

»Mama!«, schreit Eden aus dem Klo. »Mein Aa kommt wieder hoch!«

Jim rennt aus der Küche.

»Verflucht noch mal, Adam, das ist der Scheißfaultank«, schimpft Harriet. »Du hast den Kerl nicht angerufen.«

Und Adam schreit: »Scheiße, nicht jetzt! Fuck! *Fuck!* Dieser verdammte Hof! Dieser verdammte Dreckshof!«

Er brüllt. Es ist schrecklich. Gabriella muht in der Klause, als hätte sie auch Angst, und Amy bricht in Tränen aus.

»O nein, tut mir leid, mein Schatz.« Adam nimmt sie in den Arm.

Der Rest von uns Kindern steht stumm da. Ich schaue nach unten. Ich habe immer noch mein Lego in der Hand, aber die Schachtel ist aufgegangen, und die ganzen kleinen Steinchen rutschen raus und verteilen sich auf dem Boden. Die Erwachsenen wuseln durch die Gegend, sie werden drauftreten, aber ich kann sie nicht aufhalten. Ich werde alle Teile verlieren und meinen X-Flügler niemals bauen können. Deswegen fange ich auch an zu weinen.

»Nicht doch, Kinder!«, sagt Adam.

Er zieht Amy auf seinen Schoß und drückt sie fest, und als Josh angerannt kommt, umarmt er den gleich mit.

»Stopp!«, kommandiert Jim laut, und alle bleiben stehen. »Wir müssen Lans Lego aufsammeln.«

Er kniet sich hin und fängt an, die Teile zusammenzuklauben. Ich weine weiter, weil wir nie und nimmer alle finden, die sind viel zu winzig, aber dann geht auch Rani auf die Knie, also helfe ich mit.

Der Geruch ist immer noch so schlimm, dass wir ihn sogar *schmecken*. Martin öffnet die Hintertür und lässt eiskalte Luft rein.

Ich habe Chewbaccas Kopf entdeckt und halte ihn ganz fest. In einer Ritze zwischen den Bodendielen liegt ein Lichtschwert, und ich quetsche mich unter Adams Stuhl und stoße mit dem Kopf gegen sein Knie. »Tschuldigung«, murmle ich. Amy und Josh auf seinem Schoß wirken verheult, aber glücklich, und Harriet küsst Adam auf die Wange.

»Ach, Liebling«, seufzt er.

»Es ist nicht deine Schuld«, sagt Harriet, und er schmiegt das Gesicht an ihre Brust, genau wie Josh immer.

Ich bin mir nicht sicher, ob wir alle Teile gefunden haben, aber ich glaube schon. Die Schachtel stellen wir aufs Klavier – »aus der Gefahrenzone«, meint Em.

Adam verkündet: »Tut mir leid, dass ich sauer geworden bin, Kinder, es liegt nicht an Frith, ihr wisst doch, dass ich unser Zuhause mehr als alles auf der Welt liebe – es liegt nur am *Geld*.«

Danach geht's uns schon besser, weil Geld Erwachsene immer böse macht, jeder hasst es.

»Wir kümmern uns wohl mal besser um die Schweinerei.« Jim zieht seine Stiefel an, um nach dem Faultank zu schauen, und alle anderen folgen ihm.

Ich, Amy und die Kleinen laufen mit den Erwachsenen durch die Dunkelheit, vorbei an den Ziegen bis zum widerlichen Ekelfaultank.

Sie leuchten mit Taschenlampen auf den Boden und die Zaunpfähle, sehen aber nicht, wo die Kacka anfängt, deswegen rufen sie ständig: »Halt! Zurückbleiben!« Und: »Pfui Teufel!« Die Papas geben den Mamas die Schuld: »Ihr habt Tampons und Binden runtergespült!« Und die Mamas werden unglaublich wütend wegen *Misogynie*. Das ist echt witzig. Irgendwann wirft Martin die Hände in die Luft und brummt: »Was soll's«, und schmatzt zurück zum Wagenhaus, um den Klempnernotdienst anzurufen, und Bill hüpft rum und singt: »Papa hat Kacka am Schuh! Papa hat Kacka am Schuh!«, und wir stimmen alle ein, bis Finbar sich aus seinem Fenster beugt und schreit: »Herrgott noch mal, Kinder, es reicht!«

Als wir wieder reingehen, bin ich gar nicht mehr müde, genauso wenig wie Amy. Und wir haben einen Bärenhunger. Das Mittagessen ist gefühlt schon Jahre her. Die Erwachsenen sind überall verstreut, machen dies und das und kabbeln sich, aber alles ist wieder gut.

»Komm, wir essen in der Klause bei Gabriella«, schlägt Amy vor.

Und ich erwidere: »Cool.«

Wenn wir mucksmäuschenstill sind, sagt unser Kälbchen vielleicht sogar was. Schon klar, dass es Magie womöglich gar nicht gibt. Alle behaupten immer, es wächst sich irgendwann aus, dass ich dran glaube. Ich will nicht, dass sie recht behalten, aber wahrscheinlich kommt es so. Dass ich nicht für immer dran glaube, zum Beispiel als Erwachsener. Aber darüber will ich gerade nicht nachdenken. Vor allem nicht an Weihnachten. Vor allem nicht jetzt. Ich will nicht drüber nachdenken, wie kostbare Geheimnisse kaputtgehen. Ich will dran glauben, dass alles Gute ewig währt. Wir sind mucksmäuschenstill. Ich bleibe wach. Vielleicht sagt Gabriella was. Bloß meinen Namen oder so. Könnte doch sein. Und morgen baue ich meinen X-Flügler und hoffe, dass nichts fehlt.

FRÜHLING

2006

6

HECKENSCHÜTZEN

Amy

Okay, also das Neuhäuschen ist fast fertig renoviert, und da wird Em für immer drin wohnen. Es dauert ewig, weil das Neuhäuschen überhaupt nicht neu war, sondern eine uralte Ruine. Es liegt ein Stück von Finbar den Hügel runter. Es hatte gar keinen Boden und bloß ein halbes Dach, und es *verschlingt so viel Geld,* dass keiner weiß, *wie wir das überleben sollen.* Das sagen die Erwachsenen ständig, aber am Ende überleben wir ja doch. Genau wie sie sich ständig streiten, aber dann doch wieder vertragen. Sobald das Neuhäuschen fertig ist, kann Finbar durch sein Fenster Em winken, wenn er will, und sie kann ihm wahrscheinlich auf dem Klo zugucken.

Es regnet so heftig, dass wir drinnen bei den Erwachsenen festsitzen. In meiner Küche kommt man sich vor wie auf der Arche Noah, wenn die Hunde auf dem Steinboden rumklicken und Gabriella aus der Klause muht und Perdy maunzt. Perdy ist miniklein und sieht süß aus, aber sie maunzt richtig laut und ist eine echte Killerin. Mama sagt immer, ihr Bild mit dem Wort *Psycho* in rotem Glitzer drüber wäre die perfekte Weihnachtskarte. Sie hat schon so viele Mäuse und Kaninchenbabys abgemurkst, dass sie fett geworden ist.

Mama und Gail gucken Sachen in ihren Selbstversorgerbüchern nach und im Internet, was ungefähr zehntausend Jahre dauert wegen dem Einwählen. Es regnet so krass, dass die Fenster aussehen, als würde jemand von draußen mit dem Gartenschlauch dagegenspritzen. Mittendrin fängt es immer wieder an zu hageln, und dann ist es, als würde jemand Steine werfen. Ich stelle mir die ganze Zeit Finbar mit dem Gartenschlauch und den Steinen vor, weil er so was wirklich machen würde, wenn er superdupergut drauf ist, aber in echt ist es nicht Finbar, sondern bloß *Wetter*.

Lans Familie isst heute bei uns mittag, aber die Hodges nicht. Meine Küche ist nicht groß genug für Bill und Lulu. Lans Küche ist größer, aber meine ist besser, weil wir unsere glänzende Tischdecke haben und die Kunstwerke von Josh und mir an der Wand. Und den AGA, der viiiel besser ist als der dämliche Drecks-Rayburn, weil der ist einfach nur scheiße. Papa macht Spaghetti mit Soße, und es riecht überall nach gebratenem Knoblauch.

Alle zwei Minuten stürmt Martin durch die Tür, der in seinem Regenmantel mit Kapuze aussieht wie ein Seeungeheuer, und brüllt Fragen wie: »Wie viel Hühnerfutter hat Gail gekauft?«, weil er das Wort Hühnerfutter *bloß auf ein Stück Papier gekritzelt* auf seinem Spieß gefunden hat. Kurz danach kommt er wieder und motzt Papa an, weil der Benzin für das Letzte Relikt vom Hofkonto bezahlt hat, obwohl das »eine Privatausgabe ist, Adam«. Papa macht ein Riesentheater, weil er ja *gezwungen* wurde, tote Ziegen in seinem heiligen Kofferraum zu befördern. »Tote Ziegen!«, schreit er zurück, aber keiner von beiden ist wirklich sauer, das ist alles nur Spaß. Ich und Lan haben das Kinn auf den Tisch gestützt, kauen mit offenem Mund Brot und schauen zu, wie das Essen beim anderen im Kreis rumwandert, weil uns so was von stinklangweilig ist.

Plötzlich fragt Mama: »Gail, sollen wir Gabriella eine Kuhfreundin besorgen?«

»Schafis!«, ruft Josh dazwischen. Er will fast so dringend Schafe wie ich ein Pferd.

»Wenn, dann können wir auch gleich zwei oder drei holen«, befindet Gail.

Eine Kuhherde!

»Glaubst du, die geben genug Milch, ohne dass wir sie von ihren Kälbchen trennen müssen?«

Sie gucken nach, und das Internet piepst wie ein Vögelchen.

»Fast fertig«, verkündet Papa. »Kinder, Tisch?« Er meint: *Holt Teller und Gabeln.*

Martin platzt wieder rein und schwenkt einen großen roten Ordner. Pfützenweise Regen pladdert von seiner Kapuze auf den Boden. Alle rufen: »Tür zu!«, und er schließt sie mit einem Knall.

»Martin, was hältst du davon, wenn wir hier eine kleine Kuhherde ranzüchten?«, fragt Mama.

Martin macht ein Geräusch, als hätte ihm jemand einen Wurm draufgeworfen.

»Er will *nie* mehr Tiere«, sage ich zu Lan.

»Herefords«, meint Papa. »Aber echte Herefords, nicht so wie Gabriella.«

Was stimmt denn nicht mit Gabriella?

»Denkt an den ganzen Papierkrieg.« Ein lauter Rotznieser. Martin putzt sich die Nase mit einem Papiertuch aus seiner Tasche und zählt dann an den Fingern ab, als wären wir Babys. »Maul-und-Klauen-Seuche. BSE. Corona.«

Die anderen Erwachsenen verstummen, während Martin von der Kasse anfängt. Ich und Lan lassen uns von der Bank rutschen, weil wir gleich sterben.

»Bla, bla«, bemerkt Mama. »Da bin ich voll bei Amy und Lan.«

Martin ist eindeutig der erwachsenste Erwachsene. Er trägt einen Anzug und ist der einzige Papa mit einem Scheitel. So auf der Seite. Rani hat auch einen Scheitel, genau in der Mitte von ihren rabenschwarzen Haaren, die sie sich schnurgerade schneiden lässt und hinter die Ohren klemmt. So was von ordentlich, alle beide. Martin arbeitet im neuen Industriepark, was total cool klingt, nach silbernen Raumschiffachterbahnen, aber richtig öde ist. Einmal haben ich und Lan ihn überredet, uns mitzunehmen, und es war eine Riesenenttäuschung, es gab nicht mal was zu *essen*.

Alle Erwachsenen arbeiten noch irgendwas außerhalb von Frith. Rani ist *Beraterin*, was auch immer das heißt. Und Em-die-jetzt-hier-wohnt macht was Langweiliges mit dem Gesetz, aber nicht Polizistin. Jim schreinert Möbel, und Gail mischt ihre Tränke, auch wenn ich nicht finde, dass das zählt. (Lan schon, aber ich nicht.) Meine Mama gibt Klavierunterricht, und mein Papa schauspielert manchmal, aber superselten. Das dürfen wir nur nicht laut sagen. Als ich und Lan noch sechs waren, hatte Papa eine Rolle als Wütender Gastronom in *Casualty*. Wir waren so aufgeregt, wir wollten ständig, dass er »Raus aus meinem Restaurant!« ruft, und das hat ihm voll gefallen, aber irgendwann hat er plötzlich geschrien: »Mann, das war bloß *ein* dämlicher kleiner Job, okay, können wir das bitte endlich vergessen?« Und niemand hat es je wieder erwähnt. Jetzt schreibt er einen Blog über den ganzen Bauernhofkram, den die Erwachsenen auf Frith lernen müssen, und lustige Sachen, die passieren, wie dass wer in Kacka fällt. Auf Papas Blog fallen die Leute ziemlich oft in Kacka.

Martin verschwindet wieder im Regen, und Mama meint: »Also, ich finde immer noch, dass wir Kühe anschaffen sollten.«

Gail sagt: »Wir überlegen uns was.«

Papa kippt das kochende Wasser in das Siebding, und die Spaghetti flutschen in einem Rutsch raus.

»Kühe wären super für ›Abgang‹«, bemerkt er.

»Warum heißt dein Blog so?«, frage ich.

»Das steht für: ›Er geht ab, verfolgt von einer Ziege‹, Kurzfassung ›Abgang‹.« Er lacht. »Das ist lustig. Ein Witz. Eine Abwandlung von Shakespeare.«

Ich und Lan wechseln einen Blick, so nach dem Motto: *Ja, zum Totlachen.*

»Ein Scherz darüber, dass man von einer Ziege von der Bühne gejagt wird«, erklärt Papa.

»Von welcher Bühne?«, hakt Lan nach.

»Einer symbolischen.«

»›Er geht ab, verfolgt von einem Huhn‹, wäre viel lustiger«, sage ich.

»Wär's nicht«, erwidert Papa.

»Wär's wohl«, wirft Mama ein.

»Papa, ein Huhn, das einen verfolgt, ist megalustig. Ziegen jagen ständig Leute, aber wenn ein Huhn so was macht, wär's eine Überraschung und auch echt gruselig, weil Hühner ja bloß doofe Vögel sind.«

»Es wäre gar nicht lustig, Amy.« Papa klingt angepisst. »Und Gails Perlhühner sind nicht bloß irgendwelche doofen Vögel.«

Wem die Hühner gehören, ist doch total egal. Aber wie er *Gails Perlhühner* sagt, so aufgeplustert und eingeschnappt, als wäre er selber ein Huhn.

»*Oooooh! Gails Perlhühner!*«, äffe ich ihn nach, und ich und Lan und Josh lachen uns schlapp, und Mama stimmt mit ein.

»Hört auf damit!«, faucht Papa.

»Das sind nicht mal Säugetiere, Papa. Du bist voll *verliebt* in Gails Hühner.«

»Adam ist verliebt in Gails Hühner!«, wiederholen die anderen Kinder, und wir lachen noch mehr, aber Mama und Gail lachen gar nicht und sagen ganz plötzlich kein Wort mehr, deswegen hören ich und Lan auch wieder auf.

»Mittagessen.« Papa knallt die Spaghetti auf den Tisch.

Alle werden mucksmäuschenstill. Und starren auf die dampfenden Nudeln mit der knallroten Tomatensoße. Die Hintertür geht auf, aber diesmal ist es nicht Martin, sondern Jim.

»Lecker!«

Sonst herrscht Schweigen. Jim setzt sich und schaut in die Runde.

»Alles okay?«

Papa lädt mit der großen Zange die Spaghetti auf die Teller. Er wirkt stinksauer, so als würde er mich gleich ausschimpfen, aber ich hab überhaupt nichts gemacht, und Lan auch nicht, also werde ich mich bestimmt nicht entschuldigen. Statt drüber nachzudenken, warum die Luft auf einmal so bitzelt, konzentriere ich mich auf unsere Tischdecke und fahre mit dem Finger die Blumen nach.

»Wie heißen die noch mal?«, frage ich.

»Pfingstrosen«, antwortet Mama leise.

»Und die?«

»Tulpen.«

Ich schaue zu ihr hoch, aber sie starrt auf ihr Essen.

Die kleinen dazwischen sind Gänseblümchen, das weiß jedes Baby. Die Tischdecke ist mein Lieblingsding in allen Häusern.

Man hört jeden kauen, dabei sind Spaghetti nicht mal knusprig.

Kaum haben alle aufgegessen, springt Mama auf, wirft Sachen in die Spüle und verkündet, dass es nicht mehr regnet, sie zu den Hecken fährt und ich und Lan mitkommen können, wenn wir wollen. Bei den Hecken gibt es immer was zu tun, genau wie beim Steinesammeln.

Der Lada rast über den Feldweg runter ins Tal zu den Schweinebuckeln, und riesige Wasserfontänen spritzen durch die Gegend, und als wir da sind, *stürzt* Mama aus dem Auto und *schmeißt* die Tür zu und schlitzt ein Bündel Haselnussruten auf, die auseinanderfliegen und zu Boden klappern. Alles ist klitschnass. Sie redet nicht mit uns. Die ganze Fahrt über hat sie kaum ein Wort gesagt. Mit schmatzenden Schritten misst sie die Abstände für die Ruten aus, und ich und Lan stehen daneben und schauen zu und fragen: »Können wir helfen?«

Vor Ewigkeiten, als wir noch Babys waren und Rani Bill im Bauch hatte, da wollte er nicht raus, und sie hat alles versucht, damit er endlich zur Welt kommt. Sie hat Himbeerblättertee getrunken, der sie die gesamte Nacht wachgehalten hat, weil sie ständig pinkeln musste, und dann ist sie in aller Herrgottsfrühe bis runter ins Tal zu den Schweinebuckeln gelaufen und hat sich ausgemalt, wie Bill wohl sein würde. (Wahrscheinlich hat sie ihn sich deutlich netter vorgestellt.) Und während die Sonne aufgegangen ist, hat sie plötzlich ein Geräusch gehört und sich umgedreht, und zwischen den losen Zaundrähten steckte ein gesprenkeltes kleines Reh fest. Die Stacheln hatten es total zerschlitzt, und sein Vorderbeinchen hing davon, und obwohl es kaum mehr Blut im Körper hatte, versuchte es weiter, sich zu befreien. Rani wollte ihm helfen, aber es ist direkt vor ihren Augen gestorben. Sie sagt immer: »So was Regloses wie dieses kleine, tote Reh im Stacheldraht habe ich noch nie gesehen.«

Deswegen müssen wir den ganzen Stacheldraht auf Frith entfernen. Und auch für die Vögel, weil wenn es keine Hecken gibt, wo sollen sie dann leben? Das Problem ist bloß, viele von unseren Hecken sind gar keine Hecken, sondern nur Drahtzaun mit ein paar Büschen davor. Wir brauchen *richtige* Hecken und *richtige* Felder, um die vielen Tiere unterzubringen, die wir uns irgendwann mal holen. Mama hat *große Pläne* für Frith, wie sie immer betont.

Jetzt atmet sie tief ein und lässt die Luft langsam wieder rausströmen, während sie mit den Lippen ein O formt.

»Es ist nicht mehr so kalt«, meint sie dann. »Der Wind hat umgeschlagen.«

Sie klettert auf die Stoßstange vom Lada.

»Hammer, bitte.«

Der Hammerkopf besteht aus einem schwarzen Eisenklumpen. Ich hole das Ding vom Vordersitz und schwinge es rum.

»Handschuhe.«

Ich reiche ihr die Arbeitshandschuhe.

»Die hat Papa dir zum Geburtstag geschenkt.«

Ihre Hände sehen damit gigantisch aus, wie bei einer Astronautin.

»Ich schaff das schon«, sagt sie. »Alles gut. Geht ruhig spielen.«

Die Hammerschläge klirren dumpf, während ich und Lan Steinmarkierungen für unseren Speerwurfwettbewerb aus dem Matsch graben, weil wir griechische Olympioniken sind. Dann spielen wir Bärenaufspießen und wechseln uns als Bären ab, bis unsere Hände ganz heiß sind und wir Blasen kriegen. Und dann suchen wir nach rostigem Stacheldraht, damit Ivan nicht in Stücke gerissen wird, wenn er Kaninchen jagt.

Mama keucht so laut, dass ihre Kehle wie Schmirgelpapier klingt. Echt komisch. Wir schauen auf. Die ganze Zeit, während wir gespielt haben, hat sie nur zwei Pfähle eingeschlagen. Die restliche Hecke zieht sich noch kilometerweit.

»Guck mal«, sagt Lan plötzlich. »Adam!«

Papa kommt mit schlenkernden Armen den Feldweg runter. Wir winken, und er fängt an zu rennen. Als er uns erreicht, ist er auch außer Atem.

»Hilfe gefällig?«, fragt er lächelnd.

Er ist definitiv der hübscheste Mann auf der ganzen Welt. Er sieht aus wie der nette Jäger, der Schneewittchen nicht das Herz rausgeschnitten hat und den sie statt dem langweiligen Prinzen hätte heiraten sollen.

»Ich komm klar«, meint Mama.

Sie deutet auf ihre zwei mickrigen Pfähle, und Papa sagt, wie toll sie ist, und presst sie mit beiden Armen an sich, damit sie nicht wegkann.

»Du bist schon eine unglaublich starke Frau, was?«

»Ja.«

»Und ich bin ein Feigling.«

»Ach, Adam.«

Ihr Ton lässt meinen und Lans Kopf hochfahren, wie bei Hunden, die was Komisches gehört haben.

»Diese ganze Sache mit …« Er guckt kurz zu uns, dann wieder zu Mama. »… mit *ihr* … Das war nur Spinnerei. Das war nicht echt.«

»Ich weiß.«

»Und es ist vorbei und vergessen.«

Sie umarmen sich noch mal. Es ist, als ob was Schweres und Böses, von dem ich nicht mal wusste, dass es existiert, sich auflöst und alles sich wieder richtig zusammenfügt. Und dann wird es einfach nur eklig wegen den romantischen Liebesküssen, und ich und Lan müssen die beiden auseinanderzerren, damit sie aufhören.

Wir helfen beim Tragen, und Mama und Papa treiben noch mehr Haselnussruten in den Boden und reden über Frith-Sachen. Sie hält die Pfähle, und er haut drauf. Ich an ihrer Stelle würde nicht so dicht bei Papa stehen, wenn er einen riesigen Hammer hat, aber sie vertraut ihm, und zum Glück schlägt er ihr nicht den Schädel ein.

Währenddessen erzählt er die Geschichte, wie sie die Prossers im Fox and Badger gefunden haben. Das Fox and Badger ist ein Pub. Es liegt nicht in einem echten Dorf, und man kriegt dort keine Knabbereien, und die Flaschen hängen nicht mal auf dem Kopf, sondern stehen einfach auf einem Regalbrett. Aber manchmal gibt es Käsekuchen. Das Geld steckt man in eine Kiste. Ich und Lan gehen nicht gern hin, weil alle aufhören zu reden, wenn wir reinkommen. Papa liebt es. Er schüttelt jedem die Hand und verfällt aus Versehen in den Dialekt hier. Ich und Lan müssen dann immer raus, so peinlich ist das. Finbar geht nie ins Fox and Badger, logisch. Papa hält es für den authentischsten Pub in ganz England, deswegen sollten wir ihn unterstützen. Rani hasst Pubs, deswegen wäre es ihr auch schnurz, wenn alle dichtmachen müssten. Ihrer Meinung nach sollte England lieber Cafés haben, so wie in Frankreich.

Egal, auf jeden Fall waren Papa, Martin und Jim irgendwann mal im Fox and Badger und sind mit Frankie Prosser und seinem Neffen Nick Prosser heimgekommen. »Darf ich vorstellen: die besten Heckenanleger in Europa!«, hat Papa gesagt. Frankie Prosser sah aus wie einer der sieben Zwerge und hatte Moosklamotten an, und Nick Prosser trug einen orangen Fleecepulli und hat uns Bilder gezeigt, auf denen Frankie einen Hecken-Pokal hochhält. Alle haben zugeguckt, wie sie unsere Hecken mit Kettensägen und Heckenscheren bearbeitet haben, und sie haben Käsesandwiches gekriegt und den Erwachsenen was beigebracht. *Ist nicht so leicht, wie es aussieht.* Wir dachten, bald hätte ganz Frith perfekte Hecken, wie in alten Zeiten, aber die Erwachsenen mussten den Prossers Geld bezahlen, deswegen waren sie nur noch einmal da.

»Die Prossers wären schon mit dem gesamten Feld fertig«, schließt Papa.

Er und Mama schwitzen.

»Jim sagt immer: ›Gut Ding will Weile haben‹«, bemerkt Lan.

»Ach, der weise und perfekte Jim«, brummt Papa.

Er und Mama lachen, und Lan wird rot und wirkt wütend, aber Papa meint es nicht böse – alle Erwachsenen sind beste Freunde.

Die Sonne geht hinter einem Nebelschleier unter, und die Luft wird rosa. Seit sie nicht mehr hämmern, ist es mucksmäuschenstill.

»Hier ist es gar nicht so schlecht«, sagt Mama. »Wir haben's ganz gut.« Sie meint: *Hier ist es wunderschön, ich liebe alles.*

Ich schaue auf die rosa Luft und die Hügel und die Felder und den Himmel. Hoch und weit. Keine Ahnung, ob ich mir vorher schon mal klargemacht habe, dass Frith uns gehört. Oder wie groß es eigentlich ist. Der ganze Hof. Das ganze Land.

»Das gehört alles uns. Für immer und ewig.«

»Gefährlich«, erwidert Mama, und sie und Papa lachen wieder. »Frith ist nicht unser Eigentum, wir kümmern uns nur drum.«

»Nein, es gehört uns«, beharre ich, weil alles andere Quatsch ist.

»Die Laceys hatten es vier Generationen lang«, erzählt Mama. »Über hundert Jahre. Aber nach BSE konnten sie es sich einfach nicht mehr leisten. Und der alte Herr ist gestorben – erinnerst du dich noch, wie die Tochter geweint hat, Adam?«

»Ja.«

»Ist mir egal«, gebe ich zurück. »Doofe Laceys. Die sind weg. Frith gehört *uns*.«

»Und wenn es uns jemand wegnehmen will, bringen wir ihn um«, sagt Lan.

»Genau.«

Ich stelle mir vor, wie wir beide unsere Armeen auf großen, tapferen Pferden anführen. Ich will eine Ritterrüstung, und Lan will ein Flammenschwert, also brauchen wir wahrscheinlich Magie. Lan meint, mit Magie könnten wir die Angreifer auch einfach abknallen.

»Sieh an«, bemerkt Papa. »Mittlerer Osten. Tschetschenien. Direkt vor unserer Haustür.«

Ich glaube, er meint, dass es schlecht ist, um Land zu kämpfen, aber das sind Orte aus den Nachrichten. Wir haben sie gesehen, dort ist alles braun und hässlich.

»Wen interessiert schon der blöde Mittlere Osten?«, frage ich. »Frith ist viel schöner.«

»Vielleicht war der Mittlere Osten auch schön, bevor er zerbombt worden ist«, wirft Lan ein.

Wir beschließen, bei unserer Schlacht um Frith keine Bomben oder Gewehre zu benutzen, nur Schwerter, weil Schießen grausam ist und man die Leute besser in Stücke haut.

Jetzt ist es nicht mehr so still. Die Vögel singen wie vorm Schlafengehen.

»Feierabend«, sagt Papa.

Ich und Lan dürfen den Lada zurückfahren. Lan schaltet, und ich sitze auf Mamas Schoß und lenke. Wir rasen um die Hausecke und rammen beinahe das Letzte Relikt. Mama muss voll auf die Bremse treten, aber Papa ist nicht mal sauer, er lacht. Wir lachen alle, und dann flüchten ich und Lan aus dem Auto, weil das mit den Liebesküssen wieder anfängt.

7

ÜBERSPRUDELN

Lan

Es ist März, also sind bald Osterferien, und ganz plötzlich wächst überall knallgrünes Gras. Und die Sonne scheint. Im Winter haben wir wie in einer Pfütze gelebt, und jetzt kann man sich gar nicht mehr vorstellen, dass es je wieder regnet. Die Vögel sind so laut, dass sie uns aufwecken, wenn es draußen noch dunkel ist. Das liegt daran, dass Tiere im Frühling Babys kriegen. Perdy hat kleine Kätzchen gekriegt! Sie war gar nicht dick, sie hatte nur Kätzchen im Bauch, und jetzt sind sie auf der Welt. Sie hat sie am Ende eines winzigen Tunnels unten im Heuschober versteckt. Wir wissen noch nicht mal, welche Farbe sie haben oder wie viele es sind, aber wir können sie maunzen hören, ganz leise und piepsig. Uns ist strengstens verboten worden, auch nur in ihre Nähe zu kommen, weil wenn Menschen sie berühren, könnte Perdy sie verstoßen. »Langsam kriegen wir die Krise«, sagt Amy, und das stimmt. Wir wollen sie sehen, solange sie noch klein sind. Wenn sie groß genug werden, füttert Perdy sie mit Babyvögeln. Die muss sie bestimmt nicht auswürgen – wahrscheinlich schleift sie sie in ihre Höhle wie eine Löwin. Wenn ein Schwarzes dabei ist, nennen wir es Hexagon. Wie die Katze von einer Hexe.

Gabriella wird immer stinkiger, und jetzt, wo es draußen wärmer ist, soll sie von der Klause zu den Ziegen ziehen und bei denen leben. Dann müssen wir auch nicht mehr dauernd ausmisten. Wir sind jeden Tag mit ihr spazieren gegangen, damit sie weiß, was zu tun ist. Als es so weit ist, kommen alle mit, sogar Finbar und Em. Wir legen Gabriella ihr Halfter an, das Em gehäkelt hat, und machen alle Türen im Großraum auf. Ich und Amy führen sie, und sie trappelt auf ihren Klauenschuhen an die frische Luft auf den Hof und versprüht Kälbchenschnodder überall.

»Hazel sagt Hallo!« Harriet zieht einen Zaunpfahl raus, damit ein Durchgang entsteht.

Im Vergleich zu den Ziegen ist Gabriella riesengroß, aber sie ist trotzdem bloß ein Kälbchen. Ihre Knie sind knubbelig, und ihr Wuschelfell und die Perückenlocken sind immer noch ganz flauschig.

»Okay, ihr zwei«, meint Mama, »lasst sie gehen.«

Ich und Amy wollen nicht, dass Gabriella auszieht, genauso wenig wie die Kleinen. Das fühlt sich an wie ein Ende und macht uns traurig. Zusammen streifen wir ihr das Halfter ab.

»Na los, Gabriella«, sagt Mama, »ab in die Freiheit!« Warum kann sie nicht einfach den Mund halten?

Einen Moment lang steht Gabriella still. Sie steckt den Kopf zwischen mich und Amy. Die anderen Kinder scharen sich um uns, und wir streicheln ihr den Hals und alles. Wir spüren schon die Hubbel, die mal Hörner werden. Richtige Bauernhöfe schneiden den Kühen die Hörner ab, aber wir würden so was nie tun. Sie schmiegt sich an unsere Bäuche – und hält dann ruckartig inne, als hätte sie gerade erst bemerkt, wo sie ist. Sie dreht sich zu den Ziegen um, die sie alle anstarren.

»Wie wenn man ins Fox and Badger kommt«, meint Rani.

Satan steht ganz vorne und guckt irre. Er erinnert mich an Wilfy Edwards aus der Schule. Harriet wollte Satan nicht zur Metzgerei Allens schicken, deswegen hat sie ihm die Klöten mit einer Zange abgeklemmt, und er durfte bleiben, aber er ist immer noch richtig frech. Jetzt tänzelt er auf Gabriella zu und macht einen Handstand, mit zuckendem Schwanz und finsterem Blick. Gabriella weicht ein Stück zurück und steuert auf Hazel zu, weil sie hofft, dass die vielleicht ihre Freundin sein will, aber Hazel stolziert mit wackelndem Knochenhintern davon.

»Die arme Gabriella, wir sollten wirklich noch eine Kuh für sie besorgen«, bemerkt Mama.

Harriet sagt, dass sie gern Mozzarella machen würde. Gabriella fängt an zu grasen. Wir schauen ihr noch ein bisschen zu und fühlen uns irgendwie leer.

»Ich hätte ja gern ein Weizenfeld«, erklärt Rani. »Und ein Maisfeld. Dann könnten wir unser eigenes Mehl mahlen.«

Ich und Amy wollen einen Mühlstein mit einem Esel, der im Kreis läuft. Die Erwachsenen wollen Olivenbäume, Hopfen für ein Frith-Bräu, Forellen im Bach, mehr Wildblumen, und alle wollen Bienen.

»Da spricht der Frühling«, sagt Jim.

»Lasst uns dieses Jahr tausend Bäume pflanzen«, meint Harriet.

»Keine schlechte Idee«, befindet Martin. »Wenn wir eine Förderung vom Forstamt kriegen.«

»Ich liebe es, wenn du so vernünftig redest«, flötet Rani. »Sag *Excel-Tabelle* zu mir, Martin, sag *effektiver Jahreszins*.«

»*Budget*«, sagt Martin mit einer Ekelstimme und küsst sie. Er wirkt überglücklich, und sein Gesicht färbt sich rosa, was wir sehen können, weil er keinen Bart hat.

Ich glaube, Gabriella hat uns vergessen. Sie kaut die ganze Zeit. Ich und Amy starren sie an.

»Können wir die Kätzchen gucken?«, fragt Amy.

»Nein«, antwortet Harriet, »auf gar keinen Fall.«

Sie ist so was von gemein. »Wann dann?«, rufen wir alle und sprudeln über. »Wann?«

»Jetzt noch nicht. Gebt ihnen eine Chance, sie sind gerade mal einen Tag alt.«

Obwohl es Frühling ist und alles wächst, gibt es nichts zu essen. Wie in der Wüste. Gemüse findet man fast nur in der Gefriertruhe. »Frith sind die Vorräte ausgegangen«, sagen die Erwachsenen, und ständig stehen Dosen mit unidentifizierbaren Resten auf dem Rayburn und tauen auf und tropfen alles voll.

Ich und Amy schleichen dauernd um Finbars Garten rum, reiben uns die knurrenden Bäuche und stöhnen: »Wir sind in einer Hungersnot! Gib uns was zu essen!« Wir tun so, als wären wir Sherlock Holmes, und suchen mit unseren gigantischen Lupen nach Gemüseüberbleibseln. Amy reißt eine durchweichte Schachtel auf, um reinzugucken, und plötzlich steht Finbar vor uns wie ein wütender Riese. Wir springen zurück wie erschrockene Ziegen.

»Lasst das! Da drin keimen Samen!«

Manchmal taucht er einfach auf. Wahrscheinlich, weil sein Garten magisch ist. Überall stehen Marmeladengläser und Joghurtbecher, von denen der Regen die Beschriftung abgewaschen hat. Die sehen wie Müll aus, sind aber absichtlich da und voller Keimlinge und Kram. Und der Kohl wächst unter Glasscheiben, die Finbar auf Baustellen gefunden hat. Manchmal gehen sie kaputt – nicht wegen uns, sondern wegen Hagelkörnern oder Bällen –, und Finbar muss sie kleben. Das Glas soll den Kohl warm halten und vor den Kaninchen schützen. »Die Mistviecher sind ganz schön gerissen«, sagt Finbar immer. Eigentlich hat er nichts gegen Kaninchen, trotzdem führt er Krieg gegen sie. Raupen mag er auch, obwohl sie alles fressen. Mit glitzernden Augen beobachtet er sie beim Blätterkauen. »Guckt euch das an«, flüstert er dann. »Wer könnte dem kleinen Kerl was missgönnen? Er arbeitet drauf hin, ein Schmetterling zu werden.« Finbar meint, wenn wir ganz vorsichtig sind, dürfen wir Raupen streicheln. Sie haben dicke, pelzige

Hubbel, und ihre Beine sind gar nicht eklig, so wie die von Tausendfüßlern.

Mitten im Garten steht die Kaninchenscheuche. Das ist so was wie eine Vogelscheuche, bloß steckt auf dem Stock ein riesiger Plüschhase. Den hat Finbar am Straßenrand gefunden. *Sah aus, als wollte er trampen.* Ein Auge hängt an einem Stück Draht aus dem Kopf, deswegen starrt er uns immer an, egal, wo wir sind. Wenn ich und Amy Kaninchen wären, hätten wir Todesangst, aber den richtigen Kaninchen ist das Ding pupsegal. »Ach, da scheißen die drauf«, sagt Finbar oft. Er hat einen schönen Akzent. Als Kind hat er mal hier, mal da in Irland und England gelebt, und einmal war er im Krankenhaus auf St. Lucia, wegen Polio. Aber jetzt ist er kerngesund.

»Was ist das?« Amy schaut zu den winzigen grünen Fäden, die aufgereiht in Finbars Saatbeet wachsen.

Er deutet mit dem kleinen Finger drauf, weil die anderen vier eine Zigarette rollen.

»Karotten. Erbsen. Radieschen. Steckzwiebeln.«

»Können wir die essen? Wir sind in einer Hungersnot und sterben gleich.«

»Die sind noch nicht so weit.«

Überall sind Lollystiele mit Folienstreifen und Essigfallen und kreuz und quer gespannte Schnüre gegen die Vögel. Manchmal sitzen sie da drauf und fressen. Wir lieben Finbars Garten, aber ins Haus dürfen wir nicht, weil das sein sicherer Privatbereich ist und er nicht gern Besuch hat, außer Harriet. Amys Mama ist sein Lieblingsmensch. Sie haben sich in der Polioklinik kennengelernt.

Meine allererste Erinnerung ist, wie ich auf der Regentonne in Finbars Garten stehe und meine Mama mich festhält, damit ich nicht runterfalle. Sie singt: »*I'm on the top of the world looking down on creation.*« Es ist auch das erste Lied, an das sie sich aus ihrer Kindheit erinnern kann. Das muss gewesen sein, kurz nachdem Finbar hergezogen ist und Jim die Hütte renoviert hat, weil ich noch weiß, wie das neue Holz in der heißen Sonne gerochen hat. Und da war irgendwas mit Mamas silberner Kette. Amy erinnert sich nicht dran.

Ihre allererste Erinnerung ist, wie Ivan sie in eine Pfütze schubst. Oder wie sie ein hart gekochtes Ei isst und die Gänseblümchen auf der Tischdecke in ihrer Küche anguckt. Sie weiß nicht genau, was davon früher war. Sie stößt mich in die Seite. Anscheinend hat sie mit mir geredet.

»Lan!«

»Was ist?«

»Finbar hat gesagt, wir dürfen *mit rein*.«

»Wenn ihr Tee wollt.«

Der Tee ist uns egal, aber wir wollen Finbars Hütte sehen. Normalerweise heißt es immer: »Setzt ja keinen Fuß in mein Haus«, und ich glaube, das habe ich auch noch nie. Wir knuffen uns gegenseitig, während wir ihm folgen. Seine Haustür geht zu den Vier Morgen und den Ziegen raus, nicht zum Hof. Er steigt über Jims Ziegengatter und durch die Flatterbänder, und wir klettern hinterher.

Der Boden drinnen ist aus Holz, und die Decke auch, und es riecht nach Ölfarbe und Terpentin, wie in einer hübschen Holzkiste.

»Wo sind deine Bilder?«, fragt Amy. »Dürfen wir gucken? Können wir auch eins malen?«

»Oben und nein«, antwortet Finbar.

Es gibt einen Tisch, einen Stuhl und einen Sessel. Durch das Fenster über der Spüle schaut man den Hügel runter zur Baustelle für das Neuhäuschen, wo Jim und Adam gerade den neuen Holzfußboden von Jim verlegen. Wir hören das Hämmern und Klopfen.

»Wenn Em einzieht, kannst du sie sehen«, sagt Amy.

»Ich weiß«, erwidert Finbar.

»Und sie sieht dich.«

»Richtig.«

»Wo ist das Klo?«

»Das kannst du nicht benutzen.«

»Aber du hast eins?«

»Natürlich habe ich eins, ich bin doch kein Tier. Da hinten.«

Ich und Amy gehen gucken, während Finbar Wasser aufsetzt. Vor der Nische unter der Treppe hängt ein Vorhang mit stapelweise Konserven dahinter und Anzündholz und einer Glühbirne an einem Kabel. Daneben ist ein Duschvorhang mit Enten drauf.

»Der war mal in unserem Haus«, meint Amy.

»Ja, früher«, sagt Finbar.

Hinter dem Entenvorhang befindet sich ein Klo und eine muffige Dusche mit Putzmitteln in einer ordentlichen Reihe.

»Ihr könnt es nicht benutzen!«

»Machen wir auch nicht!«

Wir kommen wieder raus. Er hat den Holzofen aufgeklappt, und es riecht nach kalter Asche.

»Ich schüre ihn erst an, wenn ich die Kartoffeln da gepflanzt habe.« Finbar hat immer viele Regeln. Die er manchmal nur allzu gern bricht. »Setzt euch.«

Ich und Amy teilen uns den Stuhl. Er kocht Tee und schneidet dicke Scheiben von einem Rani-Brot, streicht Butter drauf und gibt sie uns, dann starrt er aus dem Fenster, während wir essen und unseren Tee aus den glühend heißen Emailletassen trinken. Wir müssen sie auf dem Tisch stehen lassen und dran nippen, weil wir sie nicht hochnehmen können. Ich mag meinen Tee mit viel Milch und Amy ihren mit drei Stück Zucker.

Finbar guckt immer noch raus. Wahrscheinlich denkt er drüber nach, dass Em bald hier ist, und hofft, dass sie ihm nicht winkt.

»Was ist Polio?«, fragt Amy plötzlich.

»Hm?«

Mir fällt auf, dass die Wände komplett mit Büchern bedeckt sind.

Als wären sie draus gebaut. Ich schaue nach oben, ob wenigstens die Decke frei ist.

»Polio«, wiederholt Amy. »Was ist das?«

»Ein Virus, das den Körper befällt und einen krank macht oder verkrüppelt, und manchmal stirbt man sogar dran.«

»Oh«, meint Amy. »Und wie war das mit der Ansteckung?«

»Keinen blassen Schimmer. Vielleicht von dreckigem Wasser? Warum? Glaubst du, du hast es?«

»Nein.«

Wir schlecken uns die Finger ab und picken die Krümel vom Tisch, weil wir keine Schweinerei hinterlassen wollen, sonst lädt Finbar uns nie wieder ein.

»Ihr seid dagegen geimpft«, erklärt er, »keine Sorge. Polio ist bei uns ausgestorben, wie der Dodo. Aber wenn man es früher hatte, haben sie einem Metallschienen an die Beine geschraubt.«

Wie spannend. Wir haben Finbars Beine noch nie gesehen. Er trägt immer Jeans, sogar wenn es richtig heiß ist. Ich reiße mich von den Büchern los und schiele auf seine Beine.

»Hast du auch Metallschienen?«, frage ich.

»Ich?«

»Haben sie dir die auf St. Lucia drangeschraubt?«

Finbar wendet sich zu mir um.

»Hä?«

»Als du Polio hattest«, erkläre ich. »Auf St. Lucia.«

»Als ich *Polio* hatte?« Finbar reißt die Augen auf.

»Als Harriet dich gefunden hat«, erinnere ich ihn. »Im Krankenhaus.« Wie kann er das vergessen haben?

Amy tritt mir gegens Schienbein. Das ist nicht fair, sie redet die ganze Zeit, und niemand findet sie komisch, aber wenn ich was sage, werde ich angestarrt.

»Aufgegessen?« Finbar nimmt unsere Teller und spült sie ab. »Ich sollte mal weiterarbeiten.«

»Danke, dass wir mit reinkommen durften, Finbar«, sagen wir.

»Gern geschehen.« Er greift nach einem Geschirrtuch. »Das machen wir aber nicht zur Regel.«

Als wir wieder über die Absperrung mit den Flatterbändern klettern, ist irgendwas anders. Erst denke ich, dass bloß Jim und Adam nicht mehr hämmern, aber es liegt was in der Luft. Was Schlechtes. Wir hören Erwachsenenfüße rennen, was sie normalerweise nie tun, und eine Frauenstimme – Rani – schreit: »*O mein Gott!*«

»Was ist denn jetzt wieder?«, fragt Finbar.

Hinter seiner Hütte rennen Jim und Adam über den Hof. Jim hat seinen Hammer unterwegs auf den Boden fallen lassen. Em und Harriet stürzen aus dem Kuhhaus, und Harriet bemerkt uns und Finbar.

»Der verdammte Bill!«, ruft sie. »Die Kätzchen!«

Da rennen auch ich und Amy los, schneller als Finbar, keine Ahnung, ob er noch hinter uns ist. Wir holen Harriet ein und fragen, was passiert ist, aber sie scheint uns nicht zu hören. Es ist kalt, weil die Sonne schon untergegangen ist, und plötzlich wieder ganz winterlich, und der Himmel vor uns ist fahlgelb hinter dem hohen schwarzen Schober. Wir sehen die Rücken von Jim, Adam, Rani und Martin und ein paar von den anderen Kindern, aber alle wirken irgendwie erstarrt. Amy schaut mich ängstlich an, und ich zucke die Achseln – wir wissen beide nicht, was los ist, aber ich habe einen Kloß im Hals.

»Er kann nichts dafür«, sagt Rani wütend zu Mama.

Mama faucht stinksauer: »Dumme Kuh«, sieht dabei aber niemanden an. Ich reiße die Augen auf. Sie kann auf keinen Fall Rani meinen.

Meine Beine sind Wasser. Bryn weint. Als sie mich bemerkt, rennt sie zu mir und nimmt meine Hand. Ich gucke mich panisch um und entdecke Eden.

»Eden?«, frage ich.

Ihr Gesicht ist weiß. Sie hat die Fäuste geballt. »Bill hat die Kätzchen umgebracht.«

Ich will schon lachen, dann wird mir schlecht. Ich umklammere Bryns Hand noch fester, und wir schieben uns tapfer näher, um was zu erkennen. Amy ist dicht hinter mir, bis sie zu Adam läuft.

Jetzt können wir in den Schober gucken. Martin kniet auf dem Stroh, direkt unter dem Fleischerhaken, und Bill steht vor ihm. Sein Pulli ist vorne ganz ausgebeult, sein Gesicht ist knallrot, und er streckt die Arme zur Seite wie eine Vogelscheuche. Lulu sitzt auf dem Boden und heult so ohrenbetäubend laut, dass man kaum was anderes hört.

»Halt den Rand, Lulu!«, motzt Mama sie an.

»Red nicht so mit meiner Tochter!« Rani klingt wie ein Habicht, der Mama gleich die Augen auspickt.

Bryn versucht, durch das schnoddernasse Schluchzen Wörter zu formen. Ich knie mich neben sie.

»Was ist passiert?«

»B-Bill wollte die … Wir wollten nur … Ich hab nicht … Ich war's nicht!«

Ich umarme sie ein bisschen, weil sie so verzweifelt ist, und schreie sie nicht an. Sie weint zu stark, um zu sprechen, und sie ist erst vier, sie kann nicht anders. Ich ziehe sie mit mir, zu den Erwachsenen und zu Eden. Amy kehrt von Adam zurück.

»Er hat sie rausgeholt«, flüstert sie mir ins Ohr. »Guck …« Sie deutet auf Perdys Tunnel. Wo früher der schmale Eingang war, ist jetzt ein aufgerissener Ballen und ein klaffendes Loch.

»Wo sind die Kätzchen?«, frage ich. »Wo stecken sie?«

Es ist zu dunkel, um was zu sehen. Hinter Jim und Mama steht Bill immer noch steif da. Ihm fehlt nichts, aber Martin hebt seinen Pulli an, als wollte er ihn nach Knochenbrüchen abtasten. Ein kleines, rundes Knäuel mit winzigen Beinchen purzelt raus und kugelt übers Stroh.

»Noch eins!« Mama klingt traurig und erschrocken, als hätte sie auch geweint. Sie stürzt vor. Wir kommen mit. Ich lasse Bryns Hand los. Alle scharen sich drum rum. Harriet hat ein Kätzchen in der Hand – nein, zwei, aber sie bewegen sich nicht. Auf dem Stroh liegen noch zwei, ein schwarzes, ganz klein, mit ausgestreckten Zweigbeinchen, das sich ebenfalls nicht rührt. Amy macht ein Geräusch, oder vielleicht war's auch ich.

»Sie sollten das nicht sehen«, meint Jim. »Hey, Kinder, hier drüben.« Aber es ist zu spät. Wir haben es schon gesehen. Wir haben Augen im Kopf.

»Es war mein Fehler«, sagt Martin. »Gebt nicht ihm die Schuld.«

»Sei nicht albern«, schimpft Mama. »Nichts davon war dein Fehler.«

Die Erwachsenen sind so wütend, dass es alles überlagert und wir nichts verstehen. Ich will auch schreien oder weinen, um ihre Aufmerksamkeit zu kriegen, sie sind rasend statt ruhig, und das macht alles viel zu unheimlich. Ich will fragen, ob es wenigstens ein paar von den Kätzchen gut geht, aber niemand hört mir zu.

»Kommt, Kinder, schön hierher.« Jim schirmt uns mit seinem Körper ab und streckt die Arme aus, als wollte er uns zusammentreiben. Seine Stimme ist beschwichtigend.

»Ich will was sehen!«, ruft Amy.

»Nein, Kleine, das ist nicht für deine Augen bestimmt.«

Inzwischen streiten sich alle Erwachsenen. Alle außer Jim.

»Herrgott noch mal, Jim, jetzt sag doch auch mal was«, zischt Mama. Sie will, dass er Rani und Martin anbrüllt.

»Halt die Luft an, Gail, das ist nicht der richtige Zeitpunkt«, meint Harriet.

»Es war ein Unfall!« Rani ist fuchsteufelswild.

»Lass mich in Ruhe, ich kann dich nicht mal anschauen«, gibt

Mama zurück. »Dein Scheißsohn ist eine Bedrohung, der kleine Mistkerl ...«

»Hör sofort auf damit«, unterbricht Harriet sie.

»Red nicht so mit meiner Frau!« Das war Martin, er meint Mama.

»Jim!«, schreit Mama, völlig außer sich. »Jim!«

Jim tut, als würde er sie nicht hören. Er versucht immer noch, uns fünf zusammenzuhalten und zu beruhigen. Er tröstet Bryn und packt Amy um die Hüfte, aber nett. Ich kann mich kaum bewegen. Zumindest hat Lulu endlich mit dem Heulgebrüll aufgehört. Rani hat sie hochgehoben und wie ein Baby über die Schulter gelegt. Sie wirkt ganz benommen.

»Wie viele Kätzchen sind es, Jim?«, frage ich.

Er schaut mir fest in die Augen. »Es waren mal sieben. Jetzt sind es noch drei.«

Dann umarmt er mich. Ich weiß nicht so genau, wie ich in seinen Armen lande, aber auf einmal bin ich drin. Jetzt könnte ich über seine Schulter lugen und hätte freie Sicht – auf Martin und Harriet und Bills Pulli und die Fellknäuel auf dem Boden. Das tote schwarze. Aber ich tu's nicht. Ich kneife die Augen zu, als wäre ich ein Baby, noch kleiner als Lulu, und will sie nie wieder aufmachen.

»Was ist passiert?«, wispert Amy.

»Bill ist zu ihnen reingekrabbelt«, erklärt Jim. »Und hat sie sich in den Pulli gesteckt. Als Martin ihn rausgezogen hat, sind sie zerquetscht worden.«

Ich will schlucken, aber es geht nicht. Ich denke dran, wie dünn ihre Knochen sein müssen. Ob es wohl sehr wehgetan hat? Bestimmt.

Martin schiebt Bills Pulli wieder runter und klopft ihn ab.

»Alles gut?«, fragt er.

»Es ist nicht meine Schuld«, sagt Bill.

»Wessen dann?« Harriet tritt näher.

»Er ist einfach impulsiv«, meint Martin. »So was kann passieren.«

»Impulsiv? Am Arsch«, schimpft Mama. »Das ist krankhaft!«

»Wenn ich ihn nicht rausgezogen hätte …«, fängt Martin an.

»Wenn Harriet dich nicht dazu *gezwungen* hätte«, wirft Rani ein.

»Hey, das ist nicht fair!«, verteidigt sich Harriet.

»Halt, das hier atmet noch«, sagt Adam, und plötzlich verstummen alle.

Ich löse mein Gesicht von Jims Jacke, und wir Kinder und die Erwachsenen drehen uns zu Adam, der ein winziges Kätzchen, kleiner als eine Hand, vom Boden klaubt und Strohhalme von seinem Fell pickt. Die Beinchen baumeln schlaff hin und her.

»Kann es sich bewegen?«, fragt Harriet.

»Ich glaube schon.«

»Das wäre Nummer vier. Lass mich mal sehen.« Sie geht zu ihm. »Wo sind die anderen, die noch leben?«

»Hier drüben«, sagt Em. Ich habe sie gar nicht bemerkt. Sie sitzt auf einem Heuballen am Rand, und ihre Arme liegen in einem Kreis auf ihren Beinen.

Irgendwie scheinen alle sich auf einmal zu schämen, weil sie so still dort sitzt und Adam das Kätzchen aufgehoben hat. Die anderen Erwachsenen verstummen. Und entschuldigen sich dann bei uns. Das gefällt mir gar nicht, es macht mich verlegen.

»Wir hätten nicht die Beherrschung verlieren dürfen«, meint Rani. »Wir waren alle geschockt.«

»Tut uns leid, dass wir euch Angst eingejagt haben«, sagt Adam. »Wir hatten selbst Angst.«

Ich und Amy schleichen, gefolgt von den anderen Kindern, quasi auf Zehenspitzen zu Em rüber, die die Kätzchen vor der kalten Luft abschirmt und uns anlächelt.

»Schaut«, flüstert sie. »Eins rot, eins weiß und gescheckt – genau wie Perdy – und zwei ganz gescheckt. Schaut, wie süß sie sind!«

Einen Moment lang vergesse ich meine Angst und Traurigkeit. Das tun wir alle. Die Augen der Kätzchen sind geschlossen, man sieht nicht mal, wo sie eigentlich sind. Die winzigen Pfoten mit den härchendünnen Krallen wedeln durch die Luft. Leises Fiepen ist zu hören.

»Wir hätten uns nicht so streiten dürfen«, bemerkt Jim hinter uns.

Darauf meldet sich Mama zu Wort, und ihre Stimme ist genauso böse wie vorher, nicht netter, wie die von den anderen, nicht mal ein bisschen.

»Hör doch auf, Jim, du hast kein Wort gesagt. Nicht eins. So wie immer, hm? Nicht mal verteidigen kannst du mich.«

Mir läuft es eiskalt den Rücken runter, so als würde ich zu Stein erstarren, wenn ich sie jetzt anschaue.

»Ach, Gail«, seufzt Harriet traurig.

»Ich bringe meine Kinder nach Hause«, sagt Rani. »Wenn du bereit bist, dich bei mir zu entschuldigen, weißt du ja, wo ich wohne. Bill? Lulu?«

Martin steht auf und nimmt Bill hoch, und die vier Hodges verlassen den Schober. Wir Kinder drängen uns weiter um die lebenden Kätzchen und Em. Em zittert.

»Wir legen sie zurück«, meint sie. »Dann kann Perdy sie finden, wenn sie so weit ist.«

Ich und Amy gehen nicht mit den anderen in die Häuser. Uns ist kalt, und wir sind durcheinander, wir brauchen einfach ein bisschen Zeit für uns und wollen warten, bis Perdy wiederkommt.

»Ich hasse Bill Hodge«, sagt Amy. »Ich hasse, hasse, hasse ihn.«

»Ich auch.«

Das ist ein hartes, hässliches Gefühl. Wir haben schon eine Million Mal gesagt, dass wir Bill Hodge hassen, aber so was habe ich noch nie gespürt. Wir sitzen auf dem Gatter zum Heufeld und planen, wie wir ihn umbringen. Gift. Oder wir zerschmettern ihn mit einem Spaten, gucken ihm beim Sterben zu und erzählen ihm dabei, dass er es verdient hat, weil er die armen, unschuldigen Kätzchen getötet hat. Sie konnten sich nicht wehren, sie waren gerade erst geboren, sie hatten niemanden, der sie beschützt. Irgendwann verwandelt sich die Wut wieder in Traurigkeit, und wir verstummen, weil wir sonst weinen müssen. Aber wir werden Bill Hodge für immer hassen.

Mittlerweile ist es wirklich winterkalt, so als wäre der Frühling verschreckt worden. Wir rutschen enger zusammen auf dem Gatter, bis unsere Arme sich berühren. Normalerweise denke ich gar nicht groß drüber nach, dass ich und Amy Freunde sind. Wir sind immer zusammen, und sie fällt mir kaum richtig auf. Jetzt bin ich froh, dass sie da ist.

»Weißt du noch die eine Henne, die Mama mal hatte?«, frage ich. »Die ihre Babys verstoßen hat?«

»Dic war echt böse.«

Das stimmt. Sie hat die Kleinen umgeschubst und auf sie eingepickt, bis sie geblutet haben.

»Glaubst du, Perdy würde so was auch machen? Wenn sie ihre Kätzchen verstößt?«

»Keine Ahnung.«

Irgendwo in den Bäumen schuhut eine Eule, aber wir sehen sie nicht.

»Das ist überhaupt nicht gruselig«, sagt Amy. Sie meint wegen der Eule und weil es dunkel ist.

Sie hat recht, es ist nicht so unheimlich im Dunkeln wie sonst. Hinter uns liegt das Heufeld, und die Sterne gehen auf. Die ganzen schlimmen Gefühle sind im Schober geblieben.

Die vier überlebenden Kätzchen quieken in ihrem Heuballentunnel.

»Ob Perdy sie wohl hört?«, fragt Amy.

Wir schicken ihr mit unseren Gedanken Nachrichten: *Peeer-dyyy … komm her, deine Babys brauchen dich …* Wir warten und warten und bibbern und warten. Harriets Zugruf gellt aus dem Haus, aber wir ignorieren ihn.

Irgendwann entdecken wir endlich einen geistergrauen Umriss, der auf den Schober zuschleicht. Auf weißen Pfoten. Perdy, die zu ihren Jungen zurückkehrt.

8

DIE EINWEIHUNGSGEBURTSTAGSPARTY

Amy

Die Ziegenbabys stürmen in der Sonne die Strohballen hoch und runter und springen aufeinander drauf. Das machen sie den ganzen Tag. Ich und Lan kriegen ständig Stromschläge, weil wenn wir lachen müssen, vergessen wir, dass wir uns nicht gegen den Zaun lehnen dürfen. Bill will Josh überreden, dranzupinkeln, aber Josh ist ja nicht blöd. Martin sagt, er wird sich *niemals* verzeihen, dass er Bill mit den Kätzchen im Pulli über den Boden gezogen hat, aber Bill weiß genau, dass in Wirklichkeit alles seine Schuld war. Wir hassen ihn nicht mehr. Also, wir hassen ihn normal viel, aber nicht noch extra. Die vier überlebenden Kätzchen heißen Torkel, Kobold, Olympia und Fieps. Perdy liegt ausgestreckt rum und schnurrt, während die vier an ihrem Bauch hängen, und wir kauern auf dem Gras und pressen die Ohren an ihre Körper, sodass ihre Schnurrer direkt in unsere Köpfe schallen. Perdys Schnurrer grollen schläfrig, und die von den Kätzchen klingen wie flüsterleises Klicken. Als die Kleinen fertig gegessen haben, schleckt Perdy sie so fest ab, dass sie umkippen, dann pirscht sie davon, wahrscheinlich zum Jagen, und wir lassen uns wieder ins Gras fallen und legen uns die Kätzchen aufs Gesicht. Bald müssen wir sie zurück in Finbars Schuppen bringen – da wohnen sie jetzt –, weil heute ist die Einweihung vom Neuhäuschen und irgendwie auch Mamas Geburtstagsparty. Sie wird siebenunddreißig, glaube ich, oder siebenundsechzig.

Schnarchnasen-Colin ist quasi schon *zum Frühstück* vorbeigekommen mit Bier und zwei riesigen orangebraunen Schüsseln voll von was Weißem und Klumpigem. »Das ist kein Rezept von hier, sondern eins von ihren.« Er meint seine tote Mutter. Ständig sagt er: »Ma war nicht von hier, sondern aus Snitter«, also muss die weiße Schlotze aus Snitter sein, aber keine Ahnung, wo das liegt. Er will uns immer Lamm für die Tiefkühltruhe geben, aber wir haben eine Regel auf Frith, wir essen keine Tiere, die jünger als ein Jahr waren, als sie geschlachtet wurden. Die Erwachsenen erwidern dann: »Wir nehmen gerne Jährlinge, Colin!«, was einjähriges Lamm ist und besser schmeckt, aber das hat Colin nicht. Er meint: »Dafür gibt's keinen Markt.« Josh findet, wenn normale Lämmer quasi sofort nach der Geburt geschlachtet werden, braucht Frith dringend glückliche Schafe. Er sagt nicht mehr *Schafis*, jetzt, wo er sechs ist. Mama vermisst das, deswegen sagt sie mittlerweile *Schafis*, genau wie alle anderen auf Frith, außer Josh.

Die beiden Ziegen für die Einweihungsparty sind gestern von der Metzgerei Allens zurückgekommen, und wir haben geholfen, mit dem Hammer dicke Stangen in ihre Münder zu rammen und auf der anderen Seite durch den Hintern wieder raus. Dann haben wir sie mit Tikka und Bier eingerieben. Gerade braten sie über der Grube auf dem Hof, und Finbar beträufelt sie. Lan freut sich viel weniger auf sie als ich. Manchmal redet er immer noch über Virginia, weil er zu klein war, als sie getötet wurde. Ich nicht, ich bin erwachsener als er. So sind Mädchen einfach.

Ruby Wright tritt auf den Hof und winkt uns. Sie hat ein rosa Kleid an, das ihre Brüste zusammenquetscht. Einmal bin ich mit dem Gesicht gegen ihre Brüste geprallt, das war so was von peinlich. In ihren Partysandalen wirken ihre Füße wie Rollbraten, aber sie sieht hübsch aus. Sie hat uns drei Gläser von ihrem eigenen Honig mitgebracht, in einem Korb mit Schleifchen dran. Lans Schwestern wünschen sich auch Bienen, mehr als alles andere auf der Welt. So wie wir. Wir wollen einen wilden Schwarm finden und aufstöbern und überreden, zu uns nach Frith zu fliegen, wo es sicher ist vor Pestiziden. In Rubys Honig schwimmen kleine Sechsecke aus Wachs, und manchmal auch ein Bienenbein. Während wir versuchen, die Gläser aufzuschrauben, und Ruby versucht, uns davon abzuhalten, kommen unsere Taufpaten Jack und Joffrey. Jack ist mein Pate und Joffrey der von Lan. Joffrey behauptet, dass er Kinder nicht leiden kann, aber das stimmt nicht, er redet immer stundenlang mit uns, und wir lieben sie beide. Wir vergessen den Honig, und alle scharen sich um die zwei, während sie auf den Hof schreiten wie Könige. Jack trägt Durchlaucht, ihre Malteserhündin, weil sie einen schlechten Charakter hat und andere Hunde beißt. Sie haben anscheinend einen Einweihungs- und Geburtstagskuchen dabei, aber wir dürfen ihn noch nicht angucken.

»Natürlich habe ich den selbst gebacken«, meint Joffrey.

Joffrey ist Amerikaner. Er hat einen Kuchenladen, und er und Jack sind Alte-Freunde-von-vor-Frith und leben das halbe Jahr in London, und der Kuchenladen ist *berühmt*. Jack hat glänzende Silberhaare, und sie mögen unseren Frith-Punsch nicht, bloß ihren Spezialrotwein, den Jack nicht gern teilt.

Auch Freunde aus dem Dorf sind da, und die Robinsons und die Barkleys. Viel mehr als zwanzig Leute. Dann kommt der Knochenaugenanhängermann mit einer depri dreinschauenden Dame im Schlepptau. Wahrscheinlich seine Frau. Wir passen bestimmt gar nicht alle ins Neuhäuschen für die Eröffnungszeremonie.

Leslie Robinson, die im Spar arbeitet, ist die Mutter von Kyle und Lily Robinson. Die Robinsons sind Bauern. Richtige Bauern, nicht wie wir. Einmal, als wir klein waren, haben wir bei ihnen auf dem Bauernhof in der Küche ein neugeborenes Lamm mit der Flasche gefüttert, aber mittlerweile haben sie ihr Haus den Barkleys verkauft, und jetzt wohnen sie im Dorf in einem kleineren Haus. Sie arbeiten weiter auf ihrem Hof, müssen aber kilometerweit fahren, bis sie dort sind. Alle aus unserer Klasse erinnern sich noch dran, wie die Barkleys das Haus von den Robinsons gekauft haben, weil Kyle und Lily im Unterricht ständig geweint haben und Leslie immer kommen musste, um sie abzuholen. Die Barkleys haben die ganzen Nutzgebäude abgerissen und das Bauernhaus in *Tugbury Manor* umbenannt, damit es schicker klingt, sagt Gail. Jetzt ist der Lammstall weg, aber die Barkleys haben einen *Swimmingpool*. Und ein elektrisches Tor. Einmal haben wir Papa überredet, mit dem Letzten Relikt drauf zuzufahren, bis es aufgeht, und dann abzuhauen, *dreimal hintereinander*. Wir haben so viel gelacht, dass uns das Gesicht wehgetan hat, und Papa musste links ran, um sich die Augen zu wischen, er konnte gar nicht mehr lenken, weil seine Arme so schwach waren. Aber dann hat Mr. Barkley angerufen und erklärt, dass sie uns die ganze Zeit mit der Sicherheitskamera beobachtet haben, und »könnten wir das in Zukunft bitte unterlassen?« Und einmal haben sie Bryn dabei erwischt, wie sie vor dem Spar ihr Auto abgeschleckt hat. Das war echt peinlich, aber Bryn war noch miniklein, und das Auto von den Barkleys glänzt wie Nagellack, deswegen verstehe ich schon, warum sie es probieren wollte. Die Barkleys haben drei Kinder. Die kennen ich und Lan kaum, weil sie älter sind und nicht auf unsere Schule gehen. Mrs. Barkley hat rosa Runzellippen, und wenn sie Leslie sagt, klingt es wie *Lislie*, weil sie aus Südafrika stammt.

»Ach, Lislie«, begrüßt Mrs. Barkley Leslie Robinson, »wie schön, euch alle zu sehen.«

Leslie und Chris Robinson stehen so dicht nebeneinander, als würden ihre Arme zusammenkleben. Sie haben beide echt große Arme, Chris, weil er Muskeln hat, und Leslie, weil sie dick ist. Sie muss sich seitlich hinter der Kasse im Spar vorschieben. Sie hat ein rundes Gesicht und schwarze Haare, superfest zurückgebunden, und rote Flecken auf den Wangen, die kein Ausschlag sind. Sie ist unheimlich, aber nett. Manchmal schenkt sie mir und Lan Schokokekse, die bald ablaufen.

Chris Robinson hat immer ein Karohemd an und ist der einzige Mensch mit so richtig goldenen Haaren, wie ein Weizenfeld, den wir je außerhalb von Büchern gesehen haben. Ich und Lan mögen Kyle und Lily Robinson von allen Dorfkindern am liebsten.

Mr. Barkley packt Chris Robinson an der Schulter und haut ihm so heftig auf den Rücken, dass seine große Uhr rasselt.

»Hallo, Chris! Leslie!«

»Es gefällt uns unglaublich gut in eurem Haus«, meint Mrs. Barkley.

Wie gemein, so was zu sagen, denke ich, aber Chris Robinson lächelt.

»Es ist euer Haus, nicht unseres.«

Kyle und Lily starren zu ihnen hoch. Lily sieht traurig aus, aber Kyle wirkt wütend. Er ist spargeldünn und hat schwarze Haare wie seine Mutter und braun gebrannte Haut wie sein Vater, aber seine Fäuste sind weiß und knochig, weil er sie ballt, und ich habe Angst, dass er gleich explodiert.

»Wollt ihr Joshs Küken sehen?«, frage ich die beiden. Lily nickt und packt Kyle am Arm, und wir suchen Josh und rennen die Treppe rauf.

Josh hat einen Brutkasten in seinem Zimmer. Den hat Gail ihm gegeben, weil die Geflügelfarm ihn *einfach wegwerfen* wollte. Kurz vorm Schlüpfen hört man die Küken in den Eiern piepsen. Richtig cool.

»Hier«, flüstert Josh und reicht Lily Robinson eins.

Ihr Blick verschwimmt, während sie lauscht.

»Ich hör nichts«, brummt Kyle. Nicht, dass er das winzige Ei in seiner wütenden Faust versehentlich zerquetscht! Plötzlich breitet sich ein Lächeln auf seinem Gesicht aus, weil durch die Schale ein *Piep, piep* dringt. Seine düstere Miene hellt sich auf, und die Hand mit dem Ei drin wirkt wieder weich und normal.

Nachdem wir die Eier zurückgelegt haben, stellen wir uns auf die Seilbrücke, essen Chips und zählen die Leute. »*Zweiundzwanzig* Erwachsene und *sechzehn* Kinder!«, sagt Lily.

»Guckt euch Finbar an«, meint Lan.

Finbar schwirrt mit superguter Laune unter uns rum, redet mit allen und füllt Getränke nach.

»Hey, Finbar!«

»Hey, Amy! Lan!« Er prostet uns mit seiner Bierdose zu. Grade unterhält er sich mit Herr und Frau Knochenauge.

»Finbar hat den Knochenaugenanhängermann zum Lachen gebracht.« Ich staune. »Schaut mal, seine *Zähne*!« Die sind lang und dunkelgelb, und seine Mundwinkel wandern nach oben, als würden Fäden dran ziehen.

Jim stellt Colins orangebraune Schüsseln auf den Tisch neben die riesige Samosa-Pyramide, dann reiht Finbar draußen auf dem Hof alle Gäste nebeneinander auf, und wir befördern Teller voll brutzelheißer Ziege hoch zum Haus. Wir müssen uns beeilen, weil es anfängt zu regnen und dicke, fette Tropfen auf unseren Köpfen und den Tellerrändern landen. Durchlaucht rennt kläffend um den Ziegentisch rum, und Joffrey hebt sie über den Kopf, damit sie aus dem Weg ist, aber davon muss sie würgen, deswegen setzt er sie wieder ab, und sie jagt unsere ganzen Hunde. Wildschütz ist ein riesiger Labrador, und Durchlaucht ist winzig, aber seine Beine zittern vor Angst.

Alle drängeln sich im Großraum, und ich und Lan werden zwischen Gail und meinem Paten Jack eingequetscht, weil da die Tikka-Sandwiches stehen. Gail quatscht ihn über Homöopathie zu, während Niah an einem Ziegenknochen lutscht. Jack fragt, ob Gail irgendwas über Kräuter gelesen hat, das *vor Urzeiten in seinem Verlag erschienen ist*, und Gail behauptet, sie hätte es *verschlungen*. So eine Lügnerin. Sie liest überhaupt nichts. Sie kriegt ihre ganze Homöopathie von einer Frau namens Susan, die in Wales lebt und versucht, die Corgis zu retten. »Wenn der Schmerz ausstrahlt, versuch's mal mit Caulophyllum thalictroides«, sagt sie, um mit ihrem Latein anzugeben. Jack wirkt echt beeindruckt. Alle mögen Homöopathie nur, weil sie über ihr langweiliges Kopfweh reden können und dass sie so *schrecklich angespannt* sind.

Josh, Bryn und Lulu kriechen unterm Tisch rum, und die drei glänzend blonden Barkley-Kinder sitzen uns gegenüber. Vor ihnen stehen nur die Chips, vor mir und Lan und den Robinson-Kindern die Tikka-Sandwiches *und* die Samosas. Tja, blöd gelaufen, was?

»Immerhin geht die gesamte moderne Medizin auf die Kräuterkenner von anno dazumal zurück.«

Ich schaue zu Lan. *Kräuterkenner von anno dazumal.* Das können wir benutzen. *Die Piraten von Annodazumal. Die Ziegen von Annodazumal.*

Wilfy Edwards aus der Schule stürmt auf Joffrey zu und starrt ihn an.

»Hallo.« Joffrey schaut auf Wilfy runter, der kleiner ist als ich.

»Wo ist die Cola?«, brüllt Wilfy.

»Hier gibt es keinerlei Limonaden«, antwortet Joffrey. »Ist das nicht grässlich?«

Wilfy starrt ihn bloß weiter an und fragt: »Kommst du aus Afrika?«, bevor er wieder davonflitzt.

»Wie kurios«, bemerkt Joffrey, wirkt aber nicht überrascht, weil die Leute hier oft so was sagen, wegen seiner Hautfarbe. Rani mit ihrer braunen Haut muss sich solchen Kram auch anhören. Sie meint, sie ist nicht mehr überrascht, aber oft deprimiert.

»Hauen wir ab, mir ist langweilig«, verkündet Lan, und wir schlüpfen davon.

Mama zwingt alle, Colins Schlotze zu probieren, und die schmeckt wirklich gut, aber ich muss die ganze Zeit an Colins lange graue Finger denken, wie sie sie machen, und an seine Küche, die nach Schrankmuff riecht, und an die Fliegenfänger, die wie Schorf aussehen. Ruby Wright redet ohne Punkt und Komma auf Herrn und Frau Knochenauge ein. Bei sich zu Hause, wo Ragtime auf dem Fensterbrett sitzt, ist Ruby selbstbewusst und normal, aber jetzt nicht, jetzt ist sie supernervös.

»Ich bin nur eine Nichtswisserin aus Cardiff! Keine richtige Bäuerin wie Sie! Ich habe nicht mal einen Kleinbauernhof, sondern höchstens einen *Winz*bauernhof!«

Herr und Frau Knochenauge mustern sie schweigend. Sie sollten irgendwas antworten, das wäre bloß höflich, und Ruby ist gar keine Nichtswisserin.

»Ruby hat ihre eigenen Bienen«, rufe ich zu den Knochenaugen hoch, aber sie hören mich nicht.

»Liebe Güte, was ist das?« Joffrey schaut gen Himmel wie ein Opernsänger, einen Teller voll Schnarchnasen-Colin-Schlotze in der Hand.

Colin wirkt ängstlich. »Pan Haggerty.«

»Mit Abstand das beste Wohlfühlessen aller Zeiten«, meint Joffrey. »*Köstlich!*«

»Rezept von meiner Mutter. Sie war aus Snitter.«

»Snitter?«, hakt Joffrey nach. »In Northumberland?«

Colin nickt.

»Großartig«, sagt Jack.

»NICHTS GEHT ÜBER PAN HAGGERTY!«, ruft Finbar so plötzlich, dass ein paar Leute vor Schreck aufschreien, landet mit einem Satz auf dem Klavierhocker und stimmt einen Blues an.

»NICHTS GEHT ÜBER PAN-PAN-PAN-PAN-PAN-HAGGERTY! DAS KOMMT AUS SNITTER!«

»Was ist denn mit *dem* los?« Jenny Barkley zwirbelt sich den blonden Flechtzopf um den Finger. Sie ist elf. »Der ist komisch.«

»Finbar ist nicht komisch«, protestiere ich.

»Äh, doch.« Jenny schnaubt. »Ihr seid *alle* irgendwie komisch.«

Ich gucke ihre Familie und meine Familie an. Die Klamotten von Jenny und ihren großen Brüdern und ihren Eltern sehen aus, als wären sie gerade erst gekauft worden, keine Socken, die nicht zusammenpassen, kein Heu oder Dreck, nirgendwo. Außerdem sind ihre Haare superordentlich. Nicht wir sind komisch. *Die* sind komisch. Ich scheuche die Kleinen rüber zu Finbar, damit ich nicht länger mit Jenny reden muss. Sie ist hübsch, aber ihre Eltern haben den Robinsons das Haus weggenommen, und sie ist *nicht* meine Freundin. Außerdem sitzen ihre großen Brüder mit ihren Game Boys auf der Treppe, seit sie angekommen sind, und lassen keinen von uns auch nur eine Minute lang dran.

Wir überreden Finbar, noch mehr Lieder zu spielen, und versuchen, Kyle und Lily zum Tanzen zu bewegen. Wenn wir alleine spielen, sind sie richtig laut, aber bei so Sachen wie Tanzen oder mit Erwachsenen Reden sind sie schüchtern. Finbar kauert auf dem Klavierhocker und haut mit den Fersen und Ellbogen in die Tasten. Mama hasst es, wenn wir gegen das Klavier treten.

»Harriet! Komm her und sing für uns«, ruft Finbar.

Mama setzt sich neben ihn, aber sie singt nicht, sondern spielt nur mit ihm.

»Jawoll! Genau so!«

»Ein bisschen leiser vielleicht«, meint Mama mit ihrem sanften Truthuhn-Töte-Ton und stimmt *You've Got a Friend* an.

Über mir diskutieren Rani und Martin. Sie streiten nicht, weil das tun sie nie, aber Martin sprudelt ein bisschen über.

»Herrgott, Rani. ›Machst du 'nen Curry-Laden im Dorf auf?‹ ist voll daneben!«

»Ach, sag bloß, Martin! Es nennen ihn ja nicht umsonst alle Rassisten-Rick.«

Ich stolpere über die Beine von Jenny Barkleys Brüdern und

falle auf Lulu, die loskreischt. Die Barkley-Brüder brummen nur: »Alter!«, ohne aufzuschauen.

»Wem's nicht schmeckt, der muss es ja nicht essen.« Rani nimmt Lulu hoch und marschiert mit ihr davon.

Finbar spielt immer lauter. Der Donner dröhnt direkt überm Haus, und draußen fängt es an zu schütten.

»Zeit für den Kuchen!«, ruft Papa über das Stimmengewirr und das Wetter hinweg, und alle hören ihn wegen seiner *ausgebildeten Stimme*.

»Moment!«, kreischt Mrs. Barkley.

»Wartet!«, ruft Joffrey.

Sie hasten beide zur Haustür, weil sie ihre Kuchen aus den Autos holen wollen, und prallen im Rahmen zusammen.

»Mama!« Lily Robinson rennt zu Leslie rüber, als hätten die beiden ein Geheimnis. Leslie hat wohl auch einen Kuchen für uns.

»Schon komisch.« Papa lächelt Mama an. »Anscheinend wussten die Leute, dass du Geburtstag hast.«

Sie wirkt verlegen. Sie sagt immer, dass sie es nicht mag, wenn sie im Mittelpunkt steht und alle sie anschauen, aber ich glaube, insgeheim gefällt es ihr doch.

Wir hören Autotüren und Gelächter und jede Menge *Theater*, weil Mrs. Barkleys steife gelbblonde Haare nass werden, dann kommen sie und Joffrey wieder rein. Beide tragen riesige weiße Kuchenschachteln.

»Pivlova!« Stolz hebt Mrs. Barkley ihre hoch.

»Zitronen-Limetten-Kuchen!«, sagt Joffrey.

Das Fleisch und das andere Zeug werden zur Seite geschoben, um Platz auf dem Tisch zu schaffen. Die beiden stellen ihre Riesenschachteln ab und öffnen gleichzeitig die Deckel. Alle machen: »OOOH!«

»Ach, das ist doch nur eine Kleinigkeit«, meint Mrs. Barkley.

»Alles Gute zur Einweihung, Em«, ergänzt Joffrey. Joffrey *kennt*

Em kaum. Keine Ahnung, ob sie überhaupt *da* ist, wir haben sie jedenfalls nicht bemerkt.

»Und alles Gute zum Geburtstag, Harriet«, flüstert Joffrey Mama hinter vorgehaltener Hand zu.

Sein Kuchen steht auf einem goldenen Teller, wie bei einem Festmahl im Märchen, und er ist rund und hat ein Loch in der Mitte und ist mit weißen Zuckergusswirbeln und haufenweise Blumen bedeckt – aus Zucker *und* echten, in Lila und Gelb –, und überall im Guss stecken grün glitzerndes Gras und winzige Schafe und Kaninchen.

»Alles essbar«, sagt Joffrey. »Wirklich *alles.*« Großes Nach-Luft-Schnappen.

Mrs. Barkleys Kuchen besteht aus Erdbeeren und Baiserschichten.

»Wie die österreichische Flagge«, ruft Finbar. »*Heil!*« Alle schauen ihn kurz an.

»Warum heißt es Pivlova?«, frage ich Papa.

»*Pa*vlova«, verbessert er. »Ist nach einer berühmten Ballerina benannt.«

»Einer *Ballerina*?«

Ballett ist doof, trotzdem wäre die Pavlova wahrscheinlich der tollste Kuchen aller Zeiten, nur stinkt sie neben Joffreys Kuchen voll ab. Als würde man einen Esel neben ein Einhorn stellen. Ich meine, ich liebe Esel, aber ein Einhorn habe ich noch nie im Leben *gesehen.*

Alle drehen total durch wegen Joffreys Kuchen, sogar die Erwachsenen, und Mrs. Barkleys knallrosa Lippen werden so dünn, dass man sie gar nicht mehr erkennt, und ihre Augen sind so schmal wie bei einer *Mörderin.*

»Mhm, wirklich ein Hingucker«, bemerkt sie.

Ich stoße Lily Robinson an. »Pech für sie, was?«

Lily antwortet nicht. Sie guckt zu Leslie, die neben der Tür steht und eine Benjamin-Blümchen-Torte zurück in die große Spar-Tüte schiebt, die sie dauernd mit sich rumschleppt und auf der in Riesenschrift *Immer für Sie da!* prangt.

Benjamin-Blümchen-Torte kriegen wir normalerweise nur, wenn jemand in der Schule Geburtstag hat.

»Mama! Guck mal!« Aber Mama hört mich nicht.

Alle scharen sich um die beiden glänzend weißen Kuchen, während sie angeschnitten werden. Von Joffreys regnen Blumen wie ein Miniwasserfall.

»Lilys Mama hat eine Benjamin-Blümchen-Torte mitgebracht!« Gail hört mich, antwortet aber nicht.

Mr. Barkley nimmt sich ein großes Stück von *beiden* Kuchen und schaufelt sie sich in den gierigen Mund. Die Ringe an seinen Fingern schneiden ein.

»Ihr geht schon, Leslie?«, fragt er, als er sie mit der Spar-Tüte an der Tür sieht. »Du musst die Kinder mal zum Schwimmen vorbeibringen. Sie sind jederzeit willkommen, wirklich jederzeit.«

»Ja«, erwidert Leslie. »Danke.«

»Sie gehen noch gar nicht«, erkläre ich ihm.

»Wunderbar!«, schmatzt der dämliche Mr. Barkley wie ein Nilpferd.

Leslie steht so mürrisch da, als würde sie im Schlamm feststecken. Chris kommt zu ihr und legt ihr den Arm um die Schultern.

»Alles gut, mein Schatz?«

»Ich habe gerade zu ihr gesagt, ihr solltet die Kinder mal zum Schwimmen vorbeibringen.« Mr. Barkley hat Sahne im Gesicht von der Pavlova. Wie kann er bitte nicht merken, dass er Sahne im Gesicht hat? Er sieht aus wie ein Baby!

»Danke.« Chris Robinson lächelt. »Das machen wir bestimmt.« Er ist nur höflich.

»Wunderbar«, wiederholt Mr. Barkley. »Mal wieder das alte Zuhause besuchen, das wird nett für die Kinder. Die werden den Pool lieben, wir heizen ihn immer richtig schön auf.«

Kyle schiebt sich an mir vorbei, seine knochige Schulter bohrt sich in meinen Arm, und er starrt wie ein wütender Wolf zu Mr. Barkley hoch. Seine Stimme kiekst fast so wie die kleinste Blockflöte in der Schule.

»Ich will nicht in Ihrem Pool schwimmen«, erklärt er.

Mr. Barkley schaut von seiner Erwachsenenhöhe auf ihn runter.

»Ich auch nicht«, sagt Lily ganz leise. »Da bringen mich keine zehn Pferde rein.«

»Hey«, erwidert ihr Vater, immer noch freundlich, »das reicht.«

Leslie wirkt jetzt noch viel mehr, als würde sie im Schlamm feststecken. Oder wie ein großer Baum.

»Zu Erwachsenen ist man höflich«, fährt Chris fort.

»Mir doch wumpe!« Kyle spuckt auf den Boden – nur ein kleines bisschen, nicht so, dass man was sieht. »Ihr Pool ist garantiert richtig scheiße.«

»Tja, was soll's, wir wollen euch eh nicht drinhaben.« Ich drehe mich um. Jenny Barkley. Sie isst Pavlova mit einer Gabel, als wäre sie gar kein Kind mehr. So alt ist elf auch wieder nicht, sie ist ja noch nicht *erwachsen*.

Gail mustert Jenny, als wäre sie ein interessantes Insekt. »Warum denn nicht?«

Jenny rümpft die Nase und schnaubt wieder. »Da müssten sie sich erst den *Stallmist* abwaschen.«

Ich kann es nicht glauben. Das kann niemand. Ich und Lan und Lily und Kyle und Gail und die Barkleys und Chris und Leslie starren sie sprachlos an.

»Na, na, junge Dame«, sagt Chris schließlich ruhig.

Jenny schnaubt noch mal, ihm direkt ins Gesicht, als würde sie drüber lachen, wie er redet. Ich kriege keine Luft mehr. Sie lacht *tatsächlich* drüber, wie er redet.

»Tut mir schrecklich leid, Chris.« Mrs. Barkleys steife gelbe Haare wackeln.

»Entschuldige dich, Jenny«, befiehlt Mr. Barkley.

Aber darauf wartet Kyle gar nicht erst. Er tritt ihr gegens Schienbein. Jenny *brüllt* und lässt ihren Teller fallen, der auf den Boden knallt wie eine Bombe. Sie hält sich das Bein und hüpft rum, und ihr Gesicht sieht aus wie eine Erdbeere, aus der Tränen spritzen.

»Hey! Reiß dich zusammen!« Leslie Robinson klatscht Kyle eine auf den Hinterkopf. Das macht sie ständig, ich glaube nicht, dass es wirklich wehtut.

Alle kommen gucken wegen dem Knall. Sahne und Kuchenflatsch liegen auf dem Boden verteilt. Die Hunde versuchen, sich zwischen den Beinen durchzuschieben, um ihn aufzuschlecken, aber die Erwachsenen zerren sie zurück, wegen der Splitter.

»Ach du liebe Zeit, das tut mir so leid.« Gail fuchtelt mit den Händen. Keine Ahnung, was ihr leidtun soll, sie hat gar nichts gemacht. Wahrscheinlich will sie nur Aufmerksamkeit.

»Komm mit.« Mr. Barkley will Jenny wegziehen, ohne sie zu fest zu packen.

Jenny dreht sich um und zeigt Kyle und Lily mit den Fingern ein *L* über die Schulter.

»Loser! Loser!«, trällert sie. »Eure Mutter arbeitet bei McDonald's! Als Frittierfett!« Gleichzeitig formt sie die Buchstaben auch mit den Fingern. *Eure Mutter arbeitet bei McDonald's …*

»Jenny! Hör auf damit«, sagt ihr Vater.

»Wow«, macht Gail. »*Wow.*«

»Das tut mir schrecklich leid«, meint Mrs. Barkley, aber so klingt sie gar nicht, eher *zufrieden*.

»Schon okay«, würgt Leslie hervor, als würde ihr was im Hals stecken. Ihre roten Flecken werden dunkler.

Ich hasse Mrs. Barkley. Ich hasse sie richtig.

»Ich esse keinen Krümel von Ihrer blöden *Pivlova*!«, schreie ich, dann sehe ich Mamas Gesicht und schlage mir die Hand vor den Mund.

»Amy …«, stöhnt Gail.

»Nicht der Rede wert, Gail«, sagt Mrs. Barkley. »Danke für diesen … netten Tag. Gehen wir, Kinder.«

Jennys Brüder tauchen wie aus dem Nichts auf, immer noch in ihre Game Boys vertieft. Als Kyle sie entdeckt, reckt er Brust und Kinn vor.

»Und ihr zwei Hornochsen könnt euch auch gleich vom Acker machen.«

Leslie haut ihm wieder auf den Hinterkopf, aber er lacht nur wie ein Wolf. Er ist echt cool.

Die Barkley-Brüder stecken ihre Game Boys für eine Sekunde weg und schauen auf ihn runter.

»Wie alt bist du, *acht*?«, fragt einer von ihnen, und beide grinsen.

»Tut mir leid, Jungs«, meint Chris. »Keine Ahnung, was in ihn gefahren ist.«

Chris Robinson ist ungefähr *drei Meter groß*, aber die Barkley-Brüder ignorieren ihn, als wäre er nicht mal ein Mensch. »Wayne, Alter.«

Mrs. Barkley beteuert noch fünfzigmal, wie leid es ihr tut, dann brausen sie in ihrem glänzenden Auto davon.

»Auf Nimmerwiedersehen«, brummt Gail.

»Bitte, Gail, vergiss es einfach«, sagt Leslie. »Wir sollten auch los.« Sie wirkt nicht aufgelöst. Sie wirkt wie ein Berg.

»Liebe Güte«, bemerkt Joffrey.

Er und Jack und Mama und Papa und Rassisten-Rick und Mrs. Rick scharen sich um die Robinsons und versuchen, sie aufzumuntern. Gail und Papa sind die Lautesten. Eigentlich sind sie fast *zu* laut und *zu* nett. Ich glaub nicht, dass Leslie das gefällt.

»Ich werde noch ein ernstes Wörtchen mit Amanda Barkley über Jennys Benehmen reden«, meint Gail. »Wo ist Jim?«

Ich sehe ihn auch nicht.

»Niemand muss mit irgendwem über irgendwas reden«, erwidert Chris.

Alle stehen nur rum. Die Luft ist super angespannt.

Plötzlich ruft Papa: »EINWEIHUNGSZEREMONIE IM NEU-
HÄUSCHEN!«

Lan guckt mich an, nach dem Motto: *Echt jetzt?* Aber Papa will
bloß alle aufheitern.

»Zu Ems neuem Häuschen!« Er reißt die Glastüren auf.

Die ganze Bagage stürmt im Regen über den Hof. Nur Em kann
ich nirgendwo entdecken.

»Passt auf meine Gemüsebeete auf«, schreit Finbar. »Und kommt
ja meinem Haus nicht zu nahe!«

Niemand *will* überhaupt zu seinem Haus, aber er hastet trotzdem rein und zieht die Vorhänge zu.

Der Rest von uns marschiert den Weg zum Neuhäuschen lang,
und dann sehe ich endlich auch Em – sie steht an der Eingangstür.
Die Tür haben Jim und Papa auf der Müllhalde gefunden und toll
aufgemotzt. Ems Hände zittern total. Sie trägt einen knallroten
Rock mit Blumen drauf. Ich wusste nicht mal, dass sie *da* ist, aber
sie ist da, und sie hat sich richtig rausgeputzt.

Papa holt von irgendwo ein grünes Band raus, das Em, Rassisten-Rick und Jim zerschneiden. Dauernd redet irgendwer drüber,
wie kalt es ist und ob wir überhaupt alle reinpassen. Und jeder hat
matschige Schuhe vom nassen Hof. Em tut mir ein bisschen leid,
sie hat Jims neuen Holzfußboden tagelang gebohnert, und ihr Sofa
ist den ganzen Weg aus Ross gekommen. Aber als ich einen Blick
auf ihr Gesicht werfe, strahlt sie so sehr, dass sie fast *heult*. Es ist
nett, dass sie sich für ihre Party schick gemacht hat, auch wenn es
niemandem aufgefallen ist. Schön, dass sie glücklich ist.

Die Erwachsenen liegen alle nur faul im Bauernhaus rum, deswegen holen ich und Lan die Benjamin-Blümchen-Torte, die Leslie
stehen gelassen hat, und warten, bis Bill und Lulu nach Hause gegangen sind. Dann teilen wir sie mit Lans Schwestern und Josh.

Wir sitzen im Kreis auf dem Boden in meiner Küche wie um ein Lagerfeuer. Eden schubst mich, weil sie näher ran will, aber ich sage ihr, dass sie sich verpieseln soll – wir haben alle Stücke gleich groß geschnitten, sie ist so was von gierig. Die Hunde schleichen um uns rum, aber sie kriegen nichts ab.

Von draußen dringt eine Art *Bumm, bumm, bumm* rein. Ich gucke aus dem Fenster. Papa sitzt mit geschlossenen Augen im Letzten Relikt. Das *Bumm, bumm, bumm* ist Oasis. *Don't Look Back in Anger.* Papas allerliebste Lieblings-CD. Er sagt immer, dass die ihn »woanders hinbringt«. Oder zurück. Keine Ahnung. Auf jeden Fall hat er sie so laut aufgedreht, dass die Wände wackeln. Ich und Lan knien auf dem Fensterbrett. Papa vergräbt das Gesicht in beiden Händen. Und plötzlich fühlt es sich an, als sollte ich das nicht sehen. Ich und Lan drehen uns halb zueinander, als wollten wir was sagen, aber dann werden wir wohl beide verlegen, also schweigen wir. Ein dicker Lichtstreifen fällt auf den Boden, als jemand die Bauernhaus-Tür öffnet. Papa zuckt zusammen und nimmt die Hände vom Gesicht und bemerkt uns am Fenster. Schnell ducken wir uns, und als wir wieder gucken, ist das Licht im Auto aus, und wir können ihn nicht mehr erkennen. Die Musik verstummt, und er steigt aus. Er schaut in Richtung Haustür, wo das Licht herkommt, aber wen er anguckt – Mama oder Gail oder wen anders von den Erwachsenen –, sehen wir nicht. Er lächelt und wirkt irgendwie wieder *öffentlich*. Das Licht verschwindet vom Boden, die Tür geht zu, und alles ist schwarz.

»Warum hört er nicht hier drinnen Musik?«, fragt Lan.

Ich zucke die Achseln. Wahrscheinlich wollte er einfach ein bisschen Zeit für sich, um nachzudenken oder so.

9

RETTUNG

Lan

Jedes Jahr schreibt Jim das Datum, an dem die erste Schwalbe kommt, mit Bleistift an die Wand in seiner Werkstatt. Wenn die Schwalben zu früh kommen, macht er sich Sorgen wegen der Erderwärmung. Es fühlt sich gut an, dass die Liste immer da sein wird. Wie Geschichte. Irgendwie wichtig.

26. März 1998. Sehr langer Winter, 1. Schwalbe heute.

1999—18. April

2000—20. März

2001—1. April

2002—25. März

2003—4. März

2004—11. April

2005—26. März

2006—13. März

Es sind Osterferien, und wir spielen gerade *A zerstören* auf dem Hof, als er uns zu sich ruft und sich das Sägemehl aus den Haaren wischt.

»Erste Schwalbe«, sagt er.

Wir gucken zu, wie er den Bleistift mit einem Teppichmesser anspitzt. Der Stift ist schon winzig klein vom vielen Spitzen – Jim benutzt Stife immer, bis sie ganz weg sind. »Sind Schwalben Afrikaner oder Engländer?«, fragt Eden. »Sie kommen aus dem Himmel«, antwortet Josh. Wir scharen uns um Jim, während er das Datum an die Wand schreibt.

2007–10. April

Ich schaue nach, was das erste Jahr war. 1998. Ganz verblasst. Da waren ich und Amy noch nicht mal geboren. Jetzt sind wir achteinhalb.

Eigentlich wollten wir gar nicht alle mit, um die Rettungshühner abzuholen, aber dann haben die Erwachsenen es so aufregend klingen lassen, dass wir doch dabei sind. »Wir sind ein Konvoi«, sage ich, weil wir mit allen drei Frith-Autos unterwegs sind. Total cool. Der Lada fährt an der Spitze, mit Jim und meinen Schwestern und Josh drin, und die Hodges im Mondeo *bilden das Schlusslicht.* Ich und Amy sitzen mit Mama und Adam im Letzten Relikt. Adam spielt bloß Mamas Lieblingslieder, ohne uns überhaupt zu fragen, was wir hören wollen, und die beiden quatschen die ganze Zeit.

»Eden und Bryn haben bestimmt mehr Spaß als wir«, raune ich Amy zu. »Sogar die Hodges haben mehr Spaß als wir«, erwidert sie. Niah ist zu Hause bei Em, wie immer. Und Amys Mama ist auch dageblieben, bei ihren Ziegen oder so. Irgendwie hatten wir das Gefühl, dass sie und Finbar was Geheimes vorhaben, aber die Erwachsenen haben gedrängelt: »Wir kommen zu spät zur Hühnerrettung«, deswegen haben wir vergessen nachzubohren.

Die Hühnerrettung ist ganz anders, als wir es uns vorgestellt haben. Es gibt keinen Stacheldraht oder Taschenlampen, nur einen stinknormalen Bauernhof. Auf die Hühnerkoordinatorin waren wir besonders gespannt, aber sie trägt nicht mal eine Uniform.

»Eigentlich bin ich Richterin«, sagt sie. »Das mit den Hühnern hat sich einfach so ergeben.«

Dann macht sie »Pssst!«, damit wir Kinder ruhig sind, und führt uns hinters Haus zu ein paar Ställenmit Rettungshühnern. Sie erklärt uns, dass die Tiere sehr schwach sind und Angst vor Geräuschen haben, deswegen müssen wir in ihrer Nähe ganz langsam und leise sein. Ich denke dran, wie wir immer schreiend durch Mamas Hühner stürmen, und nehme mir vor, das ab jetzt nicht mehr zu machen. Aber wahrscheinlich machen wir's trotzdem. Eine andere Frau tritt aus einem Stall, mit anderen Rettern, die ihre Hühner in einer Kiste tragen.

»Bis bald, Ann!«, flüstern sie, als sie an uns vorbeigehen. »Gib Bescheid, wann die nächste Ladung reinkommt.«

»Da fühlt man sich ja fast wie im Widerstand«, bemerkt Adam, und Mama lacht. Dabei war das nicht mal ein Witz. Mama ist so was von nervig, wenn Adam in der Nähe ist.

Wir scharen uns um unsere Kiste, um reinzugucken, sehen aber nur nackte, blasse Haut.

»Okay«, meint Jim. »Bringen wir sie heim.«

»Das war's schon?«, fragt Eden. Wie enttäuschend – wir dachten, es würde viel spannender. Warum sollten wir überhaupt mitkommen?

Bryn, Eden und Josh möchten, dass die Hühner bei ihnen mitfahren, aber der Lada ist zu laut. Adam will eigentlich keine Tiere im Letzten Relikt, aber er gibt nach, weil Mama ruft: »Ach, Adam, bitte!« Sie liebt Hühner über alles. Wir stellen sie zwischen mich und Amy auf den Sitz. Den ganzen Rückweg über müssen wir mucksmäuschenstill sein, damit wir sie nicht erschrecken. Nicht mal Musik dürfen wir anmachen. *Ruhe im Auto*. Ich und Amy spielen *Ich sehe was, was du nicht siehst* und reden in Zeichensprache durchs Rückfenster mit Bill und Lulu. Adam und Mama reden nicht, sie lächeln nur. Die Rettungshühner stinken gar nicht oder so, sie sitzen einfach bloß rum.

Zurück auf Frith stürzen wir aus dem Letzten Relikt an die frische Luft.

»Nicht die Tür knallen«, mahnt Mama. »Denkt an die Hühner!«

Amy will Harriet Bescheid geben, dass wir wieder da sind.

»Stört sie jetzt nicht«, meint Adam.

»Warum nicht?« Wir stören Harriet ständig, das macht ihr nichts aus.

»Sie redet mit Finbar. Helft uns lieber mit den Hühnern.«

Die Kleinen springen auf und ab, weil sie unbedingt die Hühnerkiste halten wollen.

»Gleich«, sagt Amy. »Ich hol Mama.«

»Hey!«, ruft Adam uns nach, aber wir flitzen schon über den Hof, so schnell wir können, und rumsen gegen Finbars Wand.

»Mama!«, schreit Amy. »Wir haben die Rettungshühner!«

»MOMENT!«, ruft Harriet von drinnen, richtig streng.

Amy verdreht die Augen. »OKAY!«

Wir laufen rum und treten gegen das Gras. Nach einer Weile schlendern wir zu Finbars Haustür. Die Bänder flattern. Sie reden. Zumindest Finbar. Er klingt komisch. Ganz anders. Ich und Amy schauen uns an, weil da irgendwas nicht stimmt. Was, wissen wir nicht. Die Luft ist irgendwie kribbelig.

Finbar redet superschnell. Wir verstehen nicht alles. »Wenn ich's dir doch sage, ich habe gehört, wie sie sich unterhalten.« Aus irgendeinem Grund denke ich direkt, dass er Mama und Adam meint. Den nächsten Teil kriegen wir nicht mit. Dann irgendwas, dass Harriet ihre *geistigen Schranken durchbrechen* muss.

»Was labert er da?«, wispert Amy. Ich schüttle den Kopf. Keine Ahnung, aber es wirkt wichtig.

»… natürlich nicht in unserer Sprache«, erklärt Finbar. »Sie benutzen überhaupt keine menschliche Sprache. Sie sind schlau!«

Also geht's doch nicht um Mama und Adam, die beiden sprechen immer ganz normal.

»*Wer?*«, formt Amy mit dem Mund.

»Diese Wesen sind hoch entwickelt ...«

Wesen? Wir beugen uns vor, die Hände auf dem Holzboden direkt hinter der Tür. Die Bänder flappen und wehen.

»Sie kommen hierher, jetzt. Wir müssen was unternehmen!«

»Siehst du Mama?«, flüstert Amy.

Nein. Wieder schüttle ich den Kopf.

»Du musst die *Muster* erkennen, Harriet!« Finbar klingt immer ängstlicher, und langsam kriege ich auch Angst. »Sie sind da draußen, und sie kommen. Du hörst mir nicht *zu* ...«

»Doch, das tue ich.« Ich kann Harriet immer noch nicht sehen, aber ihre Stimme erleichtert mich.

»Tust du nicht!«

»Stopp, Finbar. Schau mich an.« Harriet benutzt ihren Truthuhn-Töte-Ton.

Atemlos warten wir auf seine Antwort, hören aber stattdessen nur Getrampel, als die ganzen anderen Erwachsenen auftauchen – Adam und die Hodges –, und sie packen uns an den Händen und ziehen uns auf die Füße und zerren uns weg von der Tür.

»Verdammt noch mal, Kinder«, schimpft Adam.

»Papa!«, protestiert Amy.

»Das hier geht euch überhaupt nichts an!«

Amy wird knallrot. Er muss sie doch nicht gleich anschreien. Warum ist er so sauer? Sie stellen sich vor uns, damit wir nicht mehr gucken können, und Adam schiebt die Bänder zur Seite und stürmt rein.

»Das darfst du nicht!«, rufe ich und fange vor lauter Wut an zu weinen.

Er hat nicht mal an den Türrahmen geklopft. Das war unhöflich. Ich kapier's nicht. Niemand erklärt uns irgendwas. »Schon okay, Lan«, flüstert Amy.

»Adam«, sagt Harriet drinnen, »das ist nicht hilfreich.«

Die restlichen Kinder rennen von irgendwo an und fragen, was los ist. Rani nimmt mich und Amy fest an die Hand.

»Hopp, hopp, Kinder«, sagt sie, als wäre sie Mary Poppins, und zieht uns davon. Jetzt verstehen wir wirklich nichts mehr von drinnen, wir hören nur noch Gestreite.

»Wagenhaus«, schlägt Martin vor, vernünftig wie immer, und treibt die Kleinen zusammen.

»*Leise!*«, brüllt Finbar hinter uns in seiner Hütte, lauter als der Rest.

Rani bleibt abrupt stehen und dreht sich um, genau wie wir, alle miteinander.

»Sie *belauschen* uns!«, schreit Finbar weiter.

»Wer?«, frage ich. »Wer? Wer?«, fragen wir alle.

»Kommt, Kinder«, meint Rani.

»Ihr braucht euch keine Sorgen zu machen«, versichert Martin.

Aber wer?

Sie bringen uns zu ihrem Haus und zwingen uns reinzugehen und uns hinzusetzen, mit ihnen und den ganzen Kleinen. Martin geht wieder raus, und wir beobachten ihn durchs Fenster, sehen aber nichts Interessantes.

»Möchtet ihr ein Stück Ingwerkuchen?«, fragt Rani.

Sie gibt uns Saft, und der Ingwerkuchen ist warm. Mit Butter drauf.

»Film schauen oder tanzen?«

Sie ist so ruhig. Ich will ihr erzählen, was Finbar gesagt hat, über die Wesen, die uns holen kommen – vielleicht aus dem Weltall –, aber hier im Wagenhaus mit dem Ingwerkuchen fühlt sich die Angst ganz weit weg an, als hätte ich sie geträumt.

»Sollen wir es ihr erzählen?«, flüstert Amy mir mit aufgerissenen Augen zu.

Keine Ahnung. Ich bin zu verwirrt.

»Jim ist drüben«, antworte ich schließlich. »Der wird wissen, ob sie die 112 rufen müssen.«

Da guckt Rani aus dem Fenster, und wir gucken auch wieder.

Finbar und Harriet laufen aufs Bauernhaus zu, und die Papas stehen zusammen und schauen ihnen nach.

Amy springt auf und rennt aus der Tür, bevor Rani sie dran hindern kann. Mich will Rani noch zurückhalten, aber ich entwische ihr auch.

Wir sprinten über den Hof, und als wir Finbar und Harriet erreichen, bremsen wir ab und spazieren neben ihnen her, schleichen beinahe und versuchen, ganz leise zu atmen. Ob sie uns überhaupt bemerkt haben? Aber als Amy nach Harriets Hand greift, drückt sie zurück. Ich gucke über die Schulter zu Mama, die bei den Männern steht.

»Wir informieren Eileen«, meint Harriet gerade. »Sie ist eine gute Ärztin und kennt dich schon sehr lange. Ihr können wir garantiert vertrauen.«

Sie gehen so langsam, dass sie kaum vom Fleck kommen.

»Ich will nicht wieder krank sein«, erwidert Finbar tonlos.

Ich und Amy schauen ruckartig auf. Krank? Ist es sein Polio? Ich mustere seine Beine.

»Ich weiß«, sagt Harriet.

»Alles okay, Finbar?«, fragt Amy. Sie ist so mutig. Mich hält irgendwas davon ab, mit ihm zu reden.

Finbar und Harriet bleiben stehen. Ich schaue mich noch mal um. Die Papas und Mama und Rani und die Kleinen laufen uns nach wie bei einer Runde *Wer hat Angst vorm Weißen Hai?* Ich gucke in ihre besorgten Gesichter, dann drehe ich mich wieder zu Finbar. Er hat sich vorgebeugt und starrt Amy an, als würde er konzentriert nachdenken. Seine Haare sind noch zerzauster und stacheliger als sonst, und seine Augen glitzern wie die vom Weißen Hai. *Und wenn er aber kommt?*, denke ich, dabei ist Finbar gar nicht angriffslustig, sondern ganz ruhig, nur stimmt irgendwas nicht mit ihm.

»Klar, Amy, alles gut«, sagt er schließlich.

Harriet nickt ihm mit derselben Miene zu wie uns Kindern immer, wenn sie stolz auf uns ist.

»Bis später«, meint sie zu uns, und damit ist klar, dass wir nicht mitdürfen.

Wir schauen ihnen nach, wie sie den Hügel hochlaufen. Sie nimmt ihn an die Hand. Komisch. Als wäre er ein Kind oder so, dabei ist er deutlich größer als sie.

Im Wagenhaus macht Martin Fischstäbchen für uns alle. Ich und Amy essen jeweils vier. Und Erbsen aus dem Tiefkühler – mit Butter, nicht mit Wasser. Und Rani gibt uns *Ketchup*.

»Ich hab einen Geheimvorrat, aber verratet es keinem.«

Lulu stolziert auf Prinzessinnenstöckelschuhen aus Plastik durchs Zimmer, die sie von irgendeinem Mädchen aus der Schule hat. Die spielen eine Melodie, während man läuft, deswegen isst sie ihre Fischstäbchen im Gehen und summt die ganze Zeit vor sich hin. Ich und Amy sagen nicht mal was dagegen, weil es so normal klingt, und das ist schön. Wir sitzen einfach neben Bill an Ranis und Martins Tisch und essen unsere Fischstäbchen.

Nach dem Abendessen gucken alle nach den Rettungshühnern, bis auf Harriet und Finbar. Die beiden sind immer noch weg. Mama sitzt schon seit Ewigkeiten hier mit Niah im Gras und hält Wache.

Jim hat extra einen neuen Hühnerstall mit Auslauf gebaut. Den hat er von seiner Werkstatt bis in den Obstgarten geschleppt und genau dort aufgestellt, wo Mama ihn haben wollte.

»Danke, Jim«, hat Mama höflich gesagt.

»Dann kümmere ich mich als Nächstes wieder um deine Kommode«, hat Jim erwidert.

Wir beobachten die neuen Hühner.

»Eins ist direkt rausgetrippelt und hat Wasser getrunken – literweise«, erzählt Mama. »Aber das andere hat sich noch nicht bewegt.«

Sie sehen gerupft aus, als kämen sie gleich in den Ofen, und ihre Kämme sind so blass wie in Bleiche getaucht.

»Sie picken sich gegenseitig«, erklärt Mama. »In den Legebatterien. Und reißen sich die Federn aus. Und sie hatten Milben, aber jetzt nicht mehr.«

Eins hat nur noch ein Auge. Uns war gar nicht klar, wie hübsch Mamas Perlhühner und Zwerghühner sind mit ihren verschiedenen Farben und den großen, buschigen Schwänzen, die wie schicke Hüte wirken.

Wir sitzen und gucken. Langsam wird es kalt, deswegen wickelt Jim Niah in seine Jacke. Irgendwie komisch, dass sie erst eins ist und sich gar nicht dran erinnern wird und überhaupt nicht weiß, wie besonders es ist, Jims Jacke zu kriegen. Aber sie scheint glücklich, also spürt sie es vielleicht. Er setzt sie zwischen seine Beine, und ich lehne mich an seine Schulter.

»Wie sollen wir sie nennen?«, fragt er.

Es dauert ewig, bis wir abgestimmt haben, aber am Ende heißen sie Molly und Magie. Einen Moment lang steckt Molly den Kopf aus der Öffnung und schaut sich um, als wollte sie doch raus, dann legt sie sich einfach an Ort und Stelle wieder hin. Irgendwie sieht es lustig aus, wie schief sie sich hält, aber eigentlich ist es das nicht.

Em steht am Tor zum Obstgarten, aber sie will nicht rein, weil es sie zu traurig macht.

»Zu viele verlorene Seelen heute.« Damit kehrt sie zurück ins Neuhäuschen.

»Was ist mit Finbar los?«, frage ich.

Alle Erwachsenen warten, dass jemand anders antwortet. Keiner will was sagen.

»Verratet es uns«, beharrt Amy.

»Ihm geht's nicht gut«, meint Jim schließlich.

»Muss er sterben?«

Jim wirkt überrascht und besorgt.

»Nein. Macht euch keine Gedanken.«

»Ist es sein Polio?«

Noch mehr Überraschung.

»Sein was?«

»Von St. Lucia«, erklärt Amy. »Als Mama ihn gerettet hat. Sein Polio.«

»Ach. Ähm. Nein, nicht ganz. Da habt ihr was durcheinandergebracht. Bipolar, nicht Polio. Das ist eine geistige Erkrankung, keine körperliche.«

Das müssen wir kurz verarbeiten.

»Also hat er was mit dem Gehirn?«, hake ich nach.

»Gewissermaßen. Vielleicht eher mit dem Kopf.«

Ich kriege wieder diese Angst. Ich denke an Finbars Geschrei und wie anders er war, als er Amy angestarrt hat. Jim mustert uns und erkennt, wie aufgewühlt wir sind.

»Finbar wird schon wieder.«

»Aber hat er es auf St. Lucia bekommen?« Ich will alles richtig verstehen.

»St. *Luke's*«, verbessert Jim. »Das ist eine Wohltätigkeitseinrichtung, die Obdachlosen hilft …«

»Finbar war *obdachlos*?«, fragen ich und Amy im Chor. Wir haben in Ross schon Obdachlose gesehen. »Die Armen«, meinte Mama. Mir hat es nicht gefallen, wie sie uns angeguckt haben. Sie haben gar nicht versucht, nicht traurig zu wirken, so wie die meisten Leute, wenn sie Fremden begegnen, und das hat mir Angst eingejagt, als könnten sie sich gleich auf uns stürzen.

»Nicht direkt obdachlos, er hatte nur ein paar Schwierigkeiten«, sagt Jim.

Ich schaue zu Molly und Magie und fühle mich schuldig. Sie können nichts dafür, dass sie hässlich sind. Genauso wenig wie die

Obdachlosen. Oder Finbar. Ich schäme mich für meine Angst. Finbar ist unser Freund, und ich habe ihn lieb.

»Hat meine Mama ihn gerettet?«, fragt Amy.

»Im St. Luke's? Da haben sie sich jedenfalls angefreundet, und er ist mitgekommen, um uns zu helfen, das war sehr nett von ihm. Der Rest ist Geschichte.«

»Da!«, ruft Lulu. Molly hat wieder den Kopf rausgestreckt. Die Kleinen hören gar nicht zu. Sie sind noch zu jung.

»Okay?«, fragt Jim mich und Amy.

»Ja.«

Er steht auf, hebt Niah hoch und stöhnt wie ein alter Mann – er wird noch ewig nicht alt, er tut nur so.

»Dann bringe ich jetzt mal die Dame hier ins Bett.«

Adam geht mit rein, und die anderen auch. Mama lässt uns bei den Hühnern helfen. Wir setzen Magie wieder zu Molly in den Stall für die Nacht, gucken nach, ob sie genug Wasser haben, und schließen den Auslauf wegen der Füchse, was mich ein bisschen beruhigt, aber nicht viel. Auch Vita und die anderen Hühner müssen in den Stall, manche reihen sich auf oder drängeln sich vor, andere flüchten in die Hecken und die Dicken Bohnen.

»Kümmert ihr euch um die Ausreißer?« Mama steuert in Richtung Haus.

Ich und Amy treiben die Hühner zusammen und übers Gras wie Cowboys. Weiße Blütenblätter fallen vom Apfelbaum wie Schnee. Wir versuchen, sie zu fangen, aber das ist schwieriger, als es aussieht. Dann hören wir ein Auto auf dem Feldweg.

»Ist das Mama?«, fragt Amy.

Nein.

»Hoffentlich darf Finbar gleich wieder heim und muss nicht im Krankenhaus bleiben«, meint Amy.

»Jim hat gesagt, die Ärztinnen und Ärzte geben ihm Medizin, damit es besser wird.«

Im Neuhäuschen den Hügel runter brennt Licht, aber Finbars Hütte ist dunkel.

Ich denke daran, wie er jede Nacht allein da drin ist. Wenn ich Angst habe oder mir Sorgen mache, habe ich meine Schwestern hinter der Wand und Mama und Jim im Schlafzimmer und manchmal ein Kätzchen auf meinem Bett oder Christabel oder Wildschütz. Und immer Amy auf der anderen Seite der Seilbrücke. Finbar hat nur sich selbst.

Amy stößt mich an. »Lan!«

»Was?«

»Ob du glaubst, dass Spirit der Mustang fliegen kann, hab ich gefragt.« Sie klingt fröhlich, wie aufgesetzt. Wie wenn Harriet mit Josh spricht.

»Keine Ahnung.« Ist mir auch egal. Warum will sie jetzt über Spirit reden?

»Wahrscheinlich schon.«

Ich ermuntere sie kein bisschen, trotzdem macht sie weiter. Den ganzen Weg bis zum Haus überlegt sie laut hin und her und zwingt mich, ihr zu antworten, sodass ich gar nicht mehr über Finbar nachgrübeln kann. Wieder ein Auto. Der Lada, der vorm Haus hält.

Harriet zerrt an der Handbremse, und sie und Finbar steigen aus und werfen die schweren Quietschetüren zu. Sie kommen ums Haus rum und steuern den Hügel runter, während sie sich unterhalten, und als sie an uns vorbeilaufen, nickt Harriet uns grüßend zu. Die Luft um sie herum scheint längst nicht mehr so kribbelig.

»Gehen wir rein«, sage ich. »Ich hab Hunger.« Dann schaue ich zu Amy. »Was ist?«

»Papa hat Mama nicht mit dem Letzten Relikt fahren lassen.«

»Das tut er doch nie. Komm schon.«

Und wir schlüpfen durch die Tür.

Der letzte Ferientag ist immer richtig blöd, alle Erwachsenen waschen bloß Schuluniformen und reden über Hausaufgaben. Ich will nicht in die Schule. Nie wieder. Amy findet es nicht so schlimm, aber ich hasse es. Wir schreiben eine Liste an die Wand neben dem Treppenabsatz.

TIERE AUF FRITH

1 Kuh (Gabriella)
17 Hühner (alle möglichen)
2 Truthühner (Vita und Virginia)
2 Rettungshühner (Molly und Magie)
2 Junghähne (Robby und Goliath)
10 Ziegen (Hazel, Satan, Conny, Erica)
3 Hunde (Wildschütz, Christabel, Ivan)
10 Küken (plus 2 Eier)
5 Katzen (Perdita, Torkel, Kobold, Olympia und Fieps)

»Okay, und jetzt, was wir *wollen*«, meint Amy.

WIR WOLLEN

EIN PFERD
SCHAFIS
ESEL
HABT IHR UNS LIEB???

»So sehen sie es jeden Tag«, sagt Amy.

»Malen wir einen Horizont!«

Wir legen los und zeichnen alle Orientierungspunkte ein – das Heuschoberdach, den höchsten Hügel und den delfinförmigen. Am Ende treten wir einen Schritt zurück und gucken. Vorher war die Wand nur groß und weiß, jetzt sind unsere Listen und der Horizont drauf. Vielleicht ist es nicht ganz so gut, wie wir dachten.

»Nur mit den Listen war's besser«, befindet Amy.

»Holen wir Farbe und malen noch die Wälder dazu. Und das Gras und eine riesige Sonne – genau da.« Ich deute auf die Stelle.

»Ja! Genial!«

Ich schaue aus dem Fenster. Unten vor seiner Hütte beugt sich Finbar über die Gemüsebeete und pflanzt irgendwas. Dann richtet er sich auf, blickt runter ins Tal und zündet die Selbstgedrehte in seinem Mundwinkel an. Der blaue Rauch wabert. Finbar hat richtige Ölfarben. Und Acrylfarben. Unsere sind alle eingetrocknet, und die Kleinen räumen sie nie zurück. (Wir auch nicht.) Wir haben Wachsmalstifte, aber die sind zerbrochen und schrottig, und außerdem habe ich keine Ahnung, wo sie stecken. Wir könnten Finbar fragen, ob wir uns Farben von ihm ausleihen dürfen. Er sagt bestimmt nicht Ja. Aber fragen können wir, das stört ihn nie.

SOMMER

2008

10

REGEN UND SONNENSCHEIN

Amy

Am 21. Juni ist Sommersonnenwende, das ist der längste Tag mit *sechzehn* Stunden Licht. Die Sonne macht sich kaum die Mühe, überhaupt unterzugehen. Als ich an meinem und Lans zehnten Geburtstag aufwache, scheint sie zwar nicht wirklich, weil es regnet, aber die Vögel schreien sich die Seele aus dem Leib, also muss es schon Morgen sein. Ich renne ins Schlafzimmer von Mama und Papa und zwänge mich neben Mama. Ich schubse sie nicht, ich drücke bloß und zapple. Papa rührt sich nicht. Kaum sind ihre Augen einen Spalt offen, erzählt sie mir die Geburtstagsgeschichte. *An dem Tag, als du zur Welt gekommen bist,* fängt sie an.

Josh tapst in seine Decke gewickelt rein und kuschelt sich ans Bettende wie ein Würstchen im Schlafrock. Draußen gießt es in Strömen. Heute ist es kalt, aber an dem Tag, als ich zur Welt gekommen bin, war es superheiß.

»Wie im Backofen!«, meint Mama. »Richtig unangenehm. Gail und Rani haben mir ein kühles Bad mit Lavendelöl eingelassen. Adam ist der Hebamme auf die Nerven gegangen …«

Papa steht auf, sagt: »Hab dich lieb, mein Schatz, alles Gute zum Geburtstag«, und steigt die Treppe runter, um Tee zu kochen. Als er zurück ins Bett schlüpft, ist die Geschichte fast vorbei.

Ich bin als einziges Baby ganz echt auf Frith geboren worden. Nicht mal Lan ist das, weil Gail mich hat rauskommen sehen und sich dann umentschieden und ihn im Krankenhaus gekriegt hat. Mama meint immer: »Verständlich, das ist auch krass«, aber ich finde, Gail ist ein Feigling. Josh war das dritte Baby. Er ist auf halber Strecke mit den Schultern stecken geblieben, deswegen ist er auch im Krankenwagen zur Welt gekommen.

Mama berichtet: »Ich habe in dein winziges Gesicht geschaut und sofort gewusst, dass du mutig bist. Das habe ich dir angesehen. Und es hat mir Zuversicht für dein gesamtes Leben gegeben.«

Das erzählt sie mir an jedem Geburtstag und auch zwischendurch. Papas Haare stehen ab.

»Zeit für Geschenke?«, fragt er. »Du. Wirst. Ausflippen.«

Sofort denke ich: *Pferd!* Ich weiß, dass es keins ist, ist es nie, das ist bloß eine Gewohnheit. Man bindet keine Schleife an ein Pferd und überrascht jemanden damit. Man muss über Geld sprechen und nach genau dem richtigen suchen. Außerdem kann ich eh noch nicht reiten, weil Jenny Barkley zwar ständig sagt: »Du musst unbedingt mal vorbeikommen und Rollo reiten!«, mich dann aber doch nie einlädt, genau wie ihr Vater immer sagt: »Ihr müsst unbedingt mal zum Schwimmen vorbeikommen!« Laut Lily Robinson ist das einzig Gute an Jenny Barkleys Pony, dass die Barkleys eins der Robinson-Felder dafür pachten. Aber Papa hat es *versprochen*. Das hätte er nicht gemacht, wenn er es nicht ernst meint.

Er tastet unterm Bett nach meinem Geschenk. Ich denke nicht länger an Pferde, sondern halte mich an die Wirklichkeit. Ich bin *pragmatisch veranlagt*, sagen alle. Lan nicht. Unsere Lehrerinnen und Lehrer nennen ihn fantasievoll und einen Träumer. Sie tun so, als wäre das ein Kompliment, aber das ist es nicht. Jetzt, wo er so viel liest, sollte man meinen, sie würden nicht mehr behaupten, dass er sich nicht konzentrieren kann, aber das passiert trotzdem. Jedenfalls ist es Quatsch: Er träumt nicht, er denkt nach. Und er kann sich sehr wohl konzentrieren, bloß nicht auf *sie*, und das gefällt ihnen nicht.

Mein Geschenk ist riesig. Es ist in unser Geschenkpapier mit den Luftballons drauf eingewickelt, das schon ganz weich ist, weil wir es so oft benutzt haben. Drunter ist durchsichtiges Plastik und eine Schachtel, auf der in Gelb und Blau *80-fache Vergrößerung!* steht und ein Junge mit seinem Vater durch ein Teleskop die Sterne beobachtet. Mit dem Geschenkpapier war ich vorsichtig, aber die Schachtel reiße ich in Stücke. Das Teleskop ist blau. Es hat ein Stativ und eine glänzende Glaslinse, und alles klemmt in weißem Styropor, nigelnagelneu und perfekt.

»Nicht *Leck mich fett* sagen«, mahnt Papa, weil die Schule sich ständig beschwert.

»EIN TELESKOP!«

»Leck mich fett«, flüstert Josh, den Daumen im Mund.

»Gefällt's dir?«, fragt Papa.

»Ja! ALLES GUTE, LAN!«, schreie ich, so laut ich kann, und einen Moment später schreit Lan aus dem Bauernhaus zurück:

»ALLES GUTE, AMY!«

Eigentlich hatte ich schon vor zwei Tagen Geburtstag, und Lan hat erst am 24., aber wir feiern immer heute, weil Sommersonnenwende ist.

Mama faltet das Geschenkpapier wieder zusammen und reicht es Papa, damit er es unterm Bett verstaut. Ich und Josh befreien die Teleskopteile aus der Verpackung. Dafür müssen wir die ganzen kleinen Drähte entzwirbeln. Mama und Papa unterhalten sich über ihre Pläne für den Tag: Mama geht putzen und gibt Klavierunterricht, Papa schreibt was für »Abgang« und hilft Finbar, Dicke Bohnen zu ernten. Ich höre gar nicht richtig zu, weil das Teleskop so fummelig ist. »Von wegen *grünes Gold*«, grummelt Papa hinter mir, »die bringen auch bloß ein paar lumpige Pfund ein.« Er klingt miesepetrig. Ich ignoriere ihn. Ich und Josh fangen an, die Beine zusammenzuschrauben. Sie bestehen jeweils aus zwei Teilen und brauchen noch Füße. Mama und Papa gucken gar nicht zu, sie reden immer noch über Geld. Josh streckt mir den schwarzen Gummifuß für das erste Bein hin. »Sechzig Pfund reichen noch nicht mal für die Gasrechnung«, meint Papa.

»Papa, kannst du mal helfen?«, frage ich.

Die Beinteile rasten ein und quetschen mir den Finger. Es tut so weh, dass mir die Augen brennen. Ich schreie auf, aber das merkt er gar nicht, weil er wieder mit seinem Bed and Breakfast angefangen hat. »Ein Bed and Breakfast wäre doch kein Weltuntergang, Harriet.« Ich lutsche am Finger, und Josh greift nach der Tüte mit den Schrauben, um das Teleskop auf dem Stativ zu befestigen.

»Die brauchen wir noch nicht, Josh«, sage ich.

Er reißt die Tüte trotzdem auf, und die Schrauben fliegen überall rum.

»JOSH!«

»Tut mir leid …«

Mama zieht ihre Socken an und rammt mich mit dem Ellbogen.

»Mama!«

»Verdammt noch mal, Amy, könnt ihr das nicht woanders machen?«

Warum ist sie so sauer? Alles fühlt sich falsch an. Ich und Josh ziehen die ganzen Teleskopteile näher zu uns ran. Ich will die Beine auf dieselbe Länge kriegen. Mama rammt mich noch mal, als sie aufsteht. »Sag jetzt bloß nicht *monetarisieren*, Adam, du hast doch keine Ahnung.«

Josh findet das Spezialschlüsseldings dafür nicht.

Ich sage ihm, er soll unter der Box nachgucken. Er guckt unterm Bett.

»Papa?«

Papa hat seinen Laptop rausgeholt und sich mit seinem Tee eingemummelt und fängt an zu schreiben. »Schreibst du jetzt wirklich

›Abgang‹, Adam?«, fragt Mama. »Ernsthaft?« Sie soll ihn nicht so anmotzen. »Falls es dir nicht aufgefallen ist, draußen regnet's«, erwidert Papa. Der zweite Gummifuß ist dran, aber mein Finger tut immer noch total weh. Außerdem ist da ein flaches Teil mit Löchern drin. Das sieht wichtig aus, aber ich weiß nicht, wo es hinkommt. »Es gefällt mir nicht, dass du unser Privatleben verkaufst, Adam«, meint Mama.

»Hab sie«, ruft Josh. Als er wieder unterm Bett vorkommt, stößt er sich den Kopf. Mama reibt drüber, und Josh zeigt mir die Schrauben, die er gefunden hat.

»Tja, nun«, macht Papa, »*Gail* ist meiner Meinung.«

Ich und Josh schauen auf, weil die Luft im Raum sich plötzlich zu kräuseln scheint. Wie im Fernsehen, wenn eine Atombombe hochgeht und man die Druckwellen sieht. Ich weiß nicht, worüber sie geredet haben. Nicht genau. Ich wollte eigentlich nicht hinhören. Jetzt versuche ich, mich zu erinnern. Mama war gerade dabei, sich die Haare zurückzubinden, aber sie hat sie wieder losgelassen, und sie ragen zur Seite wie die Halskrause von einer Eidechse, wenn sie angreift. Sie steht vor dem Bett und starrt auf Papa runter.

»Wenn du und *Gail* glaubt, ihr könnt den Rest von uns überstimmen und hier alles in einen Scheißvergnügungspark verwandeln, dann habt ihr euch aber geschnitten.« Das ist kein normales Fluchen, sondern schlimmer. Mir ist nach Weinen zumute. Heute ist mein *Geburtstag*.

»Ich geh arbeiten«, fährt sie fort. »Solltest du auch mal ausprobieren.«

Damit verschwindet sie, ohne noch mal Alles Gute zu sagen, oder Tschüs oder Entschuldigung.

»Was glaubst du, was ich hier tue?!«, schreit Papa. Seine Stimme krächzt.

Ich und Josh sitzen vor dem Teleskop. Ich bin nicht alt genug, um es allein zusammenzubauen, das war eine blöde Idee. Ich starre auf die vielen Einzelteile. Ein paar davon sind winzig, und ich bin zu ungeschickt.

»Das können wir auch später machen«, sage ich zu Josh.

»Aber ich helf dir doch ...«

»Du bist zu klein zum Helfen, Josh.« Ich klinge gemein. Das will ich gar nicht. »Du machst alles nur noch schlimmer.«

Meine Brust ist heiß, genau wie mein Magen, als hätte ich was Riesiges und Fieses verschluckt.

»Hey, hey«, schaltet sich Papa ein. »Jetzt aber.«

Er stellt seinen Laptop weg, steht auf, kniet sich neben uns und findet die Anleitung und das Spezialtuch zum Linsenpolieren.

»Okidoki, Ames. Dann frickeln wir das Ding mal zusammen. Achtzigfache Vergrößerung! Wow!«

»Iih, Papa! Du stinkst aus dem Mund!«

Er legt mir einen Arm um die Schultern und drückt mir einen Kuss auf den Kopf.

»Alles Gute zum Geburtstag.«

Es regnet immer noch, und Mama ist unterwegs und putzt, als Papa Frittata mit Ziegenkäse und Zucchini für den Geburtstagsbrunch macht und auch noch, als ich zu Jims Werkstatt runterlaufe, um ihm und Lan beim Schreinern zuzugucken. Lan hat Werkzeug zum Geburtstag gekriegt. Und jetzt will er was für Gail bauen, logisch. Er ist genau wie Jim und Papa, ständig versucht er nur, Gail zu gefallen.

»Bau doch lieber einen Schlitten«, sage ich. »Deine Mama kriegt schon eine ganze Kommode. Irgendwann mal.«

»Amy«, erwidert Lan, als wäre ich doof und er ein absoluter Schreiner*profi*, »das sind keine Stechbeitel, sondern Hohlbeitel.«

»Dann *hohlbeitel* halt einen Schlitten.«

Da klopft Rani mit einem Teller Chirotis an die Tür. Die backt sie uns immer zum Geburtstag. Sie taucht sie in Sirup und bestäubt sie mit Puderzucker. Sie bröseln überallhin. Ich sitze in der Ecke und futtere und beobachte Jim und Lan bei der Arbeit. Die ganze Werkstatt fühlt sich glitzerig und geburtstagig an.

Am Nachmittag hilft Papa mir, mein Teleskop im Großraum aufzustellen.

»Ist es nicht unglaublich, dass Leute wie Galileo und sogar *Shakespeare* schon Teleskope hatten?«, frage ich. »*Achtzigfache* Vergrößerung, Lan. Wie schafft ein winziges Stück Glas so was?«

»Ihr solltet in Physik besser aufpassen«, meint Papa, der es selber nicht weiß.

»Ich hab noch kein Physik, Papa, ich bin in der Fünften.«

Er antwortet nicht, weil er mal wieder mit Gail ins Dorf fährt, um was zu holen.

Wenn es nicht regnen würde, könnten wir alles sehen. Sogar die Gesichtsausdrücke von den Kühen der Knochenaugen, die kilometerweit weg stehen. Aber so sehen wir nur wabernde Regenvorhänge. Stundenlang beobachten wir, wie sie durchs Tal wehen. Wir erkennen nicht mal die Kühe, geschweige denn ihre Gesichter. Hoffentlich hört es auf, wenn wir zum Alten Denkmal gehen, Kyle und Lily kommen auch mit.

Wir gehen jedes Jahr an unserem Geburtstag zum Alten Denkmal. Finbar sagt immer: »Aberglaube ist der erste Schritt in Richtung Wahnsinn«, aber wenn ich und Lan an unserem Geburtstag nicht zum Alten Denkmal gehen, dann passiert was Schreckliches, das weiß ich.

Es hört nicht auf zu regnen, und es wird noch kälter. Als Leslie Robinson Kyle und Lily fürs Picknick vorbeibringt, sind sie in so viele Schichten eingepackt, als wäre es Winter. »Keine Zeit«, sagt sie und fährt wieder runter zum Spar. Sie hat ein Schild an die Tür gehängt, auf dem *Bin gleich zurück* steht, und sie bleibt nur ungern lange weg, weil sie sonst ihren Job verlieren könnte. Dabei *mag* sie ihren Job nicht mal – aber das ist ein bisschen wie bei Mama und dem Putzen, es macht ihr auch nichts aus. »Das ist der Preis für diesen wunderschönen Ort«, meint Mama immer. Die Robinsons haben einen richtigen Hof, aber trotzdem ist es irgendwie das Gleiche.

Wir stapfen im Gänsemarsch den Hügel rauf, wie Packesel im Himalaja: wir Frith-Leute, Kyle und Lily, Jack und Joffrey und Schnarchnasen-Colin. Joffrey hat uns Cupcakes aus seiner berühmten Londoner Konditorei mitgebracht, und Jack trägt eine Flasche Rotwein für die Erwachsenen *und* eine Flasche Champagner *und* richtige Gläser, die beim Gehen aneinanderklirren. Wir kriegen Holunderblütensekt, den Rani im Sommer gemacht hat. Da soll zwar eigentlich kein Alkohol drin sein, aber vielleicht ja doch.

Bryn und Eden singen: »Auf der Mauer, auf der Lauer sitzt 'ne kleine Wanze«, und alle müssen mitsingen. Bryn sagt immer noch *Wampfe* statt Wanze, und das klingt so süß, dass das Lied gar nicht mehr so nervig ist.

»Ziemlich cool, dass ihr am selben Tag Geburtstag habt«, meint Kyle.

»Haben sie gar nicht«, erklärt Lily, »das behaupten sie bloß.«

»Dafür kann man ins Gefängnis kommen«, sagt Kyle, und ich sage ihm, dass er die Fresse halten soll.

Papa und Martin bilden die Nachhut. Sie zerren eine riesige Mülltonne aus dem Heuschober hinter sich her. Die ist voll mit Ratten. Lebendigen Ratten. Voll bis zum Rand. Wir hören sie kratzen und quieken. Der Deckel wird von einem Spanngurt zugehalten, damit sie nicht alle rauskrabbeln. Gut findet die Aktion niemand, aber irgendwie ist es auch lustig. Papa und Martin haben einen Mann im Fox and Badger getroffen, der ihnen erzählt hat, dass man, um Ratten loszuwerden, die Seitenwände einer Mülltonne einfettet und Leckerlis auf den Boden legt, so was wie Speckschwarten und Getreide, und wenn sie dann reinklettern, kommen sie nicht mehr raus. »Et voilà!«, hat Papa gesagt. Das Problem ist nur, dass man sie anschließend eigentlich tothauen soll oder Steine auf den Deckel stapeln und sie verhungern lassen. Papa und Martin hatten jede Menge Bier getrunken, und der Mann war, laut Papa, *ein echter Landmensch*, wahrscheinlich haben die beiden sich deswegen so von diesem Fox-and-Badger-Ding begeistern lassen und gedacht, sie würden das schon hinkriegen. Aber Überraschung, alle, die die Ratten sehen, kreischen los und rennen weg. Wir können nicht mal in ihre *Nähe*. Sie sind so was von *ekelhaft*. Wie sie sich da in der Tonne stapeln, fast bis zur Hälfte, und *rumzappeln*. Kyle und Lily haben mir und Lan zum Geburtstag eine DVD geschenkt, *Ratatouille*, und Rani kann nicht mal das Bild vorne drauf angucken, obwohl das nur Zeichentrickratten sind. Niemand will sie tothauen, und sie verhungern zu lassen, wäre grausam. Deswegen haben wir sie mit zum Picknick genommen und lassen sie hier frei, kilometerweit weg von Frith. Und von Colins Hof. Auf der anderen Seite der Landstraße. Aber ich mach's auf keinen Fall. Von den Viechern wird mir kotzübel, und ich hab heute *Geburtstag*.

So marschieren wir dahin zu *Auf der Mauer, auf der Lauer sitzt 'ne kleine Wampfe* und den schmatzenden Schritten von allen und dem Regen und den quiekenden, scharrenden Ratten in der Mülltonne.

»Wetten, die fressen sich gegenseitig auf?«, meint Bill. »Oder haben Sex.«

Finbar hat heute gute Laune und trägt die Kleinen auf den Schultern und sagt Gedichte auf. Wir sind fast da, aber sehen das Denkmal noch nicht mal. Dicke grauschwarze Wolken hängen über dem Hügel und drücken uns nieder.

»Da ist es!«, ruft Josh und deutet durch den Regen. »Juhu!«

Manchmal tun wir so, als wäre das Alte Denkmal eine Zeitmaschine oder ein superwichtiges Leuchtfeuer in einem Krieg, aber eigentlich ist es nur ein spitzes graues Ding auf ein paar grauen Stufen. Wir erreichen es vornübergebeugt im prasselnden Regen mit unseren Kapuzen auf dem Kopf. Ich habe mir ausgemalt, wie wir an unserem Geburtstag im warmen Gras liegen und Chips essen, bis die Sonne unter den Horizont gesunken ist und die Sterne aufgegangen sind, aber stattdessen schüttet es wie aus Kübeln, und wir haben eine riesige Mülltonne voller Ratten dabei. Papa und Martin haben sie unten auf der Weide gelassen, damit wir sie beim Essen nicht kratzen hören. Zum Sitzen ist es viel zu nass. Ein paar von Colins Schafen kommen und stehen um uns rum und starren uns an.

Jack breitet schwungvoll ein Tischtuch auf den Stufen aus, als würde die Sonne nur so brennen. Dann macht er den Champagner auf.

»Herrlich«, sagt er, während der Wind ihm den Hut vom Kopf weht. »Ich glaube, es klart auf, oder?«

Nope.

Die Mamas haben Geburtstagskerzen für die Cupcakes mitgebracht, aber wir versuchen erst gar nicht, sie anzuzünden. Joffrey verteilt an alle kleine Süßigkeitentüten, die mit blauen und rosa Schleifen verziert sind. *Gastgeschenke*, nennt er sie. Papa steht auf der höchsten Stufe und räuspert sich laut, um unsere Aufmerksamkeit zu bekommen.

»Wir haben uns heute hier versammelt, um die Geburt von Amy Connell und Lachlan Honey vor zehn Jahren zu feiern und ihren ersten Sommersonnenwendegeburtstag im darauffolgenden Jahr an genau diesem Ort.«

Mein Papa hat unser Denkmal in eine Bühne verwandelt. Er ist der Beste. Ich schaue mich um, ob auch die anderen ihn den Besten finden, und das tun sie. Er prostet allen nacheinander zu.

»Harriet. Gail und Jim. Martin und Rani. Und unser lieber Freund Colin. Das war das erste Mal, dass du dabei warst …«

»War ja auf meinem Land, oder?«, bemerkt Colin. »Da ist es nur fair.«

Der Regen ist kalt und nass und pladdert auf unsere Köpfe und in meinen Nacken und rinnt über Papas Gesicht.

»Wie ihr alle wisst, feiern wir nicht auf einem von Friths einunddreißig wunderschönen Hektar Land, weil wir damals, 1999, einfach nur wegwollten. Wir dachten, wir hätten einen schrecklichen Fehler begangen. Wir haben zu sechst im Bauernhaus gewohnt. Monatelang Asbest und Linoleum und Bleirohre rausgerissen. Alles, was schiefgehen konnte, ist auch schiefgegangen, und zwar so richtig.«

»Jack und ich waren uns sicher, ihr haltet es kein Jahr mehr aus«, wirft Joffrey ein.

Der Regen lässt ein bisschen nach. Aber wir bibbern weiter.

»Wir haben kaum noch miteinander geredet«, erzählt Martin. »Keiner mit keinem.«

»Und ich wusste nicht, ob ich schwanger werden kann«, meint Rani. »Ich war kreuzunglücklich.«

»Wenn sie gewusst hätte, dass sie Bill kriegt, wäre sie noch viel unglücklicher gewesen«, flüstere ich Lan zu.

»Wir waren völlig pleite«, fährt Papa fort. »Wir konnten es uns nicht leisten, eure Geburtstage in einem Pub zu feiern, geschweige denn in einem Restaurant.«

»Was ist ein Restaurant überhaupt?«, fragt Rani, und alle lachen.

»Also haben wir uns diesen Berg hier hochgeschleppt …« Martin deutet runter in Richtung Rattentonne.

»Zur Sommersonnenwende. Mit euch Kindern auf dem Rücken«, sagt Papa. »Weil zu unserer großen Überraschung Kinderwagen auf dem Land absolut nutzlos sind.«

»Daran kann ich mich noch erinnern«, behauptet Bryn. Wir

erklären ihr, dass das fünf Jahre vor ihrer *Geburt* war. »Trotzdem«, meint sie.

»Ich auch«, sagt Lulu.

Papa erzählt weiter.

»Es war ein heißer Tag. Aber bewölkt. Richtig schwül. Und so viele *Fliegen*. Wir haben hier gesessen und *geguckt*.« Mit einer großen Geste deutet er auf Frith in der Ferne. »Und plötzlich ... weißt du noch, Harriet?«

Ich schaue Mama an.

»Ja, Adam«, antwortet sie mit ihrer sanften Stimme. Und sie schenkt ihm eins ihrer besten, goldensten Lächeln.

»Plötzlich brach die Sonne durch die Wolken! Und schien auf unseren Hof herab wie ein Scheinwerfer!«

»Das neue Zinkdach blitzte«, ergänzt Martin.

»Wie ein Zeichen des Himmels«, meint Rani.

»Das *war's* auch«, sagt Jim. »So hat es sich wirklich angefühlt.«

Dann reden sie alle drüber, welche Tiere wir damals hatten (kaum welche) und welchen Hund wir zuerst bekommen haben (Christabel) und wie Gails erste Hühner krank geworden sind (Fliegenmaden und Kropfverstopfung).

»Hey ...«, sagt Papa auf einmal. »Es regnet nicht mehr.«

Stimmt. Er hat recht. Der Regen hat aufgehört, und es ist wärmer geworden.

Alle rufen »Prost!« und »Happy Birthday!« und erheben die Gläser, echt oder eingebildet. Ich und Lan sind zehn. Zweistellig.

»Alles Gute zum Geburtstag, Lan und Amy«, wünschen Kyle und Lily.

»Euch ist schon klar, dass ihr alle ziemlich gaga seid, oder?«, fragt Lily. »Das ist immer echt witzig.«

»Sie können nicht anders«, meint Colin.

Ich lasse mich gerne von ihnen aufziehen. Wahrscheinlich sind wir wirklich gaga, wir sind anders als alle anderen in der Schule.

Aber das stört mich gar nicht – es gefällt mir. Und Kyle und Lily mögen uns, sie sind unsere Freunde, und das macht mich glücklich. Ob Leslie uns mag, keine Ahnung, ich habe sie bisher nur grummelig erlebt. Ich greife nach dem nächsten Cupcake.

»Martin«, sagt Papa plötzlich. »Du wärst bestimmt meiner Meinung bei dieser einen Sache.«

»Oh, worum geht's?«

»Die kleine eingestürzte Steinscheune ...«

»Neben dem Heuschober? Beim Heufeld?«

»Genau.«

»Was ist damit?«

»Würde es nicht all unsere Probleme lösen, wenn wir die in eine Ferienwohnung verwandeln? Diese Bed-and-Breakfast-Idee endlich umsetzen?«

Die Kleinen merken gar nicht, wie die Stimmung umschlägt, aber ich und Lan schon. Die Erwachsenen sollen über was anderes reden.

»Der Sonnenuntergang wird sicher wunderschön«, meint Em. Ich bin richtig froh, dass sie da ist.

»Ja! Garantiert!«, erwidere ich so fröhlich, dass Lan mich komisch anguckt.

»Mensch, Adam«, sagt Mama. »Lass es gut sein.«

»Hey, hey«, schaltet sich Joffrey ein. »Kommt schon, Leute.«

»Adam hat recht«, meint Gail. »*Eine* kleine Ferienwohnung. Früher oder später müssen wir eine Entscheidung treffen ...«

»Aber nicht jetzt!« Mama klingt gar nicht wütend, eher traurig. »Nicht heute Abend. Frith ist ein Bauernhof. Ein *richtiger* Bauernhof.«

»Wann denn dann, Harriet?«, fragt Papa. »Wenn wir Frith verkaufen müssen, weil wir den Kredit nicht mehr bedienen können?«

Ich gucke zu Kyle und Lily. Die beiden mussten ihr Haus verkaufen. Finbar fängt an, mit dem Fuß zu klopfen, und sein Kopf zuckt, so wie manchmal, als wollte er eine Fliege aus dem Ohr schütteln.

»Können wir bitte das Thema wechseln?«, fragt er.

»Das ist weder die richtige Zeit noch der richtige Ort, meine Lieben«, sagt Jack sehr bestimmt, als wäre er der Vater von allen hier.

Er packt seinen besonderen Wein und die Gläser wieder ein. Seine hübschen Silberhaare sind nass, und die rosa Kopfhaut schimmert durch. Wie alt er wohl ist? Auf einmal kriege ich Angst, dass sich was ändern könnte, und fühle mich schwach. Nicht sicher.

Unsere Eltern verstummen. Wir auch.

»Wisst ihr was?« Colin wischt sich den Mund mit einem Papiertuch ab und steckt es sich in den Ärmel. »Wir kümmern uns jetzt um diese Ratten.«

Alle schauen runter zur Tonne. Sie wackelt.

Dann kommt die Sonne so richtig raus. Sommerabendsonne, wie sattes Gold, das die Rattentonne einhüllt.

»Schaffen wir sie noch ein paar Kilometer da rüber«, fährt Colin fort. »Ich helf euch.«

»Okay«, meint Papa.

»Gut«, sagt Martin.

»Ihr wisst schon, dass die wieder zurückkommen, oder?«, fragt Colin. »Die sind wie Tauben, die finden immer heim.«

»Egal«, beschließt Martin. »Los geht's.«

11

SENSEN

Lan

Es ist heiß und trocken. Wir müssen Finbar das Gemüse ernten helfen – wir Kinder und auch sonst alle –, bevor es matschig wird. Früh am Morgen, wenn ich und Amy aus der Küchentür kommen, ist alles nass vom Tau. An den ganzen Spuren können wir erkennen, was die Tiere in der Nacht treiben, wenn niemand zuguckt – die Dachse und Füchse, die um die Hühnerställe rumschleichen. Die Hühner stellen sich immer in einer Reihe auf, wie Kinder in der Schulkantine, um rausgelassen zu werden, und wenn Mama ihnen noch nicht aufgemacht hat, erledigen ich und Amy das. Oder ich und Eden, wenn Amy noch schläft. Seit Neustem schläft sie manchmal länger als ich. Wir klappen die Türen auf, und die Hühner trippeln geschäftig die Rampe runter und plustern sich auf und picken im Obstgartengras nach Raupen und Hühnerfutter. Molly und Magie sehen ganz anders aus als früher. Als wir sie geholt haben, waren sie völlig kahl, und wir hatten Angst, dass sie bald sterben. Jetzt sind sie riesig im Vergleich zu Mamas kleinen Zwerghühnern, und ihre Federn glänzen rotbraun. Harriets Ziegen scharen sich am Elektrozaun, mit Gabriella und ihrem hübschen weißen Kuhgesicht in der Mitte.

Colin hat Josh zu Ostern zwei Lämmer geschenkt. Die hat Josh Rose und Lily getauft, und er ist so verrückt nach ihnen, dass man ihn leicht damit aufziehen kann (vor allem, weil Lily nach Lily Robinson benannt ist, in die er *verliebt* ist). Die Lämmer haben Halsbänder, die Em für sie gehäkelt hat, und sie folgen ihm überallhin, sogar hoch in sein Zimmer. Inzwischen sind sie ein halbes Jahr alt und werden richtig groß. Zum Glück ist ihre Kacka mehr wie die von den Ziegen als wie die von Gabriella. Die Erwachsenen singen immer:

Josh, der hat zwei Lämmerlein,
die liebt er wirklich sehr,
wo er auch ist, wohin er geht,
sie laufen hinterher.

Josh hat Rose und Lily wirklich mal mit zur Schule genommen, in die Morgenversammlung und überhaupt. Die Lehrerinnen und Lehrer meinten, einmal reicht.

Abgesehen von Rose und Lily, die Haustiere sind, wird Frith mehr und mehr zu einem richtigen Bauernhof. Es gibt Hühner und Ziegen und Schweine. Das ist unser drittes Jahr mit Aufzuchtferkeln. Wir haben vier Stück. Die haben wir in den Osterferien vom Schweinebauernmann gekriegt. Da waren sie winzig klein und schwarz und haben gelächelt. Ihre Augen kann man unter den Hängeohren kaum erkennen. Das Kleinbauernbuch nennt Schweine »Pflüge auf vier Beinen«. Harriet sagt, unsere Ferkel sind die glücklichsten auf der Welt. Im Buch steht, dass man früher zu Schweinen »die Herren, die die Miete zahlen« gesagt hat, weil man ihr Fleisch verkaufen kann. Harriet und Rani wollen eine ganze Herde, damit wir Schweinefleisch verkaufen können und die Leute keins mehr aus Massentierhaltung essen, aber Mama hat keine Lust auf so viel Hofarbeit, und Adam auch nicht.

Mit Ferkeln ist es wie mit Vita und Virginia, man kriegt sie, wenn sie klein sind, und isst sie später im Jahr. Das kommt mir wie Betrug vor. Vor allem, weil sie am Anfang so süß sind und so verspielt.

Alle Tiere auf unserem Hof haben Persönlichkeiten, von den Hunden bis zu den Zwerghühnern, aber die Schweine sind auch schlau. Das sieht man an ihren Augen. Die Erwachsenen haben ewig nach dem besten und schönsten Schlachthof gesucht. Wir haben gefragt: »Warum interessiert euch das überhaupt, wenn ihr sie eh umbringt?«, und es gab Streit.

Die Erwachsenen: »Wir bringen sie ja nicht um, weil wir sie nicht leiden können. Cornwallschweine sind eine seltene Rasse – wir bewahren sie vor dem Aussterben.« Wir: »Sie großzuziehen, bloß um sie umzubringen, ist wie Mord.« Die Erwachsenen: »Nein, das ist Landwirtschaft.« Wir: »Dann wollen wir keine Landwirte sein.« Die Erwachsenen: »Aber über das Fleisch in der Schule beschwert ihr euch nicht? Wisst ihr, wo die Schweine dafür herkommen?« Wir: »Warum können wir sie nicht einfach als Haustiere behalten?« Die Erwachsenen: »Haustiere können wir uns nicht leisten. Wollt ihr eine Welt ohne Nutztiere oder eine Welt mit glücklichen Tieren und gesundem Boden?«

Wir: »HÖRT ENDLICH AUF MIT EUREM BODEN!«

Wenn Schule ist, macht Jim uns immer blitzschnell Frühstück, und wir düsen los, aber jetzt sind Ferien, da kümmern wir uns erst um die Tiere und frühstücken danach, manchmal sogar draußen. Jim und ich haben einen Tisch aus ein paar Türstücken geschreinert, die wir auf dem Pritschenanhänger hergefahren haben, mit Stützböcken als Beine. Jim bringt mir alles bei. Er sagt, ich habe Talent. Und mit dem Kipplaster von den Foleys haben wir alle Steine vom Steinesammelhaufen bei den Häusern auf den Hof gekippt, und ein Mann mit einer gigantischen Riesenwalze hat sie in die Erde gedrückt, und jetzt haben wir eine richtige Terrasse. Oder so was in der Art.

Heute ist mir was Komisches passiert. Wir haben draußen am großen Tisch mittaggegessen: die Honeys und die Connells und die Hodges und Em und Finbar – wirklich alle, nicht bloß ein paar. Und alle haben über die Arbeit geredet, die sie auf dem Hof erledigen, und wir haben Zucchini gegessen und frittierte Zucchiniblüten mit Teig drum und Zitrone drüber und ganz viel Salz. Es war sonnig und heiß, und jeder hat sich noch mehr genommen, und auch Brot und Käse, und wir haben Holunderblütensirup getrunken. Und plötzlich war es, als würde ich von oben auf dem Dach auf uns runterschauen. Wir haben so glücklich ausgesehen. Ich habe zu Amy rübergeguckt, ob sie es auch fühlt, aber sie hat bloß gekaut und irgendwas gesagt. Es war nicht so wichtig. Aber komisch war es schon. So hoch oben oder irgendwie außerhalb zu sein. Dann war das Gefühl wieder weg. Als wäre mein Gehirn eingerastet. Wie wenn deine Ohren ploppen, obwohl du gar nicht gemerkt hast, dass Wasser drin ist, und auf einmal hörst du alles wieder klar. Ich kann's nicht erklären. Aber vergessen werde ich es wahrscheinlich auch nicht.

Deswegen habe ich angefangen, Listen zu schreiben mit Dingen, die mich am Sommer glücklich machen. Meistens im Kopf, aber manchmal auch in echt. Ganz normale Kleinigkeiten. Wie die Walderdbeeren, die wir neben Finbars Obstkäfigen entdeckt haben und von denen niemand wusste, dass sie da sind. »Die habe ich nicht gepflanzt«, hat Finbar gesagt, »die sind wild.« Und immer, wenn wir denken, wir hätten alle aufgegessen, ist noch eine übrig.

Oder wie die Geißblattblüten, die wir abzwicken, um den Nektar auszusaugen. Oder der Geruch von diesen kleinen weißen Blumen, die an der Rückseite von meinem Haus wachsen.

Der Geruch von ganz vielem. Zucchini, wenn sie noch wachsen. Die sind gestreift und duften warm.

Oder wie die Hühner ihre Federn ausschütteln, wenn es regnet. Vor allem Molly und Magie. Beim allerersten Mal haben sie so richtig zufrieden gewirkt.

Oder Regen auf Salatblättern, weil der aussieht wie Glas.

Raupen, wenn sie kauen.

Jede Menge Dinge. Solche Kleinigkeiten.

Bald wird es Zeit, das Heu zu mähen. Die Erwachsenen warten auf den perfekten Moment. Wenn das Heu schlecht wird, müssen wir welches zukaufen, und »da können wir das Geld auch gleich zum Fenster rausschmeißen«, meint Martin.

»Ich glaube, das Gras auf dem Heufeld ist fast so weit«, sagt Rani. Wir sind unten im Keller mit den Mamas und Martin. Sie räumen die beiden funktionierenden Gefriertruhen um, während Martin versucht, die dritte zu reparieren. Die ist schon seit Ewigkeiten kaputt und stinkt. Das Heufeld ist unser bestes Feld. Wir müssen uns immer gedulden, bis die Vogeljungen ausfliegen, damit wir sie beim Mähen nicht umbringen. Das Wagenhaus liegt am nächsten dran, deswegen guckt Rani jeden Tag nach und erstattet Bericht.

»Sicher?«, fragt Harriet.

Die Keller sind kühl und feucht, was guttut bei der Hitze draußen. Ich und Amy hängen über der großen Gefriertruhe und angeln Dicke Bohnen von tief unten raus, um sie Niah zu geben, die neben Mama auf dem Boden sitzt und mit Kohle spielt. Dicke Bohnen sind gefroren ganz zäh.

»Das Gras wächst aus, wenn wir es zu lang stehen lassen«, meint Rani. »Wir wollen ja kein Wiesenheu.« Wiesenheu ist Schrott, das will keiner.

»Hört mal, ich habe keinen Schimmer, was ich hier tue«, ertönt Martins Stimme hinter der kaputten Gefriertruhe. »Ich bin voller Spinnen, und wahrscheinlich vergase ich uns gleich alle.«

Wir haben ganz vergessen, dass er auch da ist.

Wir brauchen eine neue Gefriertruhe, aber wir haben kein Geld.

Rani sagt: »Vergiss es, Martin, ich gucke im Internet nach, wie es geht.«

»Im Internet kann man auch keine Ausbildung zur Kältetechnikerin machen«, brummt Martin.

»Wetten, dass doch?«

Martin kriecht raus. Er hat überall Dreck vom Kellerboden.

»Stimmt, *du* kriegst das garantiert hin.«

Als Jim heute auf dem Feldweg links rangefahren ist, damit Colin mit seinem Land Rover vorbeikommt, haben wir nach dem Heu gefragt, und Colin hat geantwortet: »Angeblich soll's Mittwoch regnen, aber da glaub ich nicht dran.« Chris Robinson denkt, dass es noch zwei Wochen lang trocken genug bleibt, aber unsere Erwachsenen werden nervös. Gabriella frisst im Winter allein schon einen ganzen Ballen pro Tag, von den Ziegen gar nicht zu reden.

»Na schön«, entscheidet Jim beim Abendessen. »Los geht's. Sonntag wird gemäht.«

Das Gras auf dem Langfeld und den Vier Morgen wird mit einem Traktor und einer Mähmaschine geerntet – Chris Robinson kommt rauf –, und von unseren anderen Feldern holt sich Knochenauge Silage, für die er uns sogar bezahlt, aber das Heufeld schneiden die Erwachsenen von Hand, mit Sensen, weil es was Besonderes ist. Dort wachsen jede Menge verschiedene Gräser und Klee. »Alle anderen Felder wären gerne wie das Heufeld«, meint Amy. »Gib ihnen Zeit«, erwidert Jim, »das zwanzigste Jahrhundert war nicht leicht für sie.«

Die Erwachsenen sind alle richtig verliebt ins Sensen. Mama hat einen Freund in Wales namens Barri, dessen ganzes Leben aus nichts anderem besteht und der ihnen in einem Kurs beigebracht hat, wie es geht.

Die Wettervorhersagen hatten recht. Am Sonntag ist der Himmel blau, und die Sonne scheint. Wir nehmen Proviant mit und ein Planschbecken für Niah und schlagen unser Lager in einer Ecke vom Heufeld auf, und Harriet hat ihren Nudelsalat gemacht, der hauptsächlich aus rohen Dicken Bohnen und Zucchini besteht.

Jim stellt den Schleifstein auf einen Baumstumpf, und sie hämmern und schärfen ihre Klingen. Das nennt man dengeln. Immer wieder meint irgendwer: »Gut gedengelt!«, und alle lachen. Sie üben schon seit Tagen an Gras- und Brennnesselflecken, und ständig heißt es: »Barri sagt« dies, und »wisst ihr noch, Barri hat immer gesagt« das. Es sieht so cool aus, wir wollen unbedingt näher ran, aber wir dürfen nicht.

Wir fangen früh an. Am Gras hängt noch Tau. Ich, Amy und die anderen Kinder sitzen mit Em und Finbar auf den Decken in der Ecke und gucken zu. Hier ist Schatten, und Niah auf Ems Schoß hat einen weißen Baumwollsonnenhut auf. Normalerweise tragen die Mamas Jeans oder manchmal Shorts, aber fürs Heufeldsensen haben sie sich schick gemacht. Mama hat einen Rock an, den sie sich seitlich in die Unterhose gesteckt hat, und Harriet ein weißes Blumenkleid. Adam schießt Fotos für »Abgang«, und Harriet beschwert sich die ganze Zeit: »Könntest du bitte damit aufhören?«

Das Heufeld ist klein und gar kein richtiges Rechteck, aber die Hecken hier sind die besten auf ganz Frith. Bevor die Erwachsenen loslegen, rennen wir alle rundherum und rufen: »Husch! Husch!«, damit die Vögel und Mäuse und wer sich sonst noch da drin versteckt, Ringelnattern zum Beispiel, Reißaus nehmen können. »Es werden jedes Jahr mehr Vögel«, meint Harriet. Die drei Hunde liegen im Schatten, und Perdy lauert auf aufgeschreckte Tierchen und denkt, dass wir sie nicht sehen.

Harriet und Jim fangen an. Alle schauen zu. Sie stehen an entgegengesetzten Enden. Das lange, dunkle Gras auf dem Heufeld wartet.

»Sie stehen so weit auseinander, weil sie sonst auf blutigen, abgesäbelten Beinstümpfen humpeln müssten«, behauptet Eden. »Und überall würden blutige Füße rumliegen, über die man mit seinen blutigen Stümpfen stolpert.«

»Bereit?« Jim lächelt Harriet zu, und sie starten.

Die ersten paar Schwünge sind schlecht, aber es wird besser. Die Luft schwirrt von Schmetterlingen und hopsenden Grashüpfern. Der Tau trocknet, und der Geruch von geschnittenem Gras begleitet das Sausen und Zischen. Jim reicht seine Sense an Mama weiter. Mama und Harriet sind barfuß, sie sagen, so geht's leichter. Ihre weißen Füße heben sich vom dunkelgrünen Gras ab.

Jedes Mal, wenn sie aufhören und sich drüber unterhalten, wie es läuft, betteln wir Kinder, dass wir auch wollen. Am Ende dürfen wir, aber nur ich und Amy.

»Okay, dann kommt mal her«, meint Jim.

Wir springen auf und rennen über die weichen Stoppeln. Jim legt seine Arme um mich und platziert meine Hände auf dem Sensenstiel. Ich höre, wie Amy Adam fragt: »Kann ich mir den Fuß absäbeln?« Plötzlich erinnere ich mich dran, wie ich die Spitze von Amys Gummistiefel abgehackt habe, als wir noch klein waren, und wie viel Angst wir hatten.

»Kann das passieren?«, frage ich Jim.

»Nein. Deswegen ist der Stiel so lang. Gut, leg deine Hände hierhin, genau so. Und jetzt zusammen mit mir.«

An seinen schweißglänzenden Armen kleben Samen und Gras. Ich kriege bestimmt nie so große, starke Arme wie er. Meine sehen aus wie Würmer oder Zweige oder so was. »Konzentration«, sagt Jim. »Links, rechts. Langsam. Eins, zwei. Sehr gut.« Ich umklammere die Holzgriffe. Meine Hände sind unter Jims gar nicht zu erkennen. Sie sind so weit auseinander, dass mir schon die Arme wehtun. »Augen aufs Gras, guck, wo du hinläufst«, murmelt Jim. Dort, wo die Sense geschnitten hat, ist ein Halbkreis. »Noch mal. Tief bleiben, tief, ganz genau.« Die Klinge ist wie eine Mondsichel geformt. Sie berührt das Gras, und das Gras … fällt einfach. Von Weitem höre ich die anderen Kinder rumschreien und die Erwachsenen lachen und reden, aber ich konzentriere mich, und Jim steht hinter mir, und meine und seine ganze Kraft ist darauf gerichtet, die Sense in die eine Richtung zu schwingen und dann wieder zurück. Hin und her. »Genau so. Super.« Meine Brust brennt. »Immer schön atmen«, sagt Jim. »Atmen.«

Als ich und Amy schließlich aufgeben, fühlt es sich an, als würden unsere Muskeln in Flammen stehen. Wir plumpsen auf die Decke und trinken Wasser und Holundersirup und wischen uns das Gesicht ab.

Amy liegt lachend auf dem Rücken. »Lass uns später runter zum Bach«, meint sie, und ich sage: »Okay.«

»Ich hab ein paar tolle Bilder von euch geknipst, Kinder«, erzählt Adam. »Das wird ein großartiger Post.«

Gerade ist Rani an der Sense, sie ist nicht besonders gut. Sie kichert. »Halt, warte! Ich hab's! Das ist wie Tanzen, das kann ich« – und alle ermuntern sie. Martin probiert es kurz, sagt: »Nicht mein Ding«, dann ist Adam dran. Er posiert mit der Sense, und Harriet schießt ein Foto. »Das ist für den Blog!«, beteuert er, als wir uns über ihn lustig machen.

Finbar und Harriet übernehmen den Rest, schwingen die Sensen aufeinander zu bis zur Mitte vom Feld, und irgendwann hört er auf, und sie hört auf, und es ist geschafft. Er salutiert vor ihr. Danach umarmen sie sich.

Ein paar zerrupfte Halme stehen noch, aber die meisten anderen sind sauber abgeschnitten. Der einzige größere Fleck, der nicht gemäht ist, ist unser Sitzplatz. Wir stehen auf und nehmen die Decken vom langen, zerdrückten Gras.

»Ihr habt das Stück hier vergessen«, sagt Bill.

»Nicht schlimm«, meint Jim. »Wir müssen nicht alles mähen.«

Wir schleppen den ganzen Kram zurück und lassen das Gras in der Sonne liegen, wo es sich langsam in Heu verwandelt.

Und ich schreibe das Sensen mit auf meine Liste. Die von den Dingen, die ich liebe.

12

HEU PRESSEN

Amy

Wir sind mit Mama im Spar. Das ist stinklangweilig, wir wollten eigentlich nur ein Eis, aber Mama hat Ruby Wright getroffen, und die beiden quasseln seit Ewigkeiten. Kyle und Lily drücken sich hinten im Laden rum und wirken auch gelangweilt. »Na?«, sagen wir. »Na?«, sagen sie zurück.

»Ich war mir todsicher, dass es regnet, also habe ich einfach losgelegt und Chris gefragt«, erzählt Ruby. »Er hat es mir letzte Woche zu Ballen gepresst. Jetzt liegen sie da draußen rum. Ach, das sieht richtig schön aus.«

Sie stellt ihren Korb auf den Tresen und reicht Leslie den Inhalt. Ketchup. Wein. Olivenöl. Lan zeigt mir seine Zunge, die knallgrün ist. Ich zeige ihm meine.

»Schaut euch bloß eure dreckigen Füße an, ihr beiden«, meint Ruby auf einmal zu uns. »Warum habt ihr denn keine Schuhe an?«

Ich wackle mit den schwarzen Zehen. Ich weiß kaum mehr, was Schuhe überhaupt *sind*.

»Ach, das ist schon in Ordnung«, erwidert Mama.

»Und meine Dunhills bitte, Leslie«, sagt Ruby. »Danke, meine Liebe.«

Leslie Robinson klatscht zwei dicke Päckchen auf den Tresen und scannt Rubys Sachen.

»Natürlich muss ich sie noch einbringen«, redet Ruby weiter und fügt im Stillen *ganz allein* hinzu, so wie immer. »Ich habe gerade Bed-and-Breakfast-Gäste für ein paar Tage. Immerhin sammeln sie gern Eier, *die Guten*.« Sie meint: *die Pisser*.

»Alles okay bei dir, Leslie?«, fragt Mama.

»Bei uns auf dem Hof waren gestern Diebe.« Leslie schaut nicht auf. »Die haben Diesel für fast dreihundert Pfund geklaut. Wir haben nichts mitgekriegt.«

»Ach du liebe Zeit!« Mama und Ruby klingen sehr viel bestürzter als Leslie, obwohl der was geklaut worden ist. Leslie wirkt einfach nur grummelig, aber ich gucke noch mal zu Kyle und Lily und merke jetzt, dass ich mich getäuscht habe, sie sind nicht gelangweilt, sondern supertraurig wegen dem Diebstahl.

»Als wir heut früh hingekommen sind, lag ein Schlauch neben dem Tank«, berichtet Leslie weiter. »Dickes, langes Teil. Zwar war die Polizei gleich da. Aber was wollen die schon machen? Die dreihundert Pfund sind futsch.«

Mama und Ruby versuchen, sie aufzumuntern, aber Leslie schweigt mit zusammengepressten Lippen. Sie sieht aus wie ein großer Fels.

»Können Lily und Kyle mit zu uns?«, frage ich Mama, und die antwortet: »Klar, kein Problem«, weil es das auch nicht ist.

Jack und Joffrey kommen auch zum Abendessen, und eine Frau, die wir nicht kennen, weil zu viele Zucchini und Dicke Bohnen wegmüssen. Es ist wieder heiß, und wir sind alle draußen. Niah sitzt nackt im Trog. Sie sagt, sie fischt. Da drin sind höchstens Frösche, aber das verrät ihr keiner. Die Erwachsenen nennen sie immer noch das Baby, dabei ist sie schon fast vier. Ihre Haare sind blond und schnurgerade. Sprechen tut sie nicht viel, vielleicht weil alle anderen es besser können oder weil Gail sie kaum dazu anspornt. Eden und Lulu rennen in ihren Unterhemden rum, mit nackten Ärschen.

»Zieht ihr euren Kindern eigentlich nie was an?«, fragt Joffrey.

»Was für ein wundervoller Ort«, meint die Fremde. »Ein Paradies.« Sie trägt eine Brille mit rotem Rahmen und hat einen verschrumpelten Hals. »Wer ist das noch mal?«, frage ich Lan leise, und er zuckt die Achseln.

Eden, Bryn und Lulu spielen Polizeihunde. Eden hat sich Ivan gesichert, weil er ein Jagdhund ist. Lulu hat Wildschütz ein Krönchen aufgesetzt, und Martin versucht, Jack dazu zu überreden, Klavierunterricht bei Mama zu nehmen. »Mein Instrument ist die Violine«, erwidert Jack. »Und ich spiele grandios.« Mama erzählt allen, dass den Robinsons Diesel geklaut wurde.

»Ist das diese reizende Bauersfrau?«, fragt Joffrey. »Wie schrecklich!«

»Hier auf dem Land wird es immer schlimmer mit der Kriminalität«, sagt Jack. »Die Bauern sind quasi bettelarm.«

»Sind wir nicht!«, ruft Kyle plötzlich, und ein Perlhuhn flattert panisch gackernd davon.

»Dich hat er nicht gemeint«, sage ich schnell.

»Nein, nein, auf keinen Fall, tut mir schrecklich leid«, entschuldigt sich Jack. »Mir war nicht klar ...«

»Uns geht's gut.« Kyle bläst die Brust auf. »Wir sind versichert.«

»Sehr vernünftig«, erwidert Jack. »Dann ist ja alles in Ordnung.«

Ich erzähle vom Heumähen, um die Stille zu füllen, und Mama hilft mir. Jack und Joffrey glauben uns nicht, dass wir alles mit der Hand gesenst haben, deswegen laufen wir zusammen zum Heufeld und gucken übers Gatter.

Nebel wabert kniehoch über dem Boden. Nur auf diesem kleinen Feld, sonst nirgendwo.

»Das ist, weil das Heufeld magisch ist«, erklärt Bryn Jack.

»Das sehe ich«, sagt Jack.

»Himmel!« Joffrey steht ganz still und flüstert fast.

»Was ist?«, fragt Mama.

»Was für ein Leben ihr hier habt.«

»Danke.« Mama stellt sich neben ihn.

»Wundervoll«, meint die Fremde mit der roten Brille. »Einfach wundervoll.«

Wir haben immer noch keinen Plan, wer sie ist.

»Bald pressen wir die Ballen. Auch per Hand«, erklärt Papa. »Die anderen Felder macht Kyles und Lilys Vater auf die konventionelle Art, aber für dieses Feld haben wir eine ganz spezielle Methode entwickelt, weil es so besonders ist.«

Eigentlich hat *Jim* die Methode entwickelt, Papa gibt nur an.

»Großartig«, bemerkt die Fremde.

Sie und Papa fangen an, über »Er geht ab, verfolgt von einer Ziege« zu reden. Sie kommt von einer Zeitschrift namens *Herefordshire Life* und will, dass Papa eine Kolumne für sie schreibt. Eigentlich total aufregend, und Papa ist selig, aber sie sagen bloß die ganze Zeit »großartig« und »wundervoll!«, deswegen hauen ich und Lan und Kyle und Lily irgendwann ab.

»Ihr habt echt Glück«, meint Lily. »Dass ihr auf eurem Hof leben dürft.«

Ich bin gleichzeitig stolz und verlegen.

»Es ist kein richtiger Hof«, erwidere ich. »Eurer ist viel größer. Wollt ihr über Nacht bleiben?«

Ihr Vater kommt am nächsten Morgen in aller Herrgottsfrühe, um die Ballen auf dem Langfeld zu pressen. Die Ballenpresse passt nicht ums Haus rum, deswegen rennen wir den ganzen Weg runter bis in unser Tal zum großen Tor, wo das Land von den Knochenaugen anfängt. Wir hören den gigantischen Traktor mit der klappernden Ballenpresse hintendran schon ewig, bevor wir ihn sehen.

Nachdem wir das Tor geöffnet haben, springt Kyle zu Chris ins Führerhaus. Ich, Lan und Lily rennen neben ihnen her und gucken zu, wie das lose Heu das Förderband raufwandert, bis in den Tunnel rein, und die perfekt geformten Ballen auf der anderen Seite raus aufs Stoppelfeld plumpsen. Kyle balanciert wie ein Affe hinter seinem Vater, die Hände auf seinen Schultern.

Hinterher kommt Chris mit hoch zum Haus, und Jim gibt ihm ein Bündel Scheine. Sie schütteln sich die Hände, und Chris bleibt noch auf ein Bier und ein Ziegenmilcheis, dann steigt er mit Kyle und Lily zurück auf den Traktor, und die drei knattern davon. Wir rennen in den Dieselwolken hinterher und rufen: »Danke! Bis bald!« Und Kyle und Lily winken und rufen zurück: »Keine Ursache«, genau wie Chris immer.

Beim Abendessen fragt Eden: »Jetzt, wo Papa Chris Geld gegeben hat, können die Robinsons ihr Haus von Jenny Barkley zurückkaufen?«

»Vielleicht. Irgendwann mal«, antwortet Gail.

Aber sie will nur nett sein. Ich glaub nicht, dass die Robinsons jemals wieder in ihrem Bauernhaus leben werden. Bryn wirkt zufrieden, aber sie ist erst sechs, sie hat keine Ahnung. Ich denke an Leslies Gesicht zurück, als sie Rubys Wein gescannt und uns vom geklauten Diesel erzählt hat. Ob sie es wohl hasst, im Spar zu arbeiten? Oder ist sie bloß müde, wie Mama sagt? Mama putzt gern bei anderen, weil sie sich dabei die ganzen Häuser angucken kann. Wenn sie bei den Barkleys putzt, macht sie das nicht neidisch. Da ist alles so geschmacklos, dass man nur lachen kann, meint sie.

»John Gaunt schuldet uns noch was für die Silage«, bemerkt Martin. »Er hätte uns die Ballen umsonst gepresst, aber nein, Jim schmeißt mit Geld um sich, als hätten wir zu viel davon.«

»Ich habe Chris Robinson einen fairen Preis für gute Arbeit gezahlt«, erwidert Jim.

»Vielleicht könnten sich die Robinsons ein neues Bauernhaus bauen«, überlegt Lan laut. »Sie haben doch genug Land.«

Dass die da nicht früher draufgekommen sind!

»Mama?«, frage ich. »Sie könnten sich ein Haus bauen!«

»Nö«, erwidert Martin, als wäre es ihm völlig schnurz. »Ist das falsche Land dafür.«

»Was soll das heißen?«, hakt Lan nach.

Ich will Martins Erklärung gar nicht hören. Er redet, als wäre unsere Idee total kindisch.

Ich denke an das Land rings um das Haus von den Barkleys, auf dem die Robinson-Schafe grasen, und die ganzen Weizen- und Ölrapsfelder, die Kyle und Lily uns beim Vorbeifahren schon so oft gezeigt haben, mit wedelnden Händen und ausgestreckten Fingern. »*Das* gehört uns, und *das* gehört uns, und *das* gehört uns ...« Das ist nicht *das falsche Land*.

»Die meisten Nutzflächen sind nichts wert«, sagt Martin.

Ich stehe auf und gehe raus.

Die Blumen, die Mama gepflanzt hat, riechen so stark, dass mir schlecht wird. Es ist superwarm. Die Felder sehen ganz anders aus als letzte Woche, bevor sie abgemäht worden sind. Form, Größe. Nichts passt mehr zusammen.

Auf der anderen Seite vom Hof bricht Finbar pfeifend zu einem Spaziergang auf. Ich gucke hoch in den Himmel. Das wäre eigentlich eine gute Nacht für mein Teleskop, aber ich bin genervt und träge und will es nicht herholen.

Lan kommt raus. Er schiebt die Hände in die Hosentaschen, während er sich umschaut, genau wie Jim immer, dann schlendert er zu mir rüber. »Na?« Er setzt sich neben mich.

»Ich hasse Martin«, brumme ich. Dabei ist das gar nicht der Grund, es ist bloß am einfachsten.

Lan sagt nichts, aber er hat mich verstanden. Hinter uns klappern die Erwachsenen im Haus rum und tratschen.

»Ruby baut sich einen Pool.«

»Echt? Wovon denn?«

»Dieser nette Pole, Mihai, der hilft ihr.«

»Ben Barkley hat garantiert eine Affäre.«

»Amanda und er können sich nicht ausstehen.«

»Aber sie lieben Geld.«

»Wahrscheinlich war er noch nie treu.«

»Sie etwa?«

Keiner von uns beiden will das hören. Wir laufen ein Stück über den Hof, dorthin, wo es ruhiger ist. Ganz am Ende vom Tal schimmert noch ein Stück hellblauer Himmel. Über uns ist alles tintig.

»Lass uns ein richtig gutes Lager bauen, weit draußen in der Kahlen Wildnis«, schlägt Lan vor.

»Oder im Wald.«

»Da schlafen wir dann die ganze Woche und verraten niemandem, wo wir sind.«

»Genau.«

Beim Zähneputzen mache ich die Augen zu, lehne mich ans Becken und denke an Ben Barkley und seine Affäre. Über so was sollten unsere Eltern nicht reden. Dass Ruby einen Freund hat, ist okay, schließlich ist sie eine ungebundene Frau, aber die Barkleys sind eine Familie. Es gefällt mir nicht, dass sie Ben Barkley überhaupt kennen. Zum Glück kommt er nicht oft vorbei. Eine Affäre muss das Allergemeinste und Unfairste sein, was man jemandem antun kann. Abgesehen von Mord natürlich.

Ich schrubbe und spucke und schrubbe. Meine Gedanken wandern weiter zu Jim, wie er Chris Geld gegeben hat, und zu Kyle, der wie ein erwachsener Bauer vom Traktor gewunken hat. Ich und Lily Robinson könnten uns Jobs suchen und sparen und uns ein Pony kaufen. Vielleicht gehe ich putzen oder gebe ganz kleinen Kindern Klavierunterricht. Das Reiten würden wir uns selbst beibringen. Es wäre lustig, ein Geheimlager zu haben. Dort halten wir unser Pony, und Lily weiß außer uns als Einzige, wo es ist.

Ich öffne die Augen, spüle mir mit dem alten blauen Zahnputzbecher den Mund aus und erinnere mich dran, wie ich und Lan von
der Seilbrücke auf Em gespuckt haben, als wir sieben waren – ich
muss gleich wieder lachen und pruste Wasser überallhin.

Wenn es so heiß ist wie gerade, schlafe ich auf der Bettdecke
und lausche den Mücken. An meiner Zimmerwand krabbeln Spinnen so groß wie Spiegeleier rum. Früher hat mir das nichts ausge-
macht, aber jetzt hasse ich Spinnen. Ich nehme mein Kissen und
meine Patchworkdecke mit raus auf die Seilbrücke und lege mich
hin und gucke durch die Seilquadrate auf den Großraum und nach
draußen. Ein riesiger Mond scheint auf die Felder, so hell, dass ich
gar keine Sterne erkennen kann. Ein paar von den Erwachsenen
verkosten auf der Terrasse Holunderblütenwein. Beim Einschlafen
höre ich sie lachen. Ich schlummere gerne weg, während andere
Leute lachen und reden und ich keine Ahnung habe, worüber, wie
als ich noch klein war.

Jims ganz spezielle Ballenpressmethode ist ziemlich kompliziert.
Nicht mal Papa versteht sie; als er sie für »Abgang« beschreiben
wollte, musste Jim sie ihm zehnmal erklären.

Jim macht die Mülltonnenballen nur mit uns Kindern. Die anderen Erwachsenen haben keine Lust, also kriegen wir ihn ganz für
uns. Wir wenden die langen Reihen Gras schon seit *Tagen*, und jetzt
ist es endlich trocken. Es ist golden und leicht grün und riecht nach
Sonne, aber beim Zusammentragen merken wir, dass sich anscheinend jedes einzelne Insekt auf der gesamten Welt drin eingenistet
hat. Und jede Menge Staub. Die Sonne brennt. Niah rennt rum und
schwenkt einen Eimer und redet mit sich selbst. Ich, Eden, Lan, Bill
und Josh sind am besten organisiert, und wir haben auch Unter-
wäsche an. Bryn und Lulu merken schnell, dass Kratzehalme in der
Poritze ziemlich ätzend sind. Wenn es zu schlimm wird, waschen wir
uns im Planschbecken ab, oder einer von uns holt Knabberzeug und

Trinken. Das Wasser im Planschbecken wird erst weiß und trüb, dann braun, und irgendwann bringt es gar nichts mehr.

Wir bilden eine Kette und befördern das Heu in die Tonne, wo Jim es runterdrückt, bis die Tonne voll ist. Er singt den ganzen Tag und läuft rum und dröhnt fröhlich vor sich hin und hebt uns hoch und schwingt uns im Kreis, sogar mich und Lan.

Unsere Ballen werden so was von gut. Wir sind richtige Profis. Das sind keine Ballen aus der Maschine, sondern viel besser.

Der Nachmittag ist glühend, siedend, sengend heiß. Wir schwitzen, niesen, verdursten, kriegen dicken roten Ausschlag und lange rosa Kratzer, aber am Ende haben wir *fünfundvierzig* Heuballen gepresst. Heute Morgen hätte ich Bill beinahe umgebracht, weil er auf einen draufgesprungen ist und ihn kaputt gemacht hat.

Jim spritzt uns draußen auf dem Hof ab, bis wir sauber sind und bibbern. Wir singen alle zusammen: »*I'm on the top of the world looking down on creation*«, und Gail beugt sich aus dem Küchenfenster und ruft: »Das ist das erste Lied, an das ich mich erinnere!«, und wir rufen zurück: »Wissen wir! Du hast es Lan vorgesungen!« Das ist wahrscheinlich der beste Tag in meinem ganzen bisherigen Leben.

13

TRÄUME

Lan

Amy soll die rechte Hand von einem Klavierstück namens *Dream* von Ernest Bloch lernen, das Harriet uns beibringt, aber wir sagen die ganze Zeit nur »Ernest Bloch« mit deutschem Akzent und lachen uns schlapp. *Ernest Bloch*. Josh wird drüben in der Kuhhaus-Küche getröstet. Er hat eine Geschichte über eine fliegende Pizza geschrieben, und Mr. Tindle wollte sie nicht benoten, weil *Fantasy nicht die Aufgabe war*, und jetzt weint Josh – nicht wegen Mr. Tindle, sondern weil Harriet so sauer geworden ist. Er hasst es, wenn irgendwer schreit. Mama, Jim, Adam und Rani sind auch da. Alle sind wütend. Wir hören nur ihre Stimmen durcheinanderreden, über fünf verschiedene Dinge gleichzeitig:

»Na, na, mein Schatz.«

»Dann guck du doch die dämlichen Regularien nach!«

»So hätten wir am Ende mehr, nicht weniger, ist das so schwer zu verstehen?«

»Niemand schreit hier, Liebling, alles ist gut.«

Nicht gerade förderlich, wie Finbar sagen würde.

Plötzlich brüllt Harriet: »Na schön! Bitte! Du hast gewonnen! Bist du jetzt glücklich?«

»*Glücklich?*«, brüllt Adam so laut zurück, als würde seine Stimme

aus Boxen überall im Haus dröhnen. »SEIT WANN INTERES-
SIERT DICH DAS DENN?«

Dann schreit Harriet noch mal, stürmt die Kuhhaus-Treppe
hoch und knallt die Schlafzimmertür zu.

Alle verstummen, und Amy ist wie erstarrt. Ich habe Harriet
noch nie so brüllen hören. Oder Adam. Jim würde Mama niemals
so anschreien. Wie Mama wohl reagieren würde? Vielleicht würde
sie nicht mehr auf ihm rumhacken. Oder sie würde einfach gehen.
Niemand sagt einen Ton. Der ganze Großraum wirkt geschockt,
nicht bloß wir. Das gesamte Haus. Irgendwann hören wir Joshs
Stimme, und Adam antwortet: »Ja, geh ruhig zu Mami«, und Josh
trappelt die Treppe hoch.

Ich und Amy sitzen reglos auf dem Klavierhocker. Die Erwachsenen in der Kuhhaus-Küche sind mucksmäuschenstill. Ich stelle
mir vor, wie Mama, Adam, Jim und Rani schweigend rumstehen.
Die Stille dehnt sich aus. Ich weiß nicht, was wir tun sollen. Amy
bewegt sich nicht und starrt zu Boden. Nicht, dass sie gleich anfängt
zu weinen. Ich beuge mich zu ihr und warte einen Moment. Dann
flüstere ich ihr ins Ohr:

»*Ernest Bloch.*«

Sie prustet ganz plötzlich los und spuckt dabei auf die Tasten, genau wie ich. Wir lachen so viel, dass wir auf den Boden
plumpsen. So viel, dass es wehtut. Dass uns fast die Tränen kommen. Wir kriegen keine Luft mehr. Wir halten uns die Bäuche,
bis Amy nur noch japst, statt zu lachen. Irgendwann hören wir
auf. Überall um uns ist es ruhig. Wir liegen da und ringen nach
Atem und versuchen, nicht nachzudenken. Wir strecken die Arme
aus und betrachten sie, dann unsere Hände, dann wandern unsere
Blicke über die weite Lücke rauf bis zu den Deckenbalken. Ich bin
brauner als Amy, aber ihre Arme sind länger. Sie überragt mich inzwischen um Kilometer. Dafür sind meine Hände größer. Ihre sind
voller Katzenkratzer. Unter einem von meinen Nägeln ist Blut, ich

habe mir draufgehauen, als ich Jim bei Mamas Kommode geholfen habe.

Adam stürmt rein und beendet die Friedlichkeit.

»Hat wirklich keiner den Lada-Schlüssel gesehen?«

Wir beobachten, wie er an uns vorbei und wütend wieder zurückstapft.

»Irgendwer? Lada-Schlüssel?«

Mama kommt und zieht ihre Jacke an.

Ich setze mich auf.

»Wo willst du hin?«

»Lan, du musst nicht immer fragen, wo ich hinwill. Ich bin doch nie lange weg.«

Ich gehe ihr auf die Nerven. Sie und Adam brechen auf. Ich rapple mich hoch und entdecke Jim, der ein Stück abseits steht.

»Keine Sorge, Lan«, sagt er. »Ruby hat angerufen. Sie hat Panik, weil es regnet und ihr Heu immer noch draußen auf dem Feld liegt. Adam und Gail fahren mit dem Anhänger runter.«

»Können wir mit?«

Klavierspielen und Streiten sind langweilig. Adam und Mama wollen erst nicht, aber wir betteln so lange, bis wir doch dürfen.

Adam tritt das Gaspedal durch, und wir rasen über Colins Hügel. Er und Mama lachen jedes Mal, wenn wir in ein Schlagloch fahren. »AUTSCH!«, schreit Amy, als ihr Kopf gegen die Decke rumst. Mit quietschenden Bremsen kommen wir vor Rubys kleinem Hof am Dorfrand zum Stehen.

»Die Verstärkung ist da!« Adam springt aus dem Auto. Wir folgen ihm.

»Hast du deine Kamera dabei?«, fragt Mama.

»Ja, das wird perfekt.«

Leslie Robinson schleppt schon Heuballen, mit Kyle und Lily und ein paar Typen aus dem Dorf, die Ruby uns als polnische

Studenten vorstellt, aber wir sind die Einzigen mit Anhänger. Rubys Feriengäste schauen von der Veranda aus zu, die Rassisten-Rick vor Rubys freies Zimmer gebaut hat.

»Leslie hat sogar den Spar zugesperrt, um mir zu helfen«, meint Ruby, »was sagt man dazu?« Ihr Gesicht ist ganz rosa und glänzt.

Adam fährt den Lada aufs Feld, und wir hieven die Ballen über die matschigen Stoppeln. Kyle und Amy sind beide stärker als ich, aber ich bin stärker als Lily. Unsere Arme und Wangen sind regennass. Ruby jammert, während sie Ballen hochhebt, und ihre großen Brüste unter dem T-Shirt wackeln: »Ich wusste es, ich hätte sie doch schon letzte Woche reinholen sollen!« Die drei Studenten sprechen untereinander Polnisch, aber mit uns Englisch. »Meine Familie hat jedes Jahr selbes Problem«, sagt der eine. »Heu. Ernte.«

Es sind richtige Maschinenballen, bleischwer. Adam hat Mama seine Handschuhe gegeben, aber ich und Amy kriegen knallrote Striemen an den Fingern vom Garn. Rubys Feriengäste sitzen weiter neben Ragtime auf der Veranda, trinken Limo und winken uns lächelnd zu. Jetzt fängt es an zu schütten.

»Pisser«, brummt Ruby, aber als die Gäste dann doch helfen kommen, kriegt sie ein schlechtes Gewissen. »Fantastisch«, sagen sie ständig. »Das ganze Dorf springt ein, das ist großartig.« Genau wie die Frau von der Zeitschrift mit der roten Brille, die alles auf dem Land so *wundervoll* fand. Ich und Amy verdrehen die Augen. »Einfach grandios!«, wispert Amy gekünstelt.

Rubys Dexter-Rinder beäugen uns über den Zaun, besorgt um ihr Winterfutter, während wir die Ballen auf den Hänger laden.

»Neben Alek und Jakub und dem anderen sieht dein Papa wie ein Schwächling aus«, sage ich zu Amy.

»Schwachpapa! Schwachpapa!«, ruft sie laut.

Das findet Adam gar nicht witzig, genauso wenig wie Mama, aber sie lassen uns trotzdem den Lada bis zu Rubys Heuschober fahren. Amy dreht den Schlüssel, obwohl der Motor schon läuft, und das Auto keucht krächzend. »Grandios«, bemerke ich, und sie boxt mich.

Kaum haben wir den letzten Heuballen aufgeladen, versiegt der Regen, und die Sonne kommt raus. Dicke Fliegenschwärme schwirren rum, und das Fell der Dexter-Rinder dampft.

»Ich bin dann mal weg«, sagt Leslie und macht sich mit Lily und Kyle auf den Weg zurück zum Spar.

»Tausend Dank, Leslie! Du bist eine Heldin!«, ruft Ruby ihr noch hinterher.

Leslie antwortet nicht.

»Grüß Chris von mir!«

Die Ballen müssen zwar noch abgeladen werden, aber erst mal legen wir eine Pause ein. Ruby wischt die Stühle ab und holt Tee und Zitronenkuchen raus.

»Hey, ihr seid doch die krass große Familie mit dem Lada«, meint einer der Studenten. »Wir haben euch schon ein paarmal gesehen.«

»Richtig«, bestätigt Adam. »Habt ihr was dagegen, wenn ich ein Foto von euch schieße?«

»Nö.« Sie legen die Arme umeinander und lächeln für ihn.

»Das ist für meine Kolumne«, erklärt Adam. »Im *Herefordshire Life*.«

Er erzählt ihnen lang und breit von seiner Kolumne und seinem Blog und Frith.

»Davon haben wir auch immer geträumt«, meint die Feriengästin. »Raus aus der Stadt zu ziehen. Auf dem Land zu leben. Immer.«

»Also, ich bereu's jedenfalls nicht«, bemerkt Ruby.

»Wir auch nicht«, ergänzt Adam. »Und wir renovieren gerade eine kleine Scheune oben auf unserem Hof. Du kriegst also bald Konkurrenz, Ruby.«

»Sagt wer?«, fragt Amy.

Adam fängt an, allen von der Ruine direkt neben dem Heufeld zu berichten und dass die eine Ferienwohnung werden soll.

»Dank der Aufmerksamkeit durch meinen Blog und *Herefordshire Life* können wir hoffentlich gleich richtig durchstarten. Die Leute lieben eine gute Story, sagt meine Redakteurin gern.«

»Und von denen haben wir genug«, schaltet sich Mama ein.

»Wie aufregend«, meint Ruby. »Ich fand ja schon immer, dass Frith riesiges Entwicklungspotenzial hat. Wie wollt ihr …«

»Frith wird nicht entwickelt!«, unterbricht Amy sie.

Ruby, die Feriengäste und die polnischen Studenten starren sie an. Kinder mischen sich normalerweise nicht ein – ich würd's nicht tun. Aber Amy ist anders. Wenigstens wird sie rot.

»Frith ist kein Bed and Breakfast«, betont sie. »Sondern ein *Bauernhof*. Ein richtiger Bauernhof. So wie Mama sagt.«

Ruby geht rein, um ihre Gäste zu verabschieden, und wir anderen laden die Heuballen ab. Das ist viel leichter als Aufladen.

Wir sagen Tschüs zu Ruby, und sie drängt uns noch einen Kuchen als Dankeschön auf. Auf der Heimfahrt sind wir still, pusten auf unsere Finger und untersuchen unsere Blasen. Amy ist immer noch sauer.

Mama dreht sich auf ihrem Sitz um und schaut sie an. Mit einem Lächeln nimmt sie ihre Hand.

»Schon okay, Amy. Träume ändern sich. Deine Mama versteht das.«

HERBST

2009

14

RUINE

Amy

Papa steckt vor dem neuen Ferienhäuschen das Schild in den Boden. Gail hat Jim dazu überredet, es zu bauen, und Blumen um den Rand gemalt, und wir haben die Buchstaben mit eingebrannt: RUINE. Bill schlägt es mit dem Hammer ein. Dann treten wir alle zurück. Es sieht *dämlich* aus. Es ist ein richtig dämliches Schild. Em holt Geranien aus ihrem Garten und pflanzt sie drum rum. »Gleich viel besser!«, behaupten alle. Aber sie tun nur so. Sie hassen Ems Geranien. Mama sagt immer, da könnte auch gleich ein Esel mit Strohhut danebenstehen. Einmal hab ich sie gefragt: »Warum sollte ein Esel einen Strohhut aufhaben?« Und sie hat geantwortet: »Weil er seine Peru-he haben will.« Wahrscheinlich mag sie nur die Farbe nicht. Die Geranien sind genauso rot wie das Letzte Relikt.

Alle haben Angst, dass der Faultank vom Wagenhaus jetzt, wo die Ruine ein Ferienhaus ist, noch öfter überläuft. Der ganze Sanitärkram war ein *Albtraum*, und ständig musste Rassisten-Rick mit seinem Bagger kommen und noch mehr Löcher graben. Die Ruine hat eine Hochdruckdusche und ein Klo mit Häcksler. Das kaut quasi vor! Ich und Lan sollten ein Schild schreiben, damit die Leute das Klo nicht dauernd mit Windeln und Binden verstopfen. Wir haben geschrieben:

ACHTUNG! ICH ESSE NUR PIPI, KACKA UND KLOPAPIER!

Aber Gail hat drauf bestanden, dass wir es noch mal neu machen. Und dann noch eins wegen dem Internet, weil es nämlich keins gibt:

> *Im Haus Ruine besteht kein Zugang zum Internet;*
> *kommen Sie gerne ins Bauernhaus.*

Bloß gibt's da auch kein Internet. Außer man will den ganzen Tag *Piep-grrr-piep-piep* hören und Papa zugucken, wie er Fotos hochlädt und flucht. Das Klo produziert ein richtig irres Geräusch beim Spülen. Eden und Bryn haben sich tagelang zusammen mit Niah rübergeschlichen und nur da drin groß gemacht, bis die Erwachsenen es rausgefunden und die Eingangstür mit einem Seil versperrt haben. Papa sagt, er hätte die ganze Ruine fast allein bezahlt, inklusive Häckselklo, und zwar mit »Er geht ab, verfolgt von einer Ziege«. Wenn Mama ihn nicht genug dafür lobt, fährt er allein mit dem Letzten Relikt durch die Gegend, ewig lang. Aber er und Mama streiten nicht. Sie sind viel ruhiger als früher.

Meine und Lans neue Lieblingsbeschäftigung ist, auf dem Dach vom Schlachtschober rumzuliegen. Früher haben wir uns nie getraut, hier raufzuklettern, aber jetzt sind wir groß genug. Mit Äxten haben die Erwachsenen kein Problem – genauso wenig wie mit Flüssen oder Lagerfeuern –, aber der Schober ist echt *hoch*. Am Anfang war es richtig schwierig und gefährlich, weil wir erst ein Seil raufkriegen und festbinden mussten, aber jetzt geht es babyleicht. Wir klettern über die lange Heuleiter rauf und mit dem Seil wieder runter – da haben wir Knoten reingemacht. Wenn wir wieder festen Boden unter den Füßen haben, zittern wir so krass, dass unsere Knie wabbeln und wir uns hinlegen müssen. Die Leiter lehnen wir danach zurück gegen das Heu, wo sie hingehört, damit niemand was merkt.

Auf dem gewölbten Wellblechdach kommt man sich vor, als würde man auf einem Drachen runter ins Tal fliegen. Das Metall ist heiß. Und schuppig und rostig und dünn – an manchen Stellen kann man einfach durchpopeln. Das Tal und der Himmel sind hier oben riesengroß, und Frith sieht *winzig* aus, und direkt unter uns ist das neue Schieferdach vom Ferienhaus Ruine.

Mit dem Teleskop können wir über die Wipfel von unserem Wald gucken, weit, weit weg bis zu den grünen Bergen in der Ferne. Ohne das Teleskop können wir die Autos auf der Landstraße nicht mal erkennen, da sehen wir nur das Licht blitzen. Mit Teleskop sehen wir sogar, welche Farbe sie haben. Ich versuche, so nah ranzu-zoomen, dass ich ihre Nummernschilder lesen kann, während sie durch die Lücke zwischen den Bäumen flitzen, aber das schafft nicht mal die achtzigfache Vergrößerung. Ich betrachte noch ein paar Vögel und Blätter, dann ist Lan dran. Danach liegen wir einfach rum und brutzeln in der Sonne. Ich erzähle Lan von diesem Jungen, dem angeblich der Kopf abgerissen worden ist, weil er ihn aus dem Zugfenster gestreckt hat, und wir reden über Vampirfledermäuse und ob es Geister gibt und die Ozonschicht und Arsenvergiftun-gen und ob wir uns um die Übertrittsprüfungen und die Gesamt-schule scheren – null, logisch. Eigentlich haben wir beide ziemlich Schiss, aber das sagen wir nicht laut. Aus der Wagenhaus-Küche duftet es nach kochendem Zucker und Obst, weil Rani Marmelade macht.

»Weißt du noch damals, als ich die Raupe in der Essiggurke ge-funden hab?« Die war schon ganz weiß, und ich hab sie gegessen.

Wir heben die Beine an und gucken, wie lange wir sie oben hal-ten können. Dann kriechen wir zum höchsten Punkt hoch. Von hier können wir alle ausspionieren. Mama hat Colins Anhänger zu den Ziegen reingestellt, damit sie sich dran gewöhnen, und zwei

von ihnen trotten auf die Rampe und schauen sich um. »Genau wie
wir«, meint Lan. Finbar hackt die Gemüsebeete. »Ich seh sogar seinen Zigarettenrauch!« Eden und Bryn stehen auf Kisten und striegeln Gabriella. Sie kriegt in ein paar Wochen ihr Kälbchen und ist
schon ganz dick. Jim schmirgelt auf dem Hof eine Tür ab, die auf
zwei Sägeböcken liegt, und Mama und Rani lehnen dagegen und
trinken Tee.

»Guck dir Bryn an, wie sie mit den Hühnern im Sand badet«,
sage ich. Bryn glaubt echt, ihr wachsen Flügel, wenn sie sich nur
genug anstrengt.

Molly und Magie glucken immer noch ständig zusammen, aber
sie haben sich mit einem Seidenhuhn angefreundet. Gail lässt sie
ihre Eier behalten – das ist schließlich nur fair, nachdem sie so lange
in der Legebatterie waren und ihre Eier nie mit den Schnäbeln berühren oder auch nur *sehen* konnten. Ich lasse das Teleskop langsam
über den Obstgarten wandern, um die Hühner zu beobachten, aber
dauernd sind verschwommene grüne Bäume im Weg. Auf einmal
kommen die Hühner in den Fokus, ganz scharf. Ich erkenne Gaga,
die humpelt wegen ihrer geschwollenen Fußballen. Und Goliath.
Dann entdecke ich Gail und Papa.

»Mein Papa und deine Mama sind im Obstgarten.« Ich lache,
weil es superkomisch ist, Leute von voll nah zu sehen, wenn sie gar
nicht wissen, dass man da ist.

»Was machen sie?« Lan dreht sich auf den Bauch, um auch zu
gucken.

»Sie hat irgendwas in den Haaren.«

Ihre Gesichter sind so klar wie ein Fernsehbild. Papa lächelt und
sagt was. Er zieht einen Grashalm aus Gails Haaren, und sie lässt
sich wieder zurücksinken. Da legt er sich auch hin, neben sie, und
verschränkt die Hände hinterm Kopf.

»Sie liegen bloß nebeneinander, als wären sie im Bett.« Ich lache
noch mal. »Die beiden sind so was von faul!«

»Mama ist nicht faul«, protestiert Lan.

»Ist sie wohl.«

Gail ist stinkefaul. Lan will es nur nie zugeben.

»Dein Papa ist faul!«

»Na, das weiß doch jeder.«

Plötzlich setzt Papa sich auf und wendet mir den Rücken zu, sodass er die Sicht auf Gail versperrt. Er bewegt sich ein bisschen, hebt beide Hände, wie wenn er irgendwas Wichtiges verkündet. Ich nehme eine Hand von der Röhre, um noch weiter ranzuzoomen, und das Teleskop schwankt und fällt runter. Es landet auf dem Dach, aber ich erwische es noch, bevor es wegrollt.

»Alles okay, nichts verkratzt«, sage ich. Nur ein paar kreidige Krümel Vogelkacke kleben dran.

»Kann ich wieder?«

Ein Auto fährt über den Feldweg. Keins, das wir kennen, so viel hören wir.

»Wer ist das?«

»Irgendwer Fremdes.«

»Nein, die Ruinengäste!«

»Scheiße!« Die haben wir voll vergessen. Eigentlich haben wir versprochen zu helfen, und wir sind genau über der Ruine, wenn uns wer sieht, kriegen wir Riesenärger.

Sie sind schon am Tor, steigen aus, strecken sich, holen Taschen und Koffer raus.

Panisch und gehetzt rutschen wir über das schartige Metall, zerkratzen uns die Bäuche und verbrennen uns die Hände am Seil, bevor wir atemlos aufs Gras fallen.

»Die gar nicht mehr verfallene Ruine!«, verkündet Papa, der mit zwei Gästen um die Ecke spaziert, während wir schnell aufspringen und uns lässig hinstellen, die Arme verschränken und lächeln, aber mein Herz wummert so heftig, dass mein T-Shirt bebt, und wir sind beide knallrot im Gesicht.

Mama ist auch dabei, und ein paar von den anderen Kindern – Bryn, Josh und Lulu – kommen gucken. »Na?«, machen wir, als wäre alles wie immer. Die beiden fremden Erwachsenen wirken sauber und überrascht.

»Wie seht ihr beide denn aus?«, ruft Papa. »Ihr seid ja ganz dreckig!«

Lan ist mit Rost und Schrammen bedeckt. Und mit irgendwas Schwarzem – Öl? Ich auch, aber keine Ahnung, warum Papa so drauf rumreitet.

»Was treibt das Seil da?«, fragt Mama.

»Das ist eine Schaukel.«

»Damit haben wir geschaukelt.«

Mama ist misstrauisch, aber Papa nicht. Zum Glück hat sie die Leiter nicht bemerkt, die immer noch am Schober lehnt. Die müssen wir später noch zurückstellen.

»Jedenfalls – das sind die Barrs!«, sagt Papa in seiner Fox-and-Badger-Stimme.

»Hallihallo«, begrüßt uns die Gastfrau. Sie sieht ganz anders aus als unsere Mütter mit ihren glänzenden Haaren und dem Lippenstift.

»Lan und Amy, sagt Hallo«, meint Papa.

Da kommt Bill an mit dem Gastjungen im Schlepptau.

»Und das ist *Toby*«, erklärt die Gastfrau, als würde sie eine Berühmtheit vorstellen.

Toby schaut auf. Er ist klein und blass und trägt ein schwarzes T-Shirt mit der Aufschrift *Star Wars* in schrägem Gelb.

»Toby ist ein riesiger *Star-Wars*-Fan«, fährt die Gastfrau fort, als würde das sonst niemand mögen.

»Genau wie Lan und Bill!«

»Hey, Lan, Toby hat einen Düsenschlitten mit einem Klonkrieger drauf«, erzählt Bill.

»Das ist ja schon mal ein ganz großartiger Start«, meint die Gastfrau und zählt dann auf, was Toby alles braucht und wie er sich *fühlt*.

Ich, Lan, Bryn, Josh, Lulu und Bill gucken den Gastjungen an, und er guckt zurück. Also, mein Gefühl ist *langweilig*.

Die Ruine hat einen Boden vom Baumarkt, der aussieht wie Holz. Und ein Sofa, das sich in ein Bett verwandelt, und eine Wendeltreppe hoch zum richtigen Bett, und alles ist gekauft. Martin und Papa haben die Sachen zusammengeschraubt, und wir haben mitgeholfen. Jim nicht, weil das ja keine echten Möbel sind. »Ach, wie wunderbar!«, sagen die Gäste. »Wow, das ist großartig.«

»Ich verabschiede mich dann mal. Ich habe viel zu tun«, meint Mama und geht. Sie ist nicht gerade freundlich. Es gefällt ihr kein Stück, dass sie hier sind, und ich will sie auch hassen, aber eigentlich ist es ziemlich aufregend, und mir war gar nicht klar, wie beeindruckend sie Frith finden würden.

Papa und Gail zeigen ihnen alles, und wir erklären ihnen das Klo. Die Gäste erzählen von der *fürchterlichen* Fahrt und wie schrecklich es in London ist wegen der *Finanzkrise* und wie *atemberaubend* Frith aussieht und wie leise es hier auf dem Land ist. »Hört nur!«, sagen sie bei jeder Pause. »So leise!« Dabei ist es total laut mit den ganzen Vögeln und Schafen und Colins Traktor oben auf dem Hügel, aber … »wenn sie meinen«, brumme ich Lan zu.

»Was riecht denn hier so köstlich?«, fragt die Gastfrau, als wir wieder draußen sind.

»Ich koche gerade Marmelade«, antwortet Rani.

»O mein Gott!«

Das sagen sie bei allem. Ich gucke zu Lan und werfe meine eingebildeten langen Haare wie ein Supermodel zurück, so richtig *O-mein-Gooott!*-mäßig, und wir kriegen einen Lachanfall und müssen kurz abhauen.

»Okay.« Die Gastfrau guckt sich um. »Was können wir hier unternehmen?«

Sie sind überrascht, dass wir keine *Touristeninformationen* in der

Ruine ausliegen haben, und fragen ständig nach Wanderwegen. Die Erwachsenen zeigen den Hügel runter und erklären, dass sie eigentlich überall langgehen können, und am Ende laufen sie Händchen haltend über den Feldweg, mit Toby in der Mitte, und ihre Köpfe rucken hin und her wie bei den Hühnern, weil sie alles bestaunen.

Wir haben die Gastleute schon fast vergessen. Sie hocken die ganze Zeit in ihrem Ferienhaus. Und wenn sie doch mal rauskommen, erzählen sie dauernd, wie gestresst sie sind, weil es ist ja »das Ende der Welt, wie wir sie kennen«. Bryn hat Riesenschiss gekriegt und Jim gefragt, ob wirklich die Welt untergeht, und der meinte: »Nein, es haben nur sehr viele Menschen sehr schnell sehr viel Geld verloren, mehr nicht. Alles gut.« Ich und Lan wussten, dass alles gut ist. Es geht bloß ums blöde Geld.

Die Gasteltern sagen, normalerweise sehen sie sich nie, weil sie so viel arbeiten. Gestern Nacht haben sie eine Eule gehört.

»Sie haben sich so gefreut, dass ich dachte, sie fangen gleich an zu heulen«, erzähle ich Mama, um sie zum Lachen zu bringen, aber sie erwidert nur: »Tja, guck mal. Was für ein Glück wir haben, hier zu leben«, und buddelt weiter Kreuzkraut auf den Schweinebuckeln aus, damit die Schweine sich nicht vergiften.

»Die Gastfamilie findet uns mutig«, berichte ich als Nächstes. »Das hat der Vater zu Jim gesagt. Weil wir alles aufgegeben haben.«

»Himmelherrgott!«

Sie hat richtig miese Laune, deswegen verziehe ich mich wieder.

Der Gastjunge Toby ist ganz okay, bloß angeödet. Die Gasteltern sind wieder mal spazieren gegangen, nachdem sie sich mit Sonnencreme eingeschmiert haben und Toby mit einer anderen Sonnencreme, die richtig dick ist und nicht einzieht. Gail sagt, wegen solchen Leuten sterben die ganzen Korallenriffe, aber Toby lässt uns mit seinem Nintendo spielen, deswegen haben wir es ihm nicht verraten. Wir lehnen an der Wand vom Wagenhaus im Schatten, damit wir auf dem Bildschirm was erkennen können. Toby zeigt uns gerade das *Star-Wars*-Spiel. Seine blassen Winzfinger sind blitzschnell.

»Der Touchpen ist mein Lichtschwert«, verkündet er in einer grollenden Filmtrailerstimme.

Lan und Bill sind echt kacke in dem Spiel, was total peinlich ist, besonders weil es für Zwölfjährige ist, und Toby ist erst sieben.

»Für zwölf und älter«, grollt er. »Fantasygewalt.«

Er fragt ständig so was wie von welcher Marke Lans Turnschuhe sind. Als Lan Clarks gesagt hat, hat er sich totgelacht und uns von seinem Freund erzählt, der immer noch Geox mit Klettverschluss hat. »Voll erbärmlich.«

»Komm mit zu den Ziegen«, sagen wir, »komm mit zu den Hühnern«. Wir haben ihm schon alles gezeigt, aber er hat überhaupt keinen Spaß. Egal, was wir machen, er fragt bloß: »Ist das giftig?«

»Nein, das ist ein Salzleckstein.«

»Nein, das ist eine Ameise.«

Wir haben ihm von den Ringelnattern und Kreuzottern erzählt. Die Ziegen haben ihm eigentlich ganz gut gefallen, aber dann hat Hazel an seinem T-Shirt rumgekaut, und er hat losgebrüllt.

»Die beißt nicht, du Schisser«, hat Bill gemeint.

Josh wollte, dass er sich seine Schafe anguckt.

»Von Schafen wird man blind«, hat Toby behauptet.

»Stimmt doch gar nicht!« Josh war wirklich sauer.

»Kann ich mir die Hände waschen? Habt ihr vielleicht Kaninchen?«

Irgendwann haben wir die *Krise* gekriegt. Deswegen haben wir nach ein paar Mamas gesucht.

Gail und Rani haben in der Wagenhaus-Küche gesessen und Marmelade mit dem Löffel gegessen und Snow Patrol gehört. Wir haben uns auf den Tisch gestützt und gestöhnt und ihre *Erwachsenengespräch* unterbrochen.

»Wo sind seine Eltern? Wir kriegen die Krise!«

Rani meinte, wir sollen nicht gemein sein. »Der Arme. Ihr müsst ihn mitspielen lassen.«

»Er ist überfordert«, hat Gail hinzugefügt.

»Von was denn?« Aber sie wollten uns null helfen, deswegen sind wir wieder rausgegangen.

Toby saß zusammengekrümmt auf dem Trog mit seinem Nintendo DS und seiner glänzenden weißen Nase. Auf unsere Frage, ob er Verstecken mag, hat er *endlich* mal gelächelt – bis er rausgefunden hat, dass wir draußen spielen. »Geht das nicht auch drinnen? Habt ihr keine Schränke?« Wir haben ihm die Regeln erklärt. Man darf sich überall verstecken außer:

Im Wald.

In Menschenhäusern.

Vor der Einfahrt.

Hinter dem Heufeld.

Am Bach.

Auf den Schweinebuckeln, in der Kahlen Wildnis oder im Foy-Forst (der gehört nicht zu Frith).

»Kapiert?«

Nope, und es hat ewig gedauert, ihm alles zu zeigen.

Jetzt geht's endlich los. Lan muss suchen. Ich weiß, dass er schon lange nicht mehr ordentlich zählt, er geht bloß ins Haus und beugt sich irgendwann raus und ruft »vierundsechzig!« oder »dreiundachtzig!« und verschwindet wieder. Ich renne rum und tue so, als würde ich nach einem guten Versteck Ausschau halten, dabei gucke ich eigentlich, ob Niah und der Gastjunge klarkommen. Eden hat Niah an der Hand. Die beiden laufen runter zum Neuhäuschen. Niah ist aufgeregt und kichert wie verrückt und bewegt sich so langsam, dass Eden in den Himmel starren muss, um sie nicht anzuschreien. Sie kauern sich hinter Ems Gartenbank. Man sieht sie sofort, aber es ist nett von Eden, Niah mitzunehmen.

»Vierundneunzig!«, ruft Lan.

Ich entdecke weder den Gastjungen noch sonst irgendwen, also sprinte ich einfach zum Wasserfass bei Finbars Hütte und krieche unter eine Plane. Irgendein Krabbeltier fällt mir in den Nacken, und ich springe wieder raus und schüttle es ab, bevor ich zurück unter die Plane schlüpfe. Beim Gedanken daran, was sonst noch hier drunter sein könnte, wird mir ganz anders, aber ich halte still und lausche auf Lan, der rumtrampelt und ruft: »Aufgepasst, ich komme!«

Er tut eine halbe Ewigkeit so, als würde er Niah und Eden nicht sehen, dann schleicht er sich an sie ran und fängt sie. Als Nächstes findet er Bill unter einer leeren Mülltonne, und Bill zeigt den Hügel runter, direkt auf mich, und brüllt: »Da ist Amy!« Er macht mich so wütend, ich könnte ihn umbringen. Bestimmt hat er mitgekriegt, wie ich mich versteckt habe. In letzter Zeit hasse ich ihn wieder fast so viel wie damals, als wir klein waren. Seit er gesagt hat, ich hätte Möpse, und mir immer mit dem Ellbogen in die Brust stoßen will. Außer ihm sagt *keiner* was. Sie sind miniklein. Mama meint, man bemerkt sie kaum. Ich wünschte, Bill wäre tot.

»DU BIST SO EIN SCHEISSDRECKSPISSER, BILL HODGE!«, schreie ich, gerade als die Gasteltern wieder durchs Tor kommen.

Erschrocken fragen sie, was wir da machen. Als ich »Verstecken spielen« sage, wirken sie auf einmal überglücklich, echt seltsam.

»O mein Gott, wie wundervoll!«

Sie laufen zurück zur Ruine und reden über *echte* Kindheit und *frische Luft*, als würde *der arme Toby* unter der Erde leben und nie die Sonne sehen im *schrecklichen* London mit der *Finanzkrise*.

Ist ja schön, wie froh die Gasteltern drüber sind, dass wir mit Toby spielen, und er hat hoffentlich Spaß und alles, das Problem ist nur, dass wir ihn nicht finden. Sonst hat Lan inzwischen fast alle erwischt. Eigentlich *alle* alle – außer Lulu, die aber nicht mitmacht, sondern in ihrem Prinzessinnenkleid neben dem Wassertrog rumtanzt wie eine Vollidiotin und vor sich hin singt.

Joshs Versteck war am besten – er hat sich im Kürbisbeet ausgestreckt, wo die langen Stiele sich über seinen Körper gerankt und ihn komplett getarnt haben. Wir sind zehnmal an ihm vorbeigelaufen, bevor wir ihn entdeckt haben, er war schon fast eingeschlafen. Aber Toby finden wir immer noch nicht. Wir suchen schon seit Ewigkeiten, aber wir wollen nicht zu laut rufen, weil er ein Gast ist und ein Fremder. Wir sollten keine Aufmerksamkeit erregen. Sorgen machen wir uns schön langsam trotzdem. Wir haben schon im Obstgarten geguckt und in den Hecken und im Schlachtschober. Unter dem Pritschenanhänger, in den leeren Futterkisten, zwischen dem Feuerholz. Sogar in allen Häusern und im Ziegenstall und im Hühnerstall – da haben wir Bryn gefunden, die Huhn gespielt hat.

»Tooo-byyy! Wir kommen dich holen!« Wir kicken gegen alles Mögliche, um Krach zu machen und ihn aufzuschrecken, aber der gesamte Hof bleibt still und leer.

Wir legen nur eine kurze Pause ein, als Mama ruft: »Jooo-shyy, hooo-heee«, und Josh für seinen Klavierunterricht reingeht. Josh spielt von uns allen am schlechtesten, aber er übt am besten, deswegen muss Mama ihn weiter unterrichten.

Itsy Bitsy Spider trippelt aus den offenen Türen. Das ist sein Lieblingslied. Er spielt es schon seit Jahren. »*Down came the rain, and washed the spider out …*«

Dann suchen wir weiter nach Toby. Lulu schlurft in ihrem Prinzessinnenkleid und den Leggings stöhnend hinter uns her.

»Ich hab keine Ahnung, wo er ist. Ich spiel doch gar nicht mit.«

»Ist doch scheißegal, Lulu, hilf einfach suchen, okay?«, erwidere ich.

Wir riechen schon das Abendessen auf dem Herd, und es ist auch nicht mehr so warm wie vorher. Das dauert jetzt schon ewig.

Wir finden Toby wirklich nicht. Wir haben sogar Finbar gefragt –
»Hast du den Gastjungen Toby gesehen?«, haben wir durch die Flatterbänder an seiner Tür gerufen.

»Haut ab, ich arbeite«, kam zurück.

Eden schleift Ivan mit, aber den interessiert null, wo Toby steckt.

»Suchen Sie alles ab, Kommissar Ivan«, befiehlt Eden. Sie will mal Polizistin werden.

Wir überprüfen die ganzen Verstecke noch mal.

»TOOO-BYYY ...«

Stille.

Der Lada kommt die Vier Morgen hoch. Jim sitzt am Steuer. Wir rennen winkend auf ihn zu.

»Wir haben Toby verloren!«

»Wen?«

»Den Gastjungen.«

»Na, dann sucht ihn mal schnell.«

»To-by, To-by ... komm rau-haus, wir geben auf ...«

»Vielleicht ist er ins Wasserfass gefallen«, schlägt Lulu vor.

»Das hätte ich gesehen«, sage ich.

»Außerdem ist das voll mit Wasser«, meint Lan.

»Dann ist er ertrunken!«, kreischt Lulu.

Wir gucken nach, nur für den Fall, und zischen uns gegenseitig an, leise zu sein, wegen Finbar. Wir klettern auf den Ziegelstapel und lugen rein. Kein blonder Kopf, der auf dem Wasser treibt. Kein Nintendo DS. Nichts. Das war unsere letzte Idee.

Ich, Lan und die anderen trotten zurück zum Wagenhaus. Gail und Rani sitzen immer noch am Tisch, trinken Wein und hören The Magic Numbers.

»Wir können Toby nicht finden«, erkläre ich. »Nirgendwo.«

»Was soll das heißen, ihr könnt ihn nicht finden?« Rani schaltet die Musik aus.

»Er ist verschwunden.«

»Sag so was nicht.«

»Aber es stimmt«, meint Lan. »Er ist nirgendwo. Wir haben überall nachgeschaut.«

Gail und Rani stellen ihre Weingläser ab und werden sehr schnell sehr ernst. Sie gehen mit uns hoch zum Bauernhaus und rufen Mama und Jim in den Großraum. Langsam kriege ich Schiss. Lan schaut mich an, nach dem Motto: *Das ist gar nicht gut,* und ich schüttle den Kopf: *Nope.*

Josh schläft auf Ems altem Sofa, den Kopf auf Christabels Bauch.

»Nicht aufwecken«, meint Jim, »sonst wird er bloß panisch.«

Am meisten Angst macht uns, wie viel Angst die Erwachsenen haben.

»Und ihr habt ganz sicher alles abgesucht?«, fragt Rani. »Auch die Häuser?«

»Ja, haben wir doch schon gesagt.«

»Scheiße.« Mama bindet sich die Haare zurück. »Verratet seinen Eltern nichts. Wo sind sie?«

»Wahrscheinlich in der Ruine.«

Wir gucken noch mal auf ganz Frith, zusammen mit den Erwachsenen, rufen:

»Toby ... Toby ...«

Wir klingen dumm und winzig, und die leeren Bäume starren auf uns runter.

»Findet ihr ihn nicht?« Lulu schwingt ihr Prinzessinnenkleid. »Hahahahahaaaha.«

»Klappe, Lulu«, knurrt Bill.

Wir suchen. Und suchen. Immer wieder an denselben Orten. Nichts.

»Wir müssen es seinen Eltern sagen«, meint Gail.

Das will niemand, trotzdem widerspricht keiner. Wir machen uns auf den Weg zum Ferienhaus, aber bevor wir dort sind, kommt uns Papa mit den Gasteltern entgegen. Die drei lachen und wirken total normal und fröhlich. Dann bemerkt Papa unsere Mienen.

»Was ist los?«

Als Mama ihnen alles erzählt, switchen die Gasteltern von *fröhlich* zu *völlig außer Kontrolle*. Sie drehen komplett durch.

»Was soll das heißen? Wo ist er?«

»Wo habt ihr ihn zuletzt gesehen? O mein Gott, o mein Gott, Toby ...«

Die Gastmutter rennt über den Hof, sucht unter Schubkarren, hinter Mauern, unter der Mülltonne, wo Bill sich versteckt hat.

»Da waren wir schon«, sagen wir ständig. »Da haben wir schon geguckt.«

»WO STECKT ER DANN?«, schreit sie uns an. »WO STECKT MEIN SOHN?«

Tobys Vater packt Lan an den Schultern, richtig fest.

»Was habt ihr getrieben?«, faucht er. »Wo wart ihr, als ihr ihn aus den Augen verloren habt?«

Lan wirkt zu Tode erschrocken. Die Gastvaterfinger bohren sich in seine Arme.

»Lassen Sie ihn los«, sagt Jim. »Sie machen ihm Angst.«

»ACH!«, brüllt Tobys Mutter, als wäre sie übergeschnappt. »*Jetzt* werden Sie auf einmal fürsorglich! *Jetzt* ist Ihnen nicht mehr alles scheißegal!«

Lan ist kalkweiß geworden. Ich wahrscheinlich auch. Bryn fängt an zu weinen.

»Wenn er könnte, wäre er inzwischen rausgekommen.« Die Gastmutter heult auch los. »Er ist gar nicht gern allein.« Sie vergräbt das Gesicht in den Händen.

Wir stehen wieder in der Mitte vom Hof, genau da, wo wir angefangen haben. Die Gasteltern klammern sich aneinander und flüstern. Plötzlich hören sie auf und starren beide in dieselbe Richtung.

»Wer ist das?«, fragt der Gastvater.

Finbar ist aus seiner Hütte getreten. Er trägt zerrissene Jeans und kein Oberteil und hat Farbe am Bauch, weil er ihn als Lappen benutzt. Mit ein paar Pinseln in der Hand stapft er zur Kaninchenscheuche rüber und wischt die Borsten an ihrem Fell ab, sodass sie in unsere Richtung schwenkt. Die Gasteltern kriegen große Augen.

»Wer ist das, haben wir gefragt?« Die Stimme von Tobys Mutter ist hart wie Stein. Sie marschiert auf Finbar zu. »Entschuldigen Sie bitte, wer sind Sie?«

»Hm?«, macht Finbar. Er will mit niemandem reden.

»Wer Sie sind«, wiederholt der Gastvater.

»Finbar«, antwortet Mama, »das ist Finbar. Er wohnt bei uns.«

»In welcher Funktion?«, hakt die Gastmutter nach.

Als wäre sie die Polizei oder so was.

»In der Funktion, dass er hier wohnt.« Mama wirkt richtig bedrohlich.

»Okay, okay.« Finbar hebt beide Hände. »Ich geh wieder rein.«

Er wendet sich um.

»Halt«, befiehlt der Gastvater. »Stehen bleiben.«

Finbar gehorcht und erstarrt. Ich schäme mich. So sollte man mit niemandem reden. »Er hat doch gar nichts getan«, sage ich, aber anscheinend zu leise, und niemand hört zu.

»Herkommen«, kommandiert der Gastvater.

Unsere ganzen Erwachsenen sind verstummt. Sie verteidigen Finbar nicht. Er tritt ein Stück näher.

»Und jetzt?«

»Haben Sie meinen Sohn gesehen?«, fragt der Gastvater. »Ungefähr so groß. Sieben Jahre. Blond.«

Die Gastmutter wimmert leise.

Finbar schaut zu Mama, und ein breites Lächeln erscheint auf seinem Gesicht.

»*Hallo?*«, macht der Gastvater, als wäre Finbar doof. »Hallo?«

Finbar antwortet nicht. Er wirkt, als wäre ihm gerade was Schlaues eingefallen und als hätte er ein Geheimnis. Wenn er doch bloß was Vernünftiges sagen würde. Dass er Toby nicht gesehen hat, zum Beispiel. Wie zu uns vorher. Aber das tut er nicht.

»Sie sind die Leute, die unsere hübsche kleine Scheunenruine gemietet haben, für ein paar Tage Erholung von Ihrem außergewöhnlich geschäftigen, aber eigentlich sinnlosen Leben«, meint er stattdessen.

Mein Magen verwandelt sich in kaltes Wasser.

»Antworten Sie mir«, sagt der Vater. »Mein Sohn. *Toby*. Haben Sie ihn gesehen?«

»Ihren Sohn Toby mit der piepsenden Spielkonsole und dem nervösen Tick?«, fragt Finbar.

»O mein Gott, was …?«, fängt die Gastmutter an.

»Himmel, reißen Sie sich zusammen.« Finbar gestikuliert mit den Pinseln in der Gegend rum. »Der wird schon hier irgendwo sein.«

Die Gastmutter deutet auf seine Hütte.

»Wir müssen da rein«, sagt der Vater.

»Warum? Da gibt es nichts für Sie zu sehen. Jedenfalls nicht Ihren Sohn. Hey, Kinder, wisst ihr, wo der Junge dieser Frau steckt?«

»Nein, Finbar. Der ist verschwunden.«

Die Gasteltern fassen sich an den Händen, staksen durch Finbars Garten, als wäre er dünnes Eis oder ein Minenfeld, und starren alles an, an dem sie vorbeikommen: die Kinderwindräder in der Erde, die Kaninchenscheuche, das zerbrochene Glas und die Joghurtbecher.

»Mama«, sage ich, »halt sie auf.«

Die Erwachsenen schauen mich nicht mal an.

Lan geht zu Jim.

»Jim?«

Jim erwidert seinen Blick. »Tut mir leid.«

»Na los«, meint Gail. »Bringen wir's hinter uns.«

»Wir brauchen nur eine Minute, Finbar …«, versichert Papa.

Sie folgen den Gasteltern.

»Draußen bleiben!«, ruft Finbar plötzlich.

»Finbar … Kann ich kurz mal mit dir reden?«, fragt Mama.

Die Gasteltern, Gail und Jim verschwinden um die Hausecke, während Papa sich davor rumdrückt. Wir sehen ihre Schatten durch die Fenster. Finbar schüttelt den Kopf. Jetzt lacht er nicht mehr, er wird sauer.

»Das ist nicht richtig. Das ist mein Privatbereich.«

Ich will irgendwas sagen, aber ich weiß nicht, was. Ich will sie aufhalten. Oder wegrennen. Ich stehe neben Lan, und wir pressen die Arme aneinander, gucken uns aber nicht an.

»Lass uns einfach ein Stück gehen«, meint Mama. Finbar überlegt kurz, dann folgt er ihr zum Tor. Ich bin erleichtert, dass er mitgegangen ist, aber fair ist das alles trotzdem nicht.

»Ich kapier's nicht«, meint Bryn. »Was hat Finbar getan?«

»Gar nichts«, versichert Rani.

Ich und Lan unterhalten uns stumm, so was wie *Das gefällt mir nicht* und *Mir auch nicht*. Nach ein paar Minuten kommen die Gasteltern und Jim und Gail wieder raus.

»Nein«, sagt der Gastvater. Seine Stimme zittert. Nicht, dass er gleich losheult.

Die Gasteltern entfernen sich von Finbars Hütte. Sie haben Toby nicht gefunden – logisch –, entschuldigen sich aber nicht mal. Sie sehen aus wie trotzige Kinder.

Alle stehen stumm rum. Ich fühle mich so schwach und müde, dass ich mich fast auf den Boden setze.

Mama und Finbar unterhalten sich weiter am Tor und gucken den Feldweg runter übers Tal.

Auf einmal fragt Rani: »Habt ihr schon am Bach geschaut? Der führt immer noch Wasser.«

Die Köpfe der Gasteltern schnellen in ihre Richtung, als wären sie Velociraptoren. »Was für ein Bach? Wo?«

»Da unten haben wir doch gar nicht gespielt«, meint Eden, aber niemand von den Erwachsenen hört uns überhaupt noch zu. Sie sprinten alle los, den Hügel runter.

»Dämlich«, brummt Bill.

»Bis zum Bach ist er auf keinen Fall«, meint Lan.

»Vielleicht hat ihn wer ermordet!« Eden fängt an zu weinen und steckt auch Bryn wieder an.

»So ein Quatsch«, sagt Lan. »Niemand hat hier wen ermordet.«

»Aber wo steckt er dann?«, fragt Eden.

»Das wissen wir gerade nicht«, sage ich. »Deswegen suchen wir ihn ja.«

»Was ist los?«, kommt Joshs Stimme von hinter mir. Er ist jetzt erst aufgewacht. Christabel tapst ihm nach und wedelt mit dem Schwanz.

»Toby ist verschwunden«, berichte ich ausdruckslos. »Wir können ihn nicht finden.«

»Ist er nicht«, erwidert Josh. »Er ist in den Schober gelaufen. Mit Lulu.«

»MAMA! MAMA! MAMA!«

Ich und Lan sind die Einzigen, die das Heu durchsuchen dürfen. Eden ist total neidisch. Eigentlich heißt es immer: »Steigt ja nicht aufs Heu – wenn ihr zwischen die Ballen rutscht, könnt ihr STERBEN.« Aber anscheinend wissen sie, dass wir es trotzdem machen, weil als Papa uns hochschickt, meint er: »Rauf mit euch beiden, ihr kennt das ja.«

»Seht ihr irgendwas?«, ruft Jim.

Wir stehen ganz oben auf der Leiter. Die Erwachsenen halten sie unten fest und schauen voller Hoffnung und Sorge zu uns hoch. Chris und Leslie Robinson stehen draußen mit ihrem Traktor, falls wir Heuballen bewegen müssen. Sie sind direkt gekommen, als Rani sie angerufen hat.

»Vorsicht!«, mahnt Papa.

Schon klar, die Situation ist *schrecklich* und *ernst*, aber irgendwie auch ziemlich cool. Das hier ist nicht gespielt – wir sind auf einer richtigen Mission. Wir haben einen Auftrag. Außerdem haben ja nicht wir Toby aufs Heu geschickt, sondern die dämliche Lulu Hodge. Jetzt steht sie da unten und tut ganz kleinlaut, aber es ist zu spät.

Der Schober ist komplett voll, weil wir noch gar kein Heu verbraucht haben. Ich klettere zuerst von der Leiter auf die wackligen Ballen, direkt unter den Metallbalken, wo die Spinnweben und die Tauben und die Schwalbennester sind. Hier oben ist es dunkel, deswegen können wir nicht bis in die Ecken gucken oder erkennen, ob an der Wand eine Lücke ist, in die Toby gefallen sein könnte. Unten am Boden reden alle durcheinander: »Und, seht ihr ihn?«

»Nein!«

Wir hören Gemurmel, am lautesten die Stimme vom Gastvater, und dann Weinen, wahrscheinlich von der Gastmutter. Unsere Augen gewöhnen sich an die Dunkelheit. Oben auf dem Heu ist alles leer. Nur wir sind da. Lulu hat gesagt, sie hätte Toby in den Schober gebracht, damit er sich verstecken kann, und auch gesehen, wie er die Leiter hochgestiegen ist, aber er ist nicht hier, also kann das nicht stimmen. Außer er ist runtergefallen.

»Kinder?«, ruft Jim wieder.

»Keine Spur von ihm«, antwortet Lan wie ein Förster.

Dann dreht er sich zu mir und flüstert panisch: »Glaubst du, er ist unser Seil rauf? Draußen?« Das würdige ich nicht mal einer Antwort, weil – *Nein*, logisch. Toby ist ein erbärmliches kleines Kind, kein Ninja.

Wieder Stimmen tief unter uns, und Lulu, die weint. Die Ballen sind dicht und glatt – die von Chris Robinson, nicht die Mülltonnenballen vom Heufeld. Aber wenn Lulu Toby hier hochgeschickt hat und er nicht abgestürzt ist, wo steckt er dann? Eine Ratte trippelt den Balken über meinem Kopf entlang. Vielleicht eine von unserem Geburtstag, die nach Hause gekommen ist.

»Warum können wir ihn nicht hören?«, schluchzt die Gastmutter.

Das fragt sie ständig, und die Erwachsenen erklären es ihr immer wieder: Wenn er runtergefallen ist, wird seine Stimme von den ganzen Ballen gedämpft, kapiert sie das denn nicht?

»Toby?«, rufe ich.

Er ist nicht hier oben, da können wir auch wieder runterklettern.

»Alles klar, Kinder?«, fragt Jim.

»Alles klar«, antwortet Lan.

Ein staubiger Sonnenstrahl fällt auf das ausgefranste Ende von einem blauen Garn in der Mitte. Ich stoße Lan an. Das Garn von Chris' Ballen ist *orange*.

»Guck«, flüstere ich. »*Blau*. Das ist vom Heufeld.«

Wir krabbeln drauf zu. Man riecht den Unterschied sogar: Das Heu vom Heufeld ist süßer. Die Ecke des Ballens ist ab. Daneben ist noch ein Ballen vom Heufeld, und der ist auch kaputt, und dazwischen ist eine Lücke. Eine Toby-große Lücke. Wir schieben uns näher, aber nicht zu nah – die Ecken zerbröseln –, und starren in ein tiefes, enges Loch. Ich strecke den Arm in die Dunkelheit.

»Da geh ich nicht runter«, sagt Lan.

»Ich auch nicht.«

»Da ist ein Loch!«, ruft Lan laut. »Vielleicht ist er reingefallen!«

Alle Erwachsenen reden gleichzeitig los, dann zischeln sie wie verrückt: »Pssssst!« Plötzlich hören wir ein Wimmern.

»Mami?« Er ist da unten, und er lebt noch.

»WIR HABEN IHN!«, rufen wir. »Wir haben ihn!« Ich liege flach auf dem Bauch, das Gesicht im kratzigen Heu, und atme auf. Ein glückliches Lächeln breitet sich auf meinem Gesicht aus. Neben mir höre ich Lan lachen, ganz leise, nur für sich selbst. Das magische Heufeld-Heu hat Toby verschluckt, und wir retten ihn. Ich rolle mich auf die Seite. Sieg!

»112«, kreischt die Gastmutter. Unten drehen alle durch.

Ich wollte schon immer mal den Notruf wählen.

»Komm mit«, sagt Lan.

Ich krieche hinter ihm her übers Heu, mit seinen Schuhen direkt vor der Nase. *Clarks*, steht auf der Gummisohle.

Sogar die Feuerwehr war da, obwohl wir die gar nicht gebraucht haben. Der Krankenwagen ist schon weg, und die Gäste sind mit Toby im Krankenhaus. Leslie und Chris und die Papas stapeln das Heu wieder auf. Die Sanitäter haben gesagt, Toby hat: einen gebrochenen Arm, ein gebrochenes Schlüsselbein, wahrscheinlich einen gebrochenen Knöchel und noch was anderes, aber sie konnten ihn hier nicht röntgen, deswegen waren sie sich nicht sicher. Wir dachten, er wäre *tot*, als Leslie die Ballen weggehoben und sein Vater den letzten zurückgezogen hat und er ganz bleich und verschrumpelt dalag, wie eine vertrocknete Spinne.

Er ist richtig tief gefallen. Zum Glück war es so eng, und die Ballen haben ihn gebremst, zumindest ein bisschen. Wir sind schon superoft das Heu runtergerutscht, aber wir sind noch nie in ein *Loch* gestürzt. Da ging's geradeaus runter. Fünfzehn Ballen tief. Noch mehr. Wir haben keinen Plan, wie Heu vom Heufeld überhaupt in die Mitte vom Robinson-Heu gelangt ist. Normalerweise wird das immer getrennt aufbewahrt. Es ist ein Rätsel. Sonst hätte er einfach da oben gesessen, gewartet und wahrscheinlich geheult, aber ihm wäre nichts passiert. Lulu behauptet, er *wollte* die Leiter hochsteigen, aber das ist eine faustdicke Lüge. Er ist ein kleiner Hosenscheißer, sie muss ihn dazu gezwungen haben.

»Ich fasse es nicht, dass Lulu ihn da überhaupt raufgekriegt hat«, bemerke ich.

Lan ist komplett verstummt. Er hat schon seit Ewigkeiten nichts mehr gesagt.

»Lan!«

»Was?«

»Wie hat Lulu es geschafft, dass er da hoch ist?«

»Keine Ahnung. Mit Gewalt? Sie ist ziemlich stark. Oder sie war einfach richtig gemein zu ihm. Oder sie hat geweint.«

»Mhm«, mache ich. Wenn Lulu was will, tut sie alles dafür, genau wie Bill. Typisch Hodges.

Auf dem Rückweg kommen wir an der Ruine vorbei. Die Tür steht offen. Die Gästesachen sind noch drin, und Tobys *Star-Wars*-Decke liegt auf dem Bettsofa.

»Cooler Bezug«, meint Lan, und kurz darauf: »Er war bloß ein Junge aus der Stadt. Er wusste es nicht besser.«

»Er ist nicht *tot*, Lan. Sag nicht ›war‹.« Manchmal ist er ein richtiger Schwarzmaler.

Eigentlich glauben wir nicht, dass Toby stirbt. Bestimmt nicht. Die Einzigen, die immer noch denken, dass er es nicht schafft, sind seine Eltern. Aber die spinnen einfach. Er kriegt einen Gips. Vielleicht sogar drei Gipse. Die kann er sich dann alle unterschreiben lassen. Ich wollte schon immer einen Gips haben.

Am nächsten Tag in der Früh kommt der Gastvater zurück nach Frith, um ihren Kram zu holen – nur der Vater, die Mutter ist noch bei Toby im Krankenhaus. Er musste die ganze Nacht drinbleiben.

»Aber es geht ihm gut?«, fragt Gail.

»GUT?«

Alle weichen einen Schritt zurück, als wäre der Gastvater eine Bombe, die gleich explodiert.

»Gut? Nein, es geht ihm nicht *gut*, Gail. Er hatte einen grässlichen Unfall.«

»Ich wollte nicht …«

Er würdigt sie keiner Antwort mehr, sondern marschiert einfach in die Ruine, um ihre Sachen zu packen, und knallt rum und stampft über den Baumarktboden.

Rani und Martin haben sich mit Bill und Lulu im Wagenhaus versteckt, damit sie nicht da sind, wenn der Gastvater das Auto einlädt, nur Lans Eltern und meine Eltern und wir restlichen Kinder. Wir sitzen nebeneinander auf der Mauer, in sicherer Entfernung, falls er wieder rumbrüllt.

Der Gastvater steigt ein und setzt zurück. Dabei rammt er fast das Letzte Relikt. Papa klappt schon den Mund auf, aber Mama knufft ihn in den Arm. Der Gastvater fährt los, hält allerdings am Tor noch mal an, steigt aus und lässt die Tür offen, während er auf Jim und Gail zustürmt. Sein Gesicht ist knallrot, fast so wie sein pinkes Hemd.

»Warum haben Sie uns nicht gewarnt, dass dieser Schober gefährlich ist?«, schreit er. »Warum hängt da kein Schild dran?«

»Es tut uns wirklich leid«, sagt Gail ungefähr fünfzigmal, während Jim nichts sagt, kein einziges Wort.

Der Gastvater schreit weiter – nicht, als wäre er ballaballa-durchgeknallt, sondern eher, als wäre er der Boss und alle anderen wären Kinder oder würden für ihn arbeiten, oder als wäre er ein richtig fieser Lehrer.

»Dieser ganze Hof ist eine *Todesfalle*. Sie haben Glück, dass Ihre *dreckigen, vulgären* Kinder nicht alle längst tot oder verstümmelt sind. Nicht, dass es Ihnen überhaupt *auffallen* würde.«

Er meint uns. Uns alle. Wir sind die dreckigen, vulgären Kinder. Ich starre ihn an. Sogar mit offenem Mund, glaube ich.

Er wirbelt herum und stapft zu seinem Auto zurück, aber dann fällt ihm noch was ein.

»Sie sollten sich schämen«, sagt er deutlich leiser, aber das macht es nur noch schlimmer. »Was für ein Leben ist das hier?«

Er gestikuliert zu den Häusern. Zu uns. Danach steigt er endlich wieder ein und rast mit quietschenden Reifen aus der Einfahrt und Colins Hügel hoch.

Wir warten. Niemand sagt irgendwas, nicht mal unsere Eltern. Wir haben noch nie erlebt, dass wer so rumschreit wie der Gastvater gerade oder so superunhöflich und beleidigend ist. Die Schafe auf Colins Feldern mähen, und die Erwachsenen wirken wie vor den Kopf geschlagen. Ich kann mich nicht entscheiden, ob ich es lustig oder schlimm finde. Als säße ich auf einer Waage, um rauszukriegen, wie ich mich fühlen soll. Der Mann hat *Jim* angebrüllt. Niemand brüllt Jim an, außer Gail. Jim holt tief Luft, zieht die Schultern hoch und atmet mit einem lauten *Uff* aus.

»Tja«, meint er, »in einem muss man dem Guten schon recht geben. Wir machen die Dinge auf unsere eigene Art.«

Es ist, als würde ein Luftballon platzen. Mama bricht in schallendes Gelächter aus – und wir auch. Und mir geht's gleich besser. Papa lacht irgendwie mit, aber ein bisschen komisch. Er reibt sich mit beiden Händen das Gesicht und läuft in einem kleinen Kreis rum.

»Charmant«, bemerkt er.

Gail allerdings stakst weg von Jim, in die Mitte vom Hof, stemmt die Hände in die Hüften und schaut ihn an. Jim erwidert ihren Blick friedlich. Ihre Miene wirkt, als würde sie aus weiter Ferne was zusammenzählen. Irgendwie kalt. So schaut sie auch Lan manchmal an, wenn wir was ausgefressen haben, und Bill ziemlich oft. Meine Eltern schauen mich und Josh zum Glück nie so an.

»Herrgott«, sagt sie, als hätte Jim sie enttäuscht, als hätte er was Schreckliches getan. Dann verschwindet sie in ihrem Haus.

Kurz darauf gehen auch Mama und Papa in unser Haus und schließen die Tür, und Jim bleibt allein zurück.

Als der Gastvater ihn angebrüllt hat, hat er ganz ruhig ausgesehen und irgendwie interessiert, aber nicht wütend. Jetzt sieht er supertraurig aus. Wir Kinder starren ihn an, wir alle, schweigend, in einer Reihe. Als er es merkt, guckt er schnell weg und dann wieder her. Seine Miene ist normal und freundlich.

»Na, Kinder? Keine Sorge.« Damit wendet er sich pfeifend um und spaziert davon.

Ich, Lan, Josh, Bryn, Eden und Niah schauen ihm hinterher.

»Wir sitzen auf einer Mauer«, sagt Niah. »Wir sitzen auf einer Mauer, oder nicht?«

»*Auf der Mauer, auf der Lauer sitzt 'ne kleine Wampfe*«, singt Bryn. »*Auf der Mauer, auf der Lauer sitzt 'ne kleine Wampfe …*«

»Sechs«, meint Eden. »Wir sind sechs.«

Sie nimmt Bryns Hand und Joshs, und Josh greift nach meiner. Sie singen und schunkeln hin und her.

»*Auf der Mauer, auf der Lauer sitzen sechs kleine Wampfen*«, schmettert Bryn, und die anderen stimmen ein.

Niah sitzt ganz am Ende der Reihe, deswegen nimmt Lan ihre Hand und mit einem *Tut-mir-echt-leid*-Blick auch meine, sodass wir alle miteinander verbunden sind. Und wir singen zusammen.

»*Auf der Mauer, auf der Lauer sitzen sechs kleine Wanzen. Seht doch mal die Wanzen, wie die Wanzen tanzen …*«

15

MÖSEN, ÄRSCHE, SCHEISSE UND BLUT

Lan

Wir sind jetzt auf der Gesamtschule in Ross.

Da ist es ganz okay.

Fast wären wir auf eine brandneue Schule namens Waldorf gekommen, aber Mama und Adam meinen, dass wir *besser gerüstet* sein sollten. Ständig sagen sie, wir müssten uns *auf die Zukunft vorbereiten.* Das klingt, als würden wir in den Krieg ziehen. Ich versuche, mir nicht die ganze Zeit so viele Sorgen zu machen, und ich glaube, ich habe eine Lösung gefunden: Die Zukunft ist nicht real. Die Vergangenheit ist real, und die Gegenwart ist real, aber die Zukunft ist nur eingebildet. Als ich Amy das erklärt habe, hat sie mir beigepflichtet.

Die Gesamtschule ist wie eine große, alte Version von Martins Industriepark. Es gibt viel mehr Kinder, und wir haben fast immer ein bisschen Bammel. Und ich verlaufe mich ständig, das hasse ich. Aber Lily und Kyle sind auch da, und keins von den anderen Kindern verprügelt uns, das war die Sache, vor der ich mit am meisten Angst hatte. Als wir nach dem ersten Tag heimgekommen sind, haben wir draußen gespielt. Wir haben uns im Matsch gewälzt, nur in Unterhose und Amy im Unterhemd. Die Erwachsenen haben dauernd gestöhnt: »Wie alt seid ihr?«, weil wir uns wie Babys aufgeführt haben. Wir haben gewartet, bis der Matsch getrocknet und gerissen ist, dann haben wir ihn mit Wasser aus dem Trog angefeuchtet und Schleim draus gemacht, und dann haben wir den abgespritzt und uns *da drin* gewälzt. Und uns danach zitternd in Handtücher gewickelt und kalten Nudelsalat aus der Schüssel gegessen.

Die Erwachsenen fragen immer, wie es in der Schule war, aber es gibt nichts zu erzählen. Wir wissen es nicht. Kaum sind wir zu Hause, haben wir es vergessen. Aber ich glaube, ich mag zu Hause jetzt noch lieber als vorher. Ich lebe wirklich gern hier. Wenn ich in der Schule bin und mich langweile, im Unterricht zum Beispiel, denke ich an Frith. Ich stelle mir Sachen vor, so wie die Hunde, die in ihren Körben neben dem Rayburn liegen. Oder wie ich die Hühner füttere. Oder Gabriella striegle. Ihr Kälbchen könnte jeden Augenblick kommen, und sie will nur noch gestriegelt werden und den Zaun ablecken. Vor ein paar Monaten ist sie mit ihrem Pass weggefahren, um Sex mit einem Bullen namens Rocky III. zu haben. Als sie sich gepaart haben, war niemand dabei, aber wir haben Rocky III. auf der Weide gesehen, bevor wir Gabriella dort gelassen haben. Er hatte kleine Schweinsäuglein, und seine Brust und seine Schultern waren so riesig, dass seine Beine ganz winzig gewirkt haben. Sein rotbraunes Fell war dunkler als das von Gabriella, und Jim hat ihn *einen richtigen Macho* genannt. Ein paar Wochen später ist Gabriella zurückgekommen, und seitdem warten wir. Wenn es ein Junge wird, müssen wir ihn kastrieren oder essen, deswegen wollen wir alle, dass sie eine Färse kriegt. Und wir hoffen, dass es noch in den Ferien passiert. Die Zeit bis dahin hat sich endlos angefühlt, wir haben die Tage gezählt. Jetzt sind endlich Ferien, und es schüttet wie aus Kübeln. Ich und Amy starren über den Zaun und suchen nach *Anzeichen*, was eigentlich nur heißt, dass wir einen guten Blick auf ihre Vulva erhaschen wollen. Die war vorher klein und schrumpelig, aber jetzt wird sie jeden Tag größer, was bedeutet, dass das Kälbchen kommt.

Früher haben wir immer »Iiiiih« gerufen, aber darüber sind wir hinweg. Wahrscheinlich ist es uns einfach langweilig geworden. Wie Harriet gern sagt: »Das Leben ist voller Mösen, Ärsche, Scheiße und Blut.«

»Guck, da«, meint Amy.

Ein langer, glänzender Schleimfaden baumelt unter Gabriellas Schwanz, wie durchsichtiger Schnodder mit rosa Blut drin. Ich beuge mich vor und schaue genauer hin, wie ein echter Bauer.

»Sieht ungefähr so aus wie gestern«, befinde ich.

Gabriella hebt noch mal den Schwanz. Wir rechnen schon fast damit, dass das Kälbchen rausguckt, aber sie lässt nur eine gewaltige Kackafontäne zu Boden pladdern.

»Ich glaube, heute Nacht sollte sie auf jeden Fall in den Schober«, sage ich. »Lass uns fragen gehen.«

Wir haben mit ein paar von Colins Schafgattern eine Box in der Ecke gebaut und Stroh ausgebreitet, damit sich das Kälbchen nicht den Kopf zerschmettert, wenn es rausflutscht.

Der Regen prasselt auf Boden und Dächer und strömt über Gabriellas Körper, aber das scheint sie gar nicht zu stören.

Plötzlich ruft Adam aus der Hintertür: »Kinder! Die Gäste sind da! Willkommenskorb!«

»Scheiße«, brummt Amy. Wir haben ganz vergessen, dass heute Gäste kommen.

Der Willkommenskorb ist unsere Hauptaufgabe. Der gehört auf den IKEA-Tisch in der Ruine, zusammen mit Blumen in einer Flasche. Laut Mamas Plan sollen die Gäste so begeistert von unseren Produkten sein, dass sie mehr davon kaufen und all ihren Freunden davon erzählen, und dann werden wir berühmt. Manchmal machen sie das auch, aber meistens kaufen sie gar nichts. Ein paar gehen nicht mal in den Spar, sie bringen alles, was sie essen oder trinken, in ihren Autos mit. Ruby Wright hat gesagt, wenn wir mehr Geld wollen, sollen wir Frühstück anbieten, aber Harriet hat erwidert: »Auf keinen Fall, verdammt. Ich mache denen doch nicht auch noch Frühstück, schlimm genug, dass ich ihnen hinterherputze.«

Wir rennen hoch zum Haus und erzählen Adam von Gabriellas Schleim und schnappen uns den Korb und sprinten spritzend rüber zur Ruine.

»Was ist denn das?«, fragt die Gästinnendame mit einem breiten Lächeln, als sie uns die Tür aufmacht.

Die Familie zwängt sich drinnen zusammen und starrt raus in den Regen. Ein riesiger Vater und zwei Söhne, die älter sind als wir. Einer sieht aus, als wäre er schon in der Elften, der andere ist jünger und hat sich auf dem Sofa unter einer Decke eingerollt.

»Hier ist Ihr Willkommenskorb«, sagt Amy. »Brot, Butter, Marmelade, Eier, Speck, Ziegenkäse, Milch und Wein. Und da drüben …«, ihre Geste ist so ausladend wie bei ihrem Papa immer, »finden Sie eine kostenlose Auswahl von Frith Bodylotion, Duschgel und Seife mit ätherischen Ölen. Alles selbst gemacht, hier auf dem Hof. Außer der Milch und der Butter. Und dem Wein. Die sind aus dem Spar. Und aus Australien.«

Die Gästinnendame nimmt die Milch in die Hand und betrachtet sie, als wäre sie auf einem fremden Planeten.

»Guck mal, John, eine Glasflasche.«

»Unsere Kuh Gabriella kriegt bald ihr Kälbchen, dann haben wir auch eigene Milch«, erzählt Amy.

»Gibt es noch mehr Holz?«, fragt der Vater.

Alle Gäste sind immer total auf den Holzofen fixiert. Ständig ist ihnen kalt.

»Ist der hier an?« Die Gästin berührt den Heizstrahler.

Wir stecken ihn für sie ein, und der kleinere Junge springt auf die Sofalehne und sagt: »Cool.«

Mit ihrem Holzkorb platschen wir durch die Pfützen zum Holzverschlag. Dort klettern wir auf den Stapel und werfen von oben Scheite in den Korb.

»Wenn die Erwachsenen die Lacey-Scheunen nicht abgerissen hätten, könnte Gabriella ihr Kälbchen in einer davon kriegen, wie auf einem echten Hof«, meint Amy.

»Oder wenn ihr nicht im *Kuh*haus wohnen würdet.«

»Oder im Neuhäuschen, wenn Em nicht da wäre …«

»Oder wenn die Ruine kein blödes Ferienhaus wäre …«

»*Uuuh!*«, kreischt Amy in ihrer Vornehme-Dame-Stimme. »*Verbringen Sie Ihren Urlaub auf unserem organischen Bauernhof!*«

Erst jetzt bemerken wir den kleineren Jungen, der draußen steht und uns beobachtet.

»Braucht ihr Hilfe?«, fragt er.

Er hat so eine Jacke wie die coolen Kinder aus der Schule, mit der Kapuze auf. Ich und Amy rutschen vom Holzstapel. Ich probiere es im Stehen, wie auf einem Skateboard, aber ich falle hin und schlage einen Purzelbaum.

»Eigentlich sind wir schon fertig«, antworte ich, als ich mich wieder aufgerappelt habe.

Amy sagt gar nichts.

»Luke muss lernen«, erzählt der Junge.

Ich warte drauf, dass Amy reagiert, so wie sonst, aber sie guckt bloß dumm auf den Holzkorb.

»Habt ihr richtig viele Tiere und so?«, fragt der Junge weiter.

Amy schweigt immer noch, also antworte ich nach einer viel zu langen Denkpause, weil ich schlecht drin bin, mit anderen Leuten zu reden.

»Ja. Willst du sie sehen?«

Draußen auf dem Hof leuchtet ein gewaltiger Doppelregenbogen über unseren Köpfen.

»Wow«, macht der Junge, »schaut euch das an.«

Amy benimmt sich, als wäre sie gar nicht da. Ich habe seinen

Namen vergessen, aber ich zeige ihm Gabriella und Rose und Lily.

»Warum haben die Schafe *Halsbänder*?«

»Die gehören Amys Bruder.«

Er lacht. »Okay.«

»Er kriegt gerade beigebracht, wie man sie schert.«

Der Junge nickt.

»Cool. Ist das die Kuh mit dem Kälbchen? Sie ist echt dick.«

Sonst kann Amy gar nicht genug über Gabriella erzählen, aber jetzt starrt sie bloß runter ins Tal.

Nach einer Weile sagt der Junge: »Bis dann«, und schlendert zurück zur Ruine.

»Was?«, frage ich Amy.

»Was?«, fragt sie zurück. »Halt die Klappe.«

Endlich ist es so weit. Wir Kinder führen Gabriella alle zusammen von der Weide und streiten uns, wer das Seil halten darf, und Josh holt Rose und Lily, damit sie Gesellschaft hat und sich nicht nach den anderen sehnt. Gabriella guckt ruhig und benebelt, und ihr Bauch wackelt hin und her. Die Gastfamilie steht draußen vor der Ruine und schaut zu.

»Kommen Sie ruhig mit«, meint Mama. »Das macht Gabriella nichts aus, sie mag Menschen.«

Sie versucht immer, die Ruinenleute in Frith-Sachen einzubeziehen, um sie zu einem *erfüllenderen Leben* zu inspirieren.

Wir verteilen noch mehr Stroh und füllen den Wassereimer auf und reißen einen Heufeld-Heuballen auf. Gabriella schwingt ihren Schwanz und schleckt über Edens Arm, als wäre er ein Salzleckstein, wieder und wieder.

»Boah, *widerlich*«, sagt der ältere Junge Luke und streckt den Finger aus.

Alle starren auf Gabriellas geschwollene Vulva und das Zeug, das raushängt. Am liebsten würde ich eine Decke über sie werfen, damit er sie nicht angucken kann. Sie ist nicht widerlich, sie ist eine Kuh.

»Das ist ganz *natürlich*, Luke«, erwidert seine Mutter, aber es klingt aufgesetzt.

Bei Schafen sieht man ganz leicht, ob sie glücklich sind, und Rose und Lily sind überglücklich hier im Schober bei Gabriella, weil sie gerne in Joshs Nähe bleiben. Er hält Wache, aber es dauert jetzt schon einen vollen Tag und eine Nacht, und immer noch kein Kälbchen. Gabriella frisst superviel, wirkt aber nicht mehr so dick. Harriet sagt, das liegt daran, dass sich das Kälbchen in Position gebracht hat und bald rauskommt.

»Glaubst du, sie ist nervös?« Ich lehne mich ans Schafgatter und gucke. Meine Mama war nervös, als sie mich bekommen hat, deswegen ist sie ins Krankenhaus gefahren.

»Sieht nicht so aus«, meint Amy.

Auf dem Weg zurück zum Haus hören wir die Gastjungen hinter uns.

»Hey, wo kriegen wir hier Netz?«

Wir drehen uns um. Der Kleinere hat gefragt. Der andere, Luke, hat ein Handy in der Hand und starrt drauf.

»*Michael*«, zischt er, »halt die Klappe!«

Er reckt das Handy in die Höhe und kneift die Augen zusammen. Das machen alle Gäste. Sie fassen es nicht, dass sie hier nicht telefonieren können.

»Ist das ein iPhone?«, will ich wissen, was eine ganz normale Frage ist.

»3GS«, antwortet Michael.

Unsere Mamas haben nur Nokias, und Adam und Martin Motorolas. An der neuen Schule gibt's ein paar Kinder mit iPhones. Ich würde gern mal eins sehen.

»Sie haben einen Mast aufgestellt«, erkläre ich. »Aber der Hügel blockiert das Signal.«

»Ihr könnt mit ins Haus kommen«, murmelt Amy. »Wenn ihr WLAN wollt oder so.«

Da lacht Luke aus irgendeinem Grund.

»Nein, danke, schon gut.«

Wieder Lachen. Wahrscheinlich über Amy, weil sie so komisch ist. Normalerweise redet sie nicht so leise und brummig. Die beiden Jungs laufen weiter, weg von uns, immer noch auf ihr Handy fixiert.

Plötzlich stößt Amy hervor: »Auf dem Hügel ist es besser.«

»Ja?«, hakt Luke nach. »Wo genau?«

Amy starrt wieder zu Boden. Langsam geht sie mir auf den Keks.

»Oben auf Colins Hügel«, sage ich. »Hier lang.«

Wir wandern aus der Einfahrt, den Feldweg hoch. Amy folgt uns. Sie läuft ganz komisch, irgendwie mädchenhaft, wie Lulu Hodge oder so, und ich will nicht, dass die beiden denken, wir gehören zusammen.

»Was stinkt hier so?«, fragt Luke.

»Ach, das ist nur der normale Scheißegeruch auf dem Land«, antwortet Michael.

Sie lachen, und ich lache mit, obwohl ich gar nichts rieche.

»Jetzt?«, fragt Michael und meint: *Haben wir endlich Netz?*

»Nope«, kommt es von Luke.

»Da oben«, sage ich. »Ganz auf dem Gipfel.«

»Joa, da obn, aufm Güpfl, doanke vüllmals.«

Luke lacht sich schlapp. Über mich? So rede ich nicht – glaube ich zumindest. Ich lache auch ein bisschen, um ihnen zu zeigen, dass alles okay ist und es mich nicht stört. In der Schule lasse ich mir fast nie anmerken, was ich denke. Mittlerweile bin ich da ziemlich gut drin.

»Hey, willst du was sehen?«, fragt Michael.

»Klar.«

»Was denn?«, fragt Amy.

»Aaalter«, macht Luke. »Komm schon.«

Die Brüder stecken die Köpfe zusammen und diskutieren. Irgendwann dreht Luke sich zu uns um.

»Na schön, du kannst mit. Aber sie nicht, sie muss wieder zurück.«

Wir drei Jungs schauen Amy an. Ich fühle mich wie einer von ihnen. Sie wartet drauf, dass ich sie verteidige, aber das tue ich nicht. Stattdessen gucke ich ganz interessiert in die andere Richtung.

»Ich will es auch sehen«, sagt sie.

»Du weißt doch gar nicht, worum's geht«, meint Luke.

»Lan auch nicht«, erwidert Amy.

»Schon, aber, na ja …« Michael zuckt mit den Achseln. Warum kapiert sie es nicht?

»Mann, ihr nervt!« Luke stapft davon und starrt wieder auf sein Handy. Er muss uns echt für Babys halten.

»Da drüben kommen E-Mails durch.« Amy deutet auf Colins Metalltor. Fast erzähle ich ihnen, dass wir glauben, das Metall verstärkt das Signal, wie eine Antenne, aber ich will nicht wieder ausgelacht werden.

Luke steigt auf die unterste Strebe, streckt das Handy in die Luft und dreht sich langsam. Ein paar Schafe schauen vom Gras auf und beäugen ihn.

»Ich hab's – 3G.«

Michael quetscht sich neben ihn. Wir sehen nur ihre Rücken. Sie wirken, als hätten sie ein Geheimnis, irgendwas Superwichtiges, aber was könnte das sein? Schließlich ist es nur ein Handy, und sonst ist niemand in der Nähe. Das erinnert mich an das eine Mal, als ich und Amy eine Schrotflinte im Schlamm gefunden haben, in der Nähe vom Knochenaugen-Hof. Die war ganz verrostet und verrottet und ungefähr fünfzig Jahre alt, also überhaupt nicht gefährlich, aber wir waren noch klein, deswegen haben wir uns nicht näher rangetraut, sondern sind heimgelaufen, um Jim Bescheid zu geben. Genau so sehen die beiden Brüder jetzt aus, irgendwie ängstlich und aufgeregt, als hätten sie eine Waffe gefunden – oder eine Bombe. Amy will, dass ich zu ihr schaue, aber ich tu so, als wäre sie gar nicht da.

»Warte, gleich …«, meint Luke. »Gleich … *Fuck*, Alter!«

»Krass!«, erwidert Michael.

»Ich hab's dir doch gesagt, Mann.«

»Hey, Lan.«

Ich bin überrascht, dass Michael mich einbezieht, und irgendwie stolz. Ich renne zu ihnen. Amy drängt sich hinter mich und versucht, auch was mitzukriegen.

»Scheiße«, sagt Luke.

Sie lachen. Ich sehe nur seine Hand und den Rand vom iPhone. Den Bildschirm erkenne ich kaum. Michael lacht noch mal, und Luke stimmt mit ein.

»Dreckige Schlampe«, sagt er.

»Hier …« Michael macht mir Platz.

Es ist ein Video. Die Sonne scheint zu hell. Dann geht es auf einmal. Da sind Beine und so was wie eine Achselhöhle. Es ist keine Achselhöhle. Es ist die Vulva von einer Frau – oder von einem Mädchen, keine Ahnung, jedenfalls ohne Haare. Eine Hand mit rot lackierten Nägeln reibt dran.

»Ich will auch!« Amy zwängt sich zwischen uns.

Das Bild friert ein, aber sie lassen sie gucken. Ich spüre, wie sie zurückzuckt.

»Scheiße«, wiederholt Luke. »Krasser Shit.«

Wir rangeln und drängeln. Ich versuche, Amy wegzuschieben, aber sie will einfach nicht gehen. Ich schubse sie richtig fest, und sie schubst nur noch fester zurück. Ich kann sie nicht anschauen. Das Bild bleibt eingefroren. Wir warten. Dann kommt eine andere

Hand dazu, die von einem Mann, und schlägt auf irgendwelche Brüste. Mir entfährt ein seltsames Lachen. Die anderen lachen auch. Dabei ist es gar nicht lustig.

»Dreckige Hurenschlampe«, sagt Luke.

Eine Frauenstimme bettelt: »Nein, nein, nein!« Mich zwickt die Schuld und einfach – Schock. Dann schubst Luke Michael gegen mich, und ich verliere das Gleichgewicht und taumle gegen Amy.

»Siehst du, ich hab's dir gesagt.« Jäh steckt Luke das Handy zurück in die Tasche und stapft davon. »Ich hab's dir gesagt.«

Michael läuft hinter ihm her, und die beiden Brüder lassen sich zu Boden plumpsen und wrestlen auf dem Feldweg. Luke nimmt Michael in den Schwitzkasten und ruft: »Das hat dir gefallen, was, du kleiner Drecksack.« Ich und Amy stehen stumm da. Plötzlich rollt sich Luke von seinem Bruder runter und springt auf.

»Bah, Alter, wie *eklig*!« Er hat Schafmist am Ärmel. »Fuck, wie das stinkt! Alles an diesem Ort stinkt. Das ist echt überall, Mann, so was von *ekelhaft*!«

Die beiden rennen den Feldweg wieder runter. Jetzt sind wir nur noch zu zweit. Ich und Amy. Eine Weile sagen wir keinen Ton. Ich schäme mich dermaßen, ich weiß gar nicht, was ich tun soll. Was treibt sie überhaupt hier? Warum verschwindet sie nicht einfach? Als würde sie rumstehen und drüber reden wollen. Total nervig.

»Hast du das gesehen?«, fragt sie. Zumindest schaut sie zu Boden, nicht zu mir.

Keine Ahnung, was ich darauf antworten soll, also sage ich gar nichts. Ich mache mich bloß auf den Heimweg.

»Wir sollten es wem erzählen«, fährt sie fort.

»Nein!«

Sie folgt mir.

»*Wehe!*« Ich laufe schneller, um von ihr wegzukommen.

»Lan?« Sie lässt sich nicht abhängen. »Lan!« Aber ich ignoriere sie, bis sie es endlich kapiert und die Klappe hält.

Das war gestern. Heute ist alles genauso wie vorher. Also, es regnet weiter, und Gabriella hat ihr Kälbchen immer noch nicht gekriegt. Bloß ist gar nichts mehr wie vorher, weil ich jetzt das Zeug auf Lukes Handy gesehen habe und ich und Amy nicht mehr miteinander reden. Ich meine, wir sagen einfach *kein Wort*. Das ist echt seltsam, weil wir uns ja nicht gestritten haben oder so. Wir spielen mit den anderen Kindern, oder ich laufe alleine rum. Wenn die Erwachsenen mich sehen, fragen sie sofort: »Wo ist Amy?« Das kommt ständig, sobald wir auch nur eine Sekunde getrennt sind, *wo ist Amy?* Ich hasse das. Das alles ist so schon komisch genug, ohne dass die Erwachsenen ein Riesending draus machen.

Das einzig Gute ist, dass die Gastfamilie bald abreist, weil die Ferien fast vorbei sind. Dabei wollten wir wirklich, dass Gabriella ihr Kälbchen kriegt, bevor wir wieder in die Schule müssen. »Keiner von uns geht in die Schule, bis das Kälbchen geboren ist«, verkündet Eden Mama. »Wenn ihr uns zwingt, ist das gegen den Kinderschutz.«

Amy, Josh, ich und meine Schwestern sitzen auf dem Boden im Großraum und gucken *102 Dalmatiner*, umringt von den Hunden und Wäscheständern voller Schulklamotten. Wir essen eine Schüssel Ziegenquark mit Ranis Sauerteigbrot. Bryn nickt ein und knallt mit dem Kopf auf den Boden, wacht wieder auf – *Autsch!* – und überlegt, ob sie weinen soll. Der Film ist gerade richtig ruhig, und plötzlich hämmert Finbar gegen die Scheibe, und wir schreien auf. Sein gespenstisches Gesicht späht zwischen seinen Händen herein.

»GABRIELLA«, formt er mit dem Mund.

Es ist so weit.

»O mein Gott o mein Gott o mein Gott«, macht Eden.

Wir schleichen uns zum Schober – alle Erwachsenen und alle Kinder, mit Taschenlampen und Laternen, und Colin hastet mit einer Stirnlampe herbei. Wir haben ihn sofort angerufen.

Amy läuft neben mir.

»*Die* will ich nicht dabeihaben.« Sie nickt in Richtung Ruine. Das ist das Erste, was sie heute zu mir gesagt hat. Ich will antworten: *Ich auch nicht*, aber ich brauche zu lange, und dann geht es nicht mehr, und wir schweigen uns wieder an.

Gabriella wirkt froh, uns zu sehen, und die Schafe auch. Wir rennen zu ihnen und streicheln und tätscheln sie. Gabriellas Perückenlöckchen sind ganz flauschig vom vielen Striegeln. Plötzlich muss ich dran denken, wie sie zu Rocky III. gefahren ist, um mit ihm Sex zu haben. Als sie wieder nach Hause gekommen ist, schien alles in Ordnung zu sein, aber vielleicht hat es ihr gar keinen Spaß gemacht. Vielleicht hat es sie verstört. Dann fallen mir die Hühner und Ziegen ein, all die Tiere, die sich paaren oder es zumindest versuchen, die ganze Zeit. Sie sind nicht gemein dabei, sie wirken nicht verstört. Vielleicht tun nur Menschen einander dabei weh. Aber das kann ja nicht sein, schließlich haben unsere Eltern es gemacht. Und daran will ich eigentlich auch nicht denken. Ich verscheuche das alles aus meinem Kopf und beschließe, dass ich auf Lukes Handy überhaupt nichts gesehen habe und mich an nichts erinnere. Das ist okay. Es bedeutet nur, dass zu Hause jetzt ein bisschen mehr wie Schule ist, mit Sachen ignorieren und so tun, als ob.

Alle holen sich Heuballen zum Sitzen und haben Decken aus dem Haus dabei und Bücher über Tierhaltung und Ausdrucke aus dem Internet.

»Macht es euch bequem«, meint Harriet. »Es dauert vielleicht ein Weilchen.«

Gabriella läuft rum und zupft am Heu. Manchmal guckt sie uns an und muht leise. Ihre Flanken beben. Wir haben uns in einem Halbkreis versammelt, zusammen mit den Schafen. Jetzt müssten nur noch Maria und Josef und der Herbergsvater reinkommen. Fast sage ich das zu Amy.

»Das Kalb ist im Geburtskanal«, sagt Harriet.

Bei »Kanal« sehe ich das Kälbchen auf einem Frachtkahn vor mir.

»Wie auf einem Frachtkahn«, bemerkt Amy.

»Das wollte ich auch gerade sagen! Das hier ist genau wie ein Krippenspiel.«

»Total. Wo bleibt die Jungfrau Maria?«

Und alles ist wieder gut. Als wäre nichts passiert. Zumindest zwischen mir und ihr. Und ich grinse völlig grundlos, nicht mal in Amys Richtung, einfach, weil ich so erleichtert bin.

»Macht es ihr was aus, dass wir alle zuschauen?«, fragt Eden.

»Nein«, antwortet Mama, »wir sind wie ihre Doulas.«

»Was sind Doulas?«

»So was wie Hebammen.«

»Voll dämlich«, bemerkt Bill.

»Gar nicht«, meint Mama. »Das kommt aus dem Hindi.«

»Nope«, schaltet sich Harriet ein. »Oder, Rani?«

»Doch. Das ist ein Hindi-Wort«, beteuert Mama.

»Himmel, Gail, das ist kein Hindi, das haben sich die Scheißamis in den *Achtzigern* ausgedacht.«

»Es ist kein Hindi, Gail«, sagt Rani.

»Siehst du?«

»Pssst«, zischt Eden. »Nicht kabbeln, während Gabriella ihr Kälbchen kriegt!«

Wir warten schon so lange auf das Kälbchen, aber wir sind trotzdem noch nicht bereit, als eine halb durchsichtige weiße Beule aus Gabriella rauskommt. Erst ist sie noch ganz klein, dann wird sie immer größer. Wir erkennen einen Huf drin.

»Oh«, flüstert Amy.

Gabriella kaut weiter ihr Heufeld-Heu, als würde sie gar nichts merken. Sie wirkt überhaupt nicht mehr wie ein Kälbchen, sie ist eine richtige, erwachsene Kuh. Keine Ahnung, wann sich das geändert hat, wir haben es nicht mitgekriegt.

»Wie kann sie jetzt fressen?«, fragt Amy. »Ihr steht ein Huf aus dem Arsch raus.«

»Aus der Vagina«, verbessern Harriet und Mama.

»Ihr habt doch gesagt, dass es Vulva heißt«, wirft Bill ein.

»Kommt schon, Kinder«, meint Harriet, »ihr wisst das alles.«

»Du hast gesagt, das Kälbchen ist in ihrem Geburtskanal«, meldet sich Bryn zu Wort.

»Es wandert durch den Geburtskanal und die Vagina und erscheint dann an der Vulva«, erklärt Harriet.

»Erscheint?«, hakt Eden nach.

»Kommt an.«

»Was ist mit den Schamlippen?«, fragt Bryn.

»Verdammt noch mal, na schön. *Arsch*. Es kommt aus ihrem Arsch. Seid ihr jetzt glücklich?«

»Na, jedenfalls lernen sie was«, bemerkt die Gastmutter.

Wir drehen uns alle um. Luke und Michael sind auch dabei.

»Meine Jungs haben so etwas noch nie gesehen.«

»Dann herein mit Ihnen«, sagt Mama.

Ich und Amy klettern über die Schafgatter, um nah bei Gabriella und weit weg von ihnen zu sein.

Die drei setzen sich auf einen Heuballen, und die anderen rutschen zur Seite und machen Platz. Gabriella muht dreimal laut, als sollten wir ruhig sein.

»Pssst«, zischt Eden wieder.

Jetzt frisst Gabriella nicht mehr. Die schimmernde Beule wächst, dann bleibt sie stundenlang gleich groß. Gabriella wandert rum und dreht ab und zu den Kopf, um ihren Bauch anzugucken. Irgendwer reicht uns eine Thermoskanne mit Tee. Niah wacht auf und fragt: »Ist es schon da?«, bevor sie wieder einschläft. Gabriella produziert stapel- und strahlweise Kacka, und wir räumen alles weg und legen frisches Stroh aus. Ich höre, wie einer der Jungen flüstert: »Voll widerlich!«

Mama steigt zu uns in den Schafpferch und besprüht Gabriellas Vulva mit irgendeinem Mittel, das sie gemacht hat – Kamille oder Teebaum oder so –, und legt ihr die Hände auf und summt beruhigend. Der rausstehende Teil wird wieder größer. »Das ist gut«, sagt Colin, »es geht voran.«

»Ich halt das nicht aus«, meint Finbar und verschwindet.

Gabriellas Vorderbeine zittern, und mit einem Stöhnen lässt sie sich aufs Stroh sinken. Sie schaut uns an. »Kluges Mädchen«, sagen wir. »Schönes Mädchen.« Von draußen in der Dunkelheit, wo Finbar wartet, weht der frische Duft seiner Woodbines rein. Niah ist wieder wach und murmelt irgendwas. Jim antwortet: »Noch nicht, mein Schatz.« Ich starre Gabriella in die Augen. Sie schleckt mir mit ihrer langen, nassen Zunge über die Hand. Die weiße Blase schwillt an, bis sie wie ein übervoller Luftballon zerplatzt, und ein Schwall Wasser ergießt sich aufs Stroh.

»Igitt«, macht Michael laut.

»RUHE!«, faucht Amy und funkelt ihn an. »Halt einfach die Klappe.«

Wir entdecken zwei Hufe unter dem dicken Material, dann zerreißt es. »Schön«, meint Colin, »sehr schön.« Wir fanden seine Schnarchnasigkeit noch nie so gut wie jetzt. Die winzigen Hufe sind beige, und das Fell darüber ist weiß und glitschig. Mein Herz hämmert. Gabriellas Bauch wogt, ihre Vulva ist wie eine Röhre vorgestülpt und liegt eng um die beiden Hufe. Zu unserer Überraschung frisst sie ein bisschen Heu. Die beiden Schafe stehen verkehrt rum nebeneinander mit ihren zusammenpassenden Halsbändern und starren kauend vor sich hin. Sie wirken nicht sonderlich interessiert.

»Ich bin alle«, meint Luke. »Ich geh ins Bett.«

»Ach, Luke, bleib doch noch …«, bittet seine Mutter.

Ich und Amy wechseln einen Blick. Uns doch egal. Er ist total unwichtig. Gabriella legt den Kopf flach auf den Boden, verdreht die Augen und muht wieder. Sie stöhnt. Und zittert.

Harriet steigt in den Schafpferch und kniet sich neben Mama.

»Guckt mal, Milch«, sagt Josh plötzlich.

Gabriellas Euter tropft.

»Autsch«, machen Harriet und Mama im Chor und lachen.

»Brav, mein Mädchen«, murmelt Mama.

Jedes Mal, wenn Gabriella presst, hebt sich ihr Hinterteil vom Stroh. Ihre Hinterbeine zucken, und die winzigen Hufe rutschen weiter raus. Fesseln. Braune Knie. Sie spannt sich an und presst, entspannt sich wieder, bebt.

»Eine Nase«, flüstert Eden. »Ein Kopf!«

Der Kopf ist zwischen den Hufen. Gabriella hebt den Hals und verdreht die Augen, sodass es kurz aussieht, als hätte sie einen Anfall oder wäre tot.

Nichts passiert. Ich habe Angst. Die Erwachsenen flüstern. Mama und Harriet schauen sich an.

Gabriella stiert weit weg in die Nacht, dann langsam hoch zu uns.

»Kannst du bitte mal aufhören zu fotografieren, Adam?«, fragt Harriet ganz ruhig. »Ich erwürg dich gleich.«

»Das ist zu Dokumentationszwecken«, erwidert Adam. »Das ist wichtig.«

Wir streicheln Gabriella das Gesicht und kraulen ihr die Ohren. Der Großteil des Kälbchens steckt immer noch in ihr drin.

»Geht's ihr gut?« Finbar kommt rein und dreht sofort wieder um.

Gabriella presst. Ihr Schwanz schlägt sinnlos auf den Boden. Leise Stimmen. Seiten, die umgeblättert werden. Minuten. *Zwanzig Minuten.* Eine Ewigkeit.

»Tierärztin?«, fragt Adam.

Gabriella atmet schnell. »Alles in Ordnung, Gabriella«, flüstere ich ihr zu. Sie zuckt und presst.

»Da sind die Ohren«, sagt Amy.

Der Zuschauerkreis rückt näher.

»Finbar, du verpasst alles!«, ruft Eden.

»Leise!«, mahnt Harriet.

»Ist es tot?«, fragt Josh. Er ist ein Schwarzmaler, genau wie ich.

Gabriella schnaubt gegen meine Hand.

Ich stelle mich hin, um einen besseren Blick zu kriegen. Das Kälbchen ist jetzt halb draußen, nass und glatt, gar nicht wie ein Kälbchen, eher wie eine Schnecke, eine Nacktschnecke. »Colin?, fragt Harriet. »Lasst sie einfach machen«, meint Colin.

Gabriella stöhnt. Sie klingt so müde. Dann scheint sie aufzuwachen. Wir hören ein Glitschen und ein Rascheln und einen Plumps. Es riecht nass, so nass wie sonst nichts, nasser als Blut, ganz anders als Wasser.

»Es hat mit den Ohren geflappt!«, sagt Josh.

»Da!«

»Oh mein Gott.«

»Jetzt ist es draußen!«

»Ist es ein Mädchen?«

»Eine Färse?«

»Atmet es?«

»Frisst sie es auf?«, fragt Bryn. »So wie Pickles?« Pickles war eine Henne, die sich in den blutigen Dottern ihrer eigenen Eier gewälzt hat, richtig krank.

Die beiden Schafe wollen auch gucken, sie starren durch die Lücken zwischen den Gatterstäben, als würden sie fernsehen. Das Kälbchen ist ganz schlaff und still, nur Haut und Knochen, halb in der Fruchtblase, halb draußen, und dann dieser Geruch, der wie eine Wolke aufsteigt. Gabriella liegt flach auf dem Boden. Harriet reibt dem Kälbchen schnell die Flanken und wischt seine Schnauze sauber. Gabriella hebt den Hals und muht. Das Kälbchen saugt Luft ein und muht flüsterleise zurück. Amy zittert, ihre Schulter presst sich gegen meine.

»Zurück«, kommandiert Harriet. Wir machen einen Schritt und stoßen gegen das Gatter.

Gabriella schüttelt den Kopf und reißt sich zusammen. Sie stellt die Vorderbeine auf und rappelt sich hoch. Ein bisschen benommen schlurft sie rum.

»Sie sieht es nicht«, sagt Josh. »*Mama?*«

»Alles gut, sie riecht es gleich. Es ist eine kleine Färse.«

Eine Färse! Wir können sie für immer behalten.

Em hängt weinend in Colins Armen – *Colins!* Adam weint auch und lächelt gleichzeitig. Niah schläft wieder.

»Mama, weck sie auf, sie verpasst alles«, dränge ich. »Niah!«

Mama hört mich nicht, aber Jim schüttelt Niah an der Schulter. Aus dem Augenwinkel sehe ich verschwommen Michael und die Gastfrau, aber ich schaue gar nicht richtig hin. Gabriella ist *Mutter* geworden. Plötzlich ist sie eine *Mutterkuh.* Sie stupst das Kälbchen an und schleckt es ab, fährt mit der Zunge über seinen Körper, knufft und pufft. Das Kälbchen bewegt die Beine, als würde es schwimmen. Jetzt ist es nicht mehr schleimig, nur noch feucht und schon ganz pelzig.

»Und?« Finbar taucht wieder auf. »Himmel, bitte sagt mir, ob es überlebt hat!«

Bryn greift nach seiner Hand und zieht ihn zum Schafpferch.

»Guck!«

»Ah. Alle vier Beine. Ein Kopf. Wunderbar.«

»Und es steht schon fast«, fügt Eden hinzu.

Die winzige Färse versucht blindlings, die Beine unter den Körper zu bekommen. »Sie hat ein weißes Gesicht«, bemerkt Amy. Es ist zerknautscht, genau wie bei Gabriella, als wir sie gekriegt haben. Die Schnauze ist stupsig.

»Das ist zu viel Menschlichkeit für mich«, meint Finbar. »Dabei ist das kleine Ding noch nicht mal ein Mensch.«

Die gespreizten Hinterbeine drücken nach oben, aber die

Vorderbeine sind immer noch schlaff. Die Färse fällt hin. Und versucht es wieder. Bei jedem Sturz stupst Gabriella sie an. Irgendwann kommt es uns nicht mehr wie Leben und Tod vor. Wir lachen sogar. Endlich ist sie auf den Beinen.

»Wir haben ein Kälbchen!« Harriet grinst über beide Ohren.

Jim verteilt Küsse auf Niahs Gesicht.

Dann umarmt er mich.

Und die Mädchen.

Und Mama.

»Liebe«, sagt er, nimmt ihre beiden Hände und hebt sie an die Lippen. »Liebe.«

Das Kälbchen fällt noch mal auf die Nase, rappelt sich aber wieder auf und sucht nach Futter. Gabriella macht ein paar Schritte hierhin und dorthin, um ihr Euter an die richtige Stelle für die winzige Schnauze zu bewegen. In die perfekte Position.

»Sieht aus wie die Mondlandung«, meint Bill.

»Na denn«, sagt die Gastmutter, und alle wenden sich um. »Gute Nacht und vielen Dank. Das war … unglaublich.«

»Bis dann.« Michael lächelt mich und Amy an. Wie ein ganz normales Kind. Wie jeder andere. Glücklich.

»Bis dann«, erwidere ich.

»Tschüs«, sagt Amy.

Sie machen sich auf den Weg. Seine Mutter legt ihm den Arm um die Schultern, und er schüttelt ihn nicht ab.

Wir kriegen gar nicht mit, wie sie am nächsten Tag abreisen, wir sind bei Gabriella. Die Zeit verfliegt, wenn man eine Kuh und ihr Kälbchen beobachtet.

Ich bade allein, ohne Josh. Ich und Amy baden schon länger nicht mehr zusammen. Meine Klamotten sind voller Matsch. Das Wasser ist ausnahmsweise mal heiß, und ich tauche unter. In meinen Haaren ist Matsch. An meinem Hals. Sogar das Einseifen macht Spaß.

Habe ich mich eigentlich gestern gewaschen? Vorgestern? Das ist Ferienmatsch. Morgen wird ein blitzsauberer Montag. Schulflure mit diesem Glanz. Und dem Geruch. Müde steige ich aus der Wanne, ziehe den Stöpsel und gucke zu, wie der Kuhmist und der Matsch und alles, was die Ferien sonst noch auf mir hinterlassen haben, schwimmen und strudeln und im Abfluss verschwinden und nur Sand zurückbleibt. Ich trockne mich ab. Ziehe meinen Schlafanzug an. Und hoffe, dass niemand Hausaufgaben erwähnt. Ich hatte welche auf, aber was genau, weiß ich nicht mehr. Gemacht habe ich sie nicht. Aber wahrscheinlich fragt eh keiner, das tun sie nie.

Ich höre die anderen unten und gehe nachschauen. Die Mädchen sind schon bettfertig, aber alle stehen im Großraum rum, auch die ganzen Eltern, und Adam klebt einen Zettel mit Gaffer an die Klausentür.

COMPUTERRAUM

»Neue Regel«, verkündet Harriet. »Computer hier drin. *Nur* hier drin.«

Die Mädchen stöhnen wieder: »Kinderschutz!«, und Bill brüllt irgendwas von Freiheit, obwohl sie sowieso kaum am Computer sind.

»Das gilt für Gäste, für uns, für alle«, meint Adam. »Auch bei Smartphones. Die bleiben hier, und sie können sie hier benutzen, wenn sie müssen.«

Bis er »Smartphones« gesagt hat, war ich mir nicht sicher, aber jetzt ist alles klar. Meine Wangen werden heiß. Am liebsten würde ich aus dem Zimmer rennen, aber dann starren mich alle an. Weiß jeder hier Bescheid?

»Macht das den Gästen nichts aus?«, fragt Eden.

Adam tut so, als würde er auf ein großes Neonschild deuten.

»Frith ist ein technologiefreier Ort. Das kann unser Alleinstellungsmerkmal werden.«

»Wenn ihr den Laptop braucht, fragt einfach.« Mama lächelt mich freundlich an.

Ich schaue zu Boden.

»Ihr wisst, dass ihr mit uns über alles reden könnt, oder?«, fragt Jim.

Er soll endlich aufhören.

Die Kleinen haben inzwischen das Interesse verloren.

»Na schön, mir doch egal«, meint Eden.

Mit einem: »Laaangweilig! Können wir Engel Rakete besuchen?«, ziehen sie ab.

Engel Rakete. Das ist das Kälbchen. Es ist perfekt.

»Ja, gehen wir«, brumme ich.

»Niemand ist schuld«, versichert Jim. »Keiner hat irgendwas falsch gemacht. Wir wollen euch nur beschützen.«

Beschützen. Ich muss an den ersten Gastvater zurückdenken, dessen Sohn durch das Loch im Heu gefallen ist. Wie er Jim angebrüllt hat: »Dieser Hof ist eine Todesfalle!« Am liebsten würde ich lachen. Vielleicht finde ich es später irgendwann mal lustig, aber das glaube ich eigentlich nicht.

16

ENGEL RAKETE STERNENSCHWEIF

Amy

Wir haben das Kälbchen Engel Rakete Sternenschweif genannt, aber vielleicht ist der Name zu groß, weil es ist ganz klein und schwach. Es frisst nichts und steht auch längst nicht mehr so oft auf wie vor zwei Tagen. Gabriella stößt es ständig kommandomäßig mit der Schnauze an und schleckt es ab, aber es wirkt schläfrig. Wenn wir es nicht dazu bringen können, was zu fressen, wird es nicht stärker, und seine Beine sind total wacklig. Es stupst gegen Gabriellas Euter, aber nicht *gierig*, so wie Gabriella, als sie noch klein war. Sie war superstark. Da hätte sie doch eigentlich auch ein starkes Kälbchen kriegen müssen.

Am ersten Tag nach seiner Geburt sind wir in die Schule gesprintet, weil wir uns so drauf gefreut haben, es hinterher wiederzusehen – wir dachten, wenn wir rennen, vergeht die Zeit schneller. Als wir am ersten und vielleicht auch am zweiten Tag von der Schule nach Hause gekommen sind, waren wir glücklich, aber jetzt – ich glaube, es ist Tag drei – machen wir uns bloß noch Sorgen. Mit Engel Raketes Kacka stimmt was nicht, die ist zu flüssig und *stinkt*. Die Erwachsenen fürchten, dass es Durchfall ist, aber wenn ja, welcher? Sie lesen alles drüber, was sie in die Finger kriegen, und haben sogar Knochenauge angerufen. Hoffentlich haben sie mehr Plan als wir.

Ich und Lan dürfen nicht in den Schafpferch, wegen Salmonellen und *E. coli*, also sitzen wir direkt davor auf Heuballen. Rose und Lily haben sie auch rausgebracht und in einen abgetrennten Bereich gesteckt, weg von den Ziegen. Alle haben Schiss vor Keimen. Die Erwachsenen haben Kübel mit heißem Wasser und Bleiche aufgestellt, und wir müssen andauernd unsere Schuhe reintauchen und uns die Hände waschen. Dabei ist es bloß ein *Kälbchen*, es hat keine *Seuche*. Wahrscheinlich wissen sie nicht, was sie sonst tun sollen.

Ich und Lan sitzen so dicht dran, wie wir dürfen, und beobachten Gabriella und Engel Rakete. Es mieft nach Desinfektionsmittel und Scheiße. Mama und Gail streiten draußen vor dem Schober. Sie denken, wir können sie nicht hören, aber der Schober ist auf der einen Seite sperrangelweit offen, und die restlichen Wände sind bloß Bretter mit Lücken dazwischen. Ich wünschte, sie würden leiser reden, sie machen Gabriella Angst. Sie schreien nicht rum oder so, aber flüstern tun sie auch nicht gerade. Mama nennt Gail *ignorant*, weil sie die Tierärztin nicht holen will.

»Tja, Harriet, mit deinen Ziegen kannst du schalten und walten, wie du lustig bist«, erwidert Gail. »Ihnen alle möglichen Medikamente verabreichen ...«

»Du weißt genau, dass ich das nicht mache«, gibt Mama zurück. »Das ist nicht fair ...«

Martin kommt rein. Er hat noch seinen Anzug an, den er hier auf dem Hof normalerweise nicht trägt, die Hose in die Stiefel gestopft, sieht echt dämlich aus. Anscheinend ist er frisch von der Arbeit zurück. Ich und Lan waren heute nicht in der Schule, und ich hab keine Ahnung, wie viel Uhr es ist.

»Kinder, wie geht's unserer Patientin?«

Mama und Gail kommen auch rein, mit verschränkten Armen und fuchsteufelswildem Gesicht, wie Lans Schwestern, wenn sie sich gestritten haben. Am liebsten würde ich sagen: *Seid nicht blöd, vertragt euch wieder*, so wie bei Eden und Bryn. Ich hasse es, wenn Gail und Mama streiten. Sie sollten nicht streiten, sie sind beste und älteste Freundinnen, das bringt alles zum Wackeln.

»Ich habe die Elektrolyte von Evans mitgebracht.« Martin reicht Mama eine Papiertüte. Dann geht er in die Hocke, wirft einen Blick auf Engel Rakete und meint: »Wir müssen die Tierärztin holen ....«

»Aber du hast doch gesagt, dass wir dafür kein Geld haben, Martin«, erwidert Gail.

Martin steht wieder auf.

»Es gibt Wichtigeres als Geld.«

Dass Martin sich nicht mehr ums Geld schert, macht alles schlimmer, nicht besser.

»Ich rufe gleich an«, erklärt Mama.

»Halt, wir sind uns noch nicht alle einig«, protestiert Gail.

Mama bleibt stehen.

»Wenn sie Antibiotika braucht, kann man das nicht ändern.«

»Calcarea funktioniert«, betont Gail.

»Calcarea war *zur Vorbeugung*«, wiederholt Mama zum fünfzigmillionsten Mal, mit einer Engelsgeduld. So viel Geduld hat sie sonst nicht mal bei mir und Josh. »Gerade im Moment funktioniert es nicht.«

»Und mit dem Arsenicum habe ich eben erst angefangen«, fährt Gail fort. »Ich finde, wir sollten noch warten.«

Und schon geht's wieder los. Mama ist ruhig, und Gail ist stur, aber sie sagen immer nur dasselbe. Im Kopf mache ich Gail mit Lulu Hodges Stimme nach, ganz piepsig: *Aber ich glaube, das Calcarea wirkt, und ich versuche es mit dem Arsenicum* ... Irgendwann flippt Mama aus.

»Gail! Das ist ja alles schön und gut, aber dieses Tier hier *stirbt*. Und dich interessiert nur dein Ego und deine dämliche Quatschmedizin.«

Da kommt Papa in den Schober. Er hört nur den letzten Teil – wie Mama Gail anschreit.

»Harriet, es gibt keinen Grund, Gail anzugreifen.«

Das ist nicht fair von ihm. Martin weiß das auch, aber er hält sich raus.

»Es ist kein Quatsch, Harriet«, erwidert Gail. »Sondern *Wissenschaft*.«

Irgendwie fasziniert sie mich. Sie ist so ungerührt wie ein taubes Huhn. Vielleicht streitet sie gern mit Mama.

»Ach ja, Gail? *Richtige* Wissenschaft?« Mama klingt superätzend und gemein vor Papa. Und sie ist genauso unfair, immerhin wirkt Gails Homöopathie tatsächlich oft, sogar bei den Tieren, auch wenn ich das nicht so gern zugebe.

»Gails Tränke wirken sehr häufig«, sagt Papa, als könnte er meine Gedanken lesen.

Er nimmt je eine Hand der beiden.

»Lasst uns alle wieder Freunde sein, Mädels.«

Mama sieht aus, als würde ihr gleich der Kopf platzen. Sie zieht ihre Hand weg.

»Wir sind keine *Mädels*. Und das war nicht okay.« Damit marschiert sie davon.

»Ich verständige die Tierärztin und gebe euch Bescheid«, ruft sie noch über die Schulter.

Martin murmelt irgendwas von Flaschenfütterung und folgt ihr. Wir haben gedacht, das könnten wir ausprobieren, das macht Mama mit den Ziegen auch manchmal. Gabriellas alte Flasche haben wir noch.

Papa und Gail scheinen ganz vergessen zu haben, dass wir da sind.

»Alles in Ordnung, Gail?«, fragt Papa, fast wie ein Lehrer oder so, als würde er sie kaum kennen. Er steht nicht mal in ihrer Nähe.

»Mir geht's gut, danke, Adam«, antwortet sie. »Denk dran, was wir gesagt haben: Immer andere Leute in der Nähe.«

Damit stürzt sie aus dem Schober. Fast frage ich Lan: *Was war das denn?*, aber dann entscheide ich mich dagegen. Das ist nur langweiliger Erwachsenenkram. Darüber wollen wir gar nicht nachdenken.

Die Tierärztin kann erst morgen. Jetzt ist es Nacht, und es fühlt sich noch viel dunkler an als sonst wegen dem Gewarte, und nichts auf der ganzen Welt scheint so ewig zu dauern. Wir haben Gabriellas Milch mit einem Trichter aus dem Eimer in ihr altes Trinkfläschchen gefüllt. Sie muss ständig gemolken werden, weil sie so viel produziert, aber das meiste kippen wir weg. Ihr Euter ist riesig. Ich muss wieder dran denken, wie Mama »Autsch!« gesagt hat. Sieht wirklich schmerzhaft aus.

»Sollen wir sie noch mal melken?«, frage ich.

»Später. Je öfter wir melken, desto mehr Milch wird produziert. Das ist ein Balanceakt. Fasst euch nicht ins Gesicht. Und wascht euch die Hände.«

Wir haben keinen Plan von Rinderzucht. Wir sind keine echten Bauern. Wir wissen null über Bakterien oder Viren oder Parasiten. Sanft schiebe ich dem Kälbchen den Flaschennuckel in den Mund und zähle die Schlucke mit. Es saugt nicht sonderlich fest, ganz anders als Gabriella damals. Lan streichelt seinen Hals, damit es die Milch besser runterkriegt, aber viel rinnt daneben und pladdert einfach aufs Stroh.

»Vielleicht sollten wir's mit einem Schlauch probieren«, meint Mama.

Rani und Jim sind gekommen. Die Erwachsenen halten die Kleinen fern, beaufsichtigen sie abwechselnd und gucken zwischendurch nach den Kühen. Wär bestimmt schön, im Wagenhaus vor dem Fernseher zu sitzen und wieder fünf zu sein und nicht zu wissen, was los ist.

»Wie läuft's?«, fragt Rani.

»Gut«, antworten ich und Lan. Wir versuchen, Engel Rakete zum Trinken zu bringen, und Mama mistet aus. Ich halte den Finger an die Messlinie auf der Flasche. Das Kälbchen gibt auf. Sein Hals macht irgendwie ... dicht. Das Stroh ist pitschnass von der ganzen Milch. Ich will den Nuckel noch mal reinschieben, aber es geht nicht.

»Okay, mein Schatz, du kannst jetzt aufhören«, sagt Mama.

»Hundertsechzig Milliliter«, verkünde ich. »Besser als letztes Mal.« Es kommt mir vor, als wollte ich die Erwachsenen überzeugen.

Rani kniet sich aufs Stroh.

»Ach, ihr zwei, es tut mir so leid.« Sie umarmt uns. »Was auch immer passiert, ihr habt euer Bestes gegeben.«

Jim legt den Arm um Lan, und Lan lehnt sich an ihn, an seine Jacke, und kneift die Augen zu, aber die Tränen quellen trotzdem raus.

»Leben und Tod, was, kleiner Mann?«, brummt Jim ganz sanft.

»Leben, Tod und Liebe.«

Keine Ahnung, wo Papa ist. Mama sagt, Engel Rakete so zu sehen, macht ihn zu traurig, aber wenn sie schläft, wirkt sie ganz friedlich und hübsch. Gabriella hat den Kopf direkt neben sie gelegt, bestimmt, damit Engel Rakete ihren Atem spürt.

Die Tierärztin war da. Sie hat gesagt, wie sauber der Hof ist, und wir waren superstolz und hatten nicht mehr so viele Schuldgefühle. Sie hat das Kälbchen untersucht und Proben genommen. Und gemeint, dass es kein Virus und auch kein Parasit ist. Dass Engel Rakete einfach nur schwach wäre. Dass sie tatsächlich Durchfall hätte, aber nicht die Art von Durchfall, die man behandeln kann. Dass wir nichts tun könnten, um zu helfen.

Tja.

Sie hat viel geredet, aber Engel Rakete ist am Samstag gestorben, genau eine Woche nach ihrer Geburt. Irgendwann hat Gabriella die Aufforderungsstupser aufgegeben. Sie stand nur noch neben ihr wie eine Beschützerin, und am Ende fing sie an zu muhen. Nach einer Weile hat Jim das tote Kälbchen weggebracht, aber Gabriella hat weitergemuht und will einfach nicht damit aufhören.

Wir begraben das Kälbchen am Waldrand, ganz den Hügel runter. Mama meint, das verstößt gegen das Gesetz, deswegen darf niemand es wissen. Finbar und Jim haben Stunden gebraucht, um das Grab so tief zu buddeln, dass man es jahrelang nicht findet, wenn überhaupt.

Das kleine tote Kälbchen liegt auf dem Anhänger unter einer Plane. Die Erwachsenen lassen mich und Lan zuschauen, wenn wir wollen. Wirklich *wollen* tun wir nicht, aber wir haben das Gefühl, wir *sollten*. Das Grab ist gähnend und groß und gruselig. Gabriella weint immer noch, wir hören sie sogar von hier. Wie sie muht und muht auf ihrer Weide. Hoch oben auf dem Hügel, wie damals, als wir sie das erste Mal allein gelassen haben.

Engel Rakete kann von einer einzigen Person getragen werden, sogar ich oder Lan würde es schaffen. Mama hebt sie hoch und lässt sie ins Grab plumpsen. Erst denke ich, das muss doch wehtun, aber dann fällt mir wieder ein, dass sie tot ist und nichts mehr spürt, und ich fange an zu weinen. Die Erwachsenen schaufeln die ganze Erde auf sie drauf, zu einem hohen, lockeren schwarzen Haufen. Finbar und Jim klopfen ihn mit der Spatenrückseite fest, und niemand sagt irgendwas.

Finbar macht sich auf den Heimweg, aber wir anderen bleiben noch. Alle Erwachsenen stehen nebeneinander, und wir reihen uns ein. Gail ist zu traurig, um eine Rede zu halten oder was zu singen. Jim umarmt sie, und sie vergräbt das Gesicht an seiner Brust.

»Wir geben unser Bestes«, sagt er. »Wir geben alle unser Bestes.«
Wenn Gabriella doch nur aufhören würde zu muhen. Schweigend steigen wir den Hügel wieder hoch, auf ihr Weinen zu.

17

SCHWEINE

Lan

Ich und Amy sollen eigentlich Schweine treiben, aber noch ist keiner da, deswegen bauen wir einen Staudamm im Bach. Das haben wir schon ewig nicht mehr gemacht. Es fühlt sich an, als würden wir kleine Kinder spielen. Irgendwie schön. Ein dummes kleines Kind zu sein ist besser als vieles andere. Dass Engel Rakete tot ist, zum Beispiel, oder die Gesamtschule. Handys. Das ganze Streiten. Solche Sachen.

Ich konnte kaltes Wasser noch nie leiden, deswegen steht Amy drin, und ich reiche ihr Stöcke und Steine. So kurz vor dem Winter liegt Holzrauch in der Luft und verrottetes Laub und der Steingeruch vom Bach. Gelbe Blätter treiben langsam vor dem Damm dahin, bevor sie in Richtung Wald stürzen. Wir hören die Schweine zwischen den Stechpalmen und Brombeeren rumtoben. Sobald sie hier im Wald sind, leben die Frith-Schweine so wild, wie es nur geht. Zu Gesicht kriegt sie keiner besonders oft, aber an das Knacken und Rascheln und Wühlen im Gebüsch haben wir uns gewöhnt. »Klingt, als würden sie sich 'ne Straße freitrampeln oder so«, meint Amy, knietief im eiskalten Wasser und schlammverschmiert. »Oder ein Haus aus Stöcken bauen.« Sie stopft noch mehr Steine und Schlamm in unseren Damm und schiebt sich die

Haare zurück. »Da drin steht vielleicht ein ganzes Schweinedorf. Mit Läden und allem.« Ihr ist wohl auch klar, dass wir kleine Kinder spielen.

Der Lada rumpelt mitsamt dem Anhänger den Hügel runter. So wie er rast, muss Amys Papa am Steuer sitzen. »Das ist dein Papa«, sage ich.

Der Damm reicht schon halb über den Bach. Er ist ziemlich beeindruckend. So was würden echte kleine Kinder niemals hinkriegen. Außenrum fließt das Wasser schneller, und Geröll rauscht dagegen. »Stabile Konstruktion«, lobe ich. Eigentlich sollen wir hier nicht ständig rumpfuschen, damit wir den Bachlauf nicht verändern. Aber das passt schon. Ich und Amy können sowieso nicht viel ausrichten. Im Sommer war hier alles voll von Elritzen und Ruderwanzen und Libellen. Früher haben die Erwachsenen dauernd davon geredet, Forellen einzusetzen, aber jetzt nicht mehr. Wir hören den Lada bremsen und schlittern und zwei Türen zufallen.

Amy steigt aus dem Wasser und flucht, wie kalt es ist, und hüpft rum. Am Ufer wachsen schleimige, rutschige Wurzeln, deswegen helfe ich ihr hoch, und sie zieht ihr T-Shirt aus, um sich die Beine abzutrocknen. Ich schaue durch die Bäume und tue so, als hätte ich was Interessantes entdeckt. Was wir halt so machen, seit wir aufgehört haben, zusammen zu baden. Meine Mama will immer *offene und ehrliche Gespräche* mit mir über *Veränderungen* und *Erwachsenwerden* führen, aber ich und Amy wissen schon, was privat ist und was nicht und alles. Darüber muss ich nicht mit meiner *Mama* reden.

»Die armen Schweinchen«, meint Amy. Die Erwachsenen wollen sie rausjagen, in einen Pferch auf der Kahlen Wildnis, damit sie leichter zu fangen sind, wenn sie zum Schlachter sollen. Inzwischen hat Amy das T-Shirt und ihre matschigen Turnschuhe wieder an, also gehen wir zum Lada.

Es sind bloß Adam und meine Mama. Durch die Bäume sehen wir sie nebeneinanderher laufen. Als sie uns entdecken, bleiben sie stehen, und Adam schwenkt die Arme, als wäre er unglaublich froh und erleichtert über unseren Anblick. So ein Heuchler.

»Du Zeit der Feuchte und Fruchtbarkeit!«, ruft er.

Mama reckt beide Arme in die Luft, wie immer, wenn sie über die Natur redet.

»Was für ein Tag! Was für ein Licht!«

»Irgendeine Spur von den Schweinen?«, fragt Adam.

»Nein«, meint Amy. »Aber wir haben sie gehört.«

»Die anderen sind unterwegs«, erklärt Adam. »Helft ihr uns mal?«

Wir ziehen die weißen Plastikstangen vom Elektrozaun an der Baumgrenze raus und legen sie aufs offene Feld. Das Netz dazwischen liegt locker auf dem hubbeligen Boden.

Mittlerweile hören wir die Schweine nicht mehr, vielleicht spüren sie, dass was faul ist. Unser Wald ist fünf Hektar groß, also könnten sie überall sein. Der Plan ist, bis ans Ende zu laufen, uns in einer Reihe aufzustellen und die Schweine vor uns herzutreiben. Jetzt kommen auch die anderen runter, die Erwachsenen und die Kinder, weit über den Hügel verteilt. Zusammen sind wir jede Menge Leute. Manchmal vergesse ich, dass wir so viele sind. Ich glaube, es sind alle dabei. Ich kneife die Augen zusammen. Außer Em. Dann entdecke ich sie ganz hinten mit Niah.

»Voll die Armee«, spricht Amy genau das aus, was ich denke.

Wir wandern durch den Wald und starten gemeinsam am hinteren Ende, an der Steinmauer mit dem Weg auf der anderen Seite. Beim Gehen verteilen wir uns, und die Bäume geraten dazwischen. Ich und Amy bleiben zusammen – ich entdecke Josh an Jims Hand, als die beiden in einen Fleck Sonne treten. Die anderen sind außer Sichtweite, man hört nur ihre Stimmen und das Knacken von Zweigen. Manchmal lacht Eden, oder Em und Niah quasseln miteinander. Früher hat Niah kaum gesprochen, jetzt hört sie kaum mehr auf. Ihre Klassenlehrerin wollte deswegen mit Mama reden, aber Mama ist gar nicht erst hingefahren.

»Einmal hat Niah Em ›Mama‹ genannt«, erzählt Amy. »Und eure richtige Mama war sogar im Zimmer!«

Wir lachen beide, aber eigentlich finde ich es nicht lustig. Mama stört es nicht mal, es ist ihr einfach egal. Vielleicht stört es mich deswegen. Mama sagt dauernd: »Lieben heißt nicht besitzen«, aber wofür soll es sonst gut sein?

Es wimmelt immer noch von Mücken, und mein Hals juckt und brennt dort, wo ich mich gekratzt habe.

Wir haben alle Stöcke, mit denen wir rumschlagen.

»Ein Reh!«, sagt Amy.

Wir erhaschen einen zuckenden Schwanz, Hinterbeine, und schon ist es wieder weg.

»Nicht zu laut sein«, mahnt Harriets Stimme, die sich wie kilometerweit entfernt anhört. Wir sehen sie nicht, es ist, als hätte ein Geist gesprochen.

Bill stampft und brüllt.

»Wir sind eine Polizeikette!«, schreit Eden. »Sucht nach Spuren!«

Rufen, Zischen. Leute, die »Pst« machen, um die Schweine aufzuscheuchen. Bäume um uns rum. Und über uns. Feuchte Luft.

Wir kämpfen uns durchs Gestrüpp. In den Sonnenstrahlen schwirren Insektenwolken. Mit dem trockenen Laub und den Ästen sind unsere Schritte lauter als die Schweine.

Ich sage: »Halt …«

Und wir warten. Betrachten jede Spinnwebe, jedes Blatt. Die Kaninchenlöcher am Fuß der Bäume.

Links von uns ruft Finbar: »Da sind zwei – ich hab zwei gefunden!«

Stolpern und ein Grunzen. Klingt, als würde diese Seite der Jagdgesellschaft vorrücken, wir hören noch mehr Rufe.

Jim: »Irgendwas?«

»Nein.«

»Hier auch nicht!«

»Erinnerst du dich noch an Ellis, Wallace und Gary?«, fragt Amy.

Ellis, Wallace und Gary waren unsere allerersten Schweine. Sie sind am Bach lang und durch die löchrige Mauer und haben es bis ins Dorf geschafft. Als eins in den Spar marschiert ist, hat Leslie Robinson uns angerufen. »Bei mir im Laden hat grad ein kleines schwarzes Schwein vorbeigeschaut. Gehört das zufällig euch?« Ich, Amy, Finbar, Adam und Jim haben die drei durchs ganze Dorf gejagt und schließlich vor Rassisten-Ricks Garage in die Enge getrieben, aber erst, nachdem sie seinen schicken Vorgarten verwüstet und rund um sein Auto gekackt hatten.

Wir lachen.

Nach Ellis, Wallace und Gary hat Josh erklärt: »Keine Würstchen, bitte«, und seitdem auch nie wieder eins gegessen. Er isst nicht mal Speck oder Hühnchen. Amy sagt: »Josh ist ein echter Vegetarier, bloß redet er nicht ständig drüber.« Eier isst er dafür viele. Ich esse unsere Schweine auch nicht – außer Würstchen. Und Speck, weil da kann ich nicht widerstehen, den räuchert ein Freund von Jack und Joffrey. Aber Kotelett esse ich normalerweise nicht. Amy nennt mich einen Heuchler, aber Jim meint, ich bin *in der Findungsphase*. Amy isst in der Schule gar kein Fleisch, aber zu Hause schon, weil da keine Hufe drin sind oder Stresshormone und die Tiere es hier besser haben als wir, wie Martin immer sagt.

Die Schweine sind überhaupt nicht dreckig, sie sind freundlich und neugierig und mögen einfach alles. Letztes Jahr waren wir ständig bei ihnen auf dem Langfeld. Wir haben sie beim Suhlen im flachen Teich beobachtet, den die Erwachsenen für sie gegraben haben, und zugeguckt, wie sie mit den großen Schlappohren ihre Augen abgeschirmt und die Fliegen verscheucht haben. Wie sie sich gegenseitig den Rücken gekratzt und zusammen Nickerchen gehalten haben. Im Herbst kam dann der Anhänger des Todes auf die Weide, damit sie sich dran gewöhnen. Zu dem Zeitpunkt waren sie schon riesengroß. Sie hatten jede Menge Spaß dabei, die Rampe hoch- und wieder runterzurennen, auf der Suche nach Futter. Sie fanden es toll im Hänger, und wir hatten ein richtig schlechtes Gewissen. Als Martin und Adam den Hänger endgültig hinter ihnen geschlossen haben, kamen von drinnen überraschte Laute. Jim hat den Lada aufs Feld gefahren und den Hänger festgemacht, und ich hatte die fixe Idee, dass die Schweine unsere Gedanken lesen können und *wissen*, dass wir sie umbringen wollen. Ich habe versucht, an was Harmloses zu denken, um sie zu täuschen, aber mir wollte nicht aus dem Kopf, wie sie von der Rampe getrieben und mit dem Taser betäubt werden. Als sie weggebracht wurden, hat der Anhänger gewackelt, weil sie quiekend drin rumgetorkelt sind. Dieses Jahr mag ich das nicht sehen.

Die Geräusche der anderen sind verklungen. Es ist, als wären wir allein.

Inzwischen sind wir bei den hohen Buchen – kein Gestrüpp mehr, nur noch eine tiefe, trockene Laubschicht auf dem Boden und ein Specht, der gegen einen Stamm klopft.

»Ich will nicht mehr im Wald sein«, sage ich. »Ich hasse es hier.«

Wir rennen durch die Buchen und Stechpalmen und Eichen, raus auf die Kahle Wildnis, wo die Erde klumpig und von Disteln übersät ist.

Der schwarze Hügel von Engel Raketes Grab ragt direkt vor uns auf, und wir bremsen. Inzwischen wächst ein bisschen Gras drauf, aber der größte Teil ist immer noch Erde.

»Mir war gar nicht klar, dass wir so weit ab sind.«

»Mir auch nicht.«

Wir stehen davor. Obwohl wir eigentlich nicht wollen. Unwillkürlich überlege ich, wie verwest der Kadaver wohl inzwischen ist. Er liegt so tief unten. Bisher habe ich nur verweste Vögel gesehen.

Wir haben Engel Raketes Grab nur einmal besucht. Uns gefällt es hier nicht. Ohne ein weiteres Wort gehen wir weg. Wir haben nie drüber geredet, was passiert ist, außer kurz danach, als Amy wütend war und meiner Mama die Schuld gegeben hat. Insgeheim tut sie das immer noch, aber Mama konnte nichts dafür. Für das mit Engel Rakete. Das war die Natur.

Als das Grab weit genug hinter uns liegt, setzen wir uns auf den Stumpf einer Tanne, die für ihr Holz gefällt wurde, treten Scheite um, damit die Käfer drunter vorhuschen, und beobachten, wie die Blutstropfen von den Stechpalmenblättern auf unseren Armen eintrocknen. Die Sonne scheint nicht mehr.

»Vielleicht haben sie das dritte Schwein schon«, sage ich.

Ein Taubenschwänzchen schwebt, von seinem eigenen Gewicht schwankend, vor ein paar gelben Blumen.

»Eigentlich müsste das ein Vogel sein«, meint Amy. »Ist doch echt *komisch*.«

Wir beobachten es, bis wir was klappern hören.

»War das die Anhängerrampe?«

Wir laufen auf das Geräusch zu. Der Zaun liegt immer noch auf dem Boden. Adam und Mama sollten ihn eigentlich aufstellen, aber wir können sie nirgendwo entdecken. Dafür steht Harriet tatenlos rum.

»Mama! Wir müssen den Zaun aufstellen!«, ruft Amy.

Harriet antwortet nicht, sie starrt auf was, das wir nicht sehen. Der Wald ragt vor, die Bäume sind im Weg. Wir halten auf sie zu, um die Kurve rum, bis wir es erkennen – Adam und meine Mama. Sie tun nichts, starren nur zurück zu Harriet. Harriets Körper wirkt angespannt, als wäre es superwindig, aber das ist es nicht, es weht kein Lüftchen.

Zwei Schweine kommen aus dem Wald getrabt, und das dritte ist direkt dahinter. Adam, Harriet und Mama rühren sich nicht.

»MAMA!«, schreit Amy.

Nach einem ganzen Mastsommer sind die Schweine gigantisch, sie sehen völlig anders aus, überhaupt nicht mehr süß. Unheimlich, wenn man ihnen zu nahe kommt. Sie sind so groß, dass sie einen Erwachsenen niedertrampeln könnten. Uns haben sie schon mal fast umgerannt, als sie an ihr Futter wollten. Die drei gewaltigen Schweine walzen fröhlich an Harriet vorbei auf die Kahle Wildnis, wo der Zaun noch immer nutzlos auf dem Boden liegt. Nach so viel Planung.

»Sollten das nicht Papa und Gail machen?«, fragt Amy.

Sie schaut mich an. Und ihre Miene verändert sich. Sie hat sich selbst *Papa und Gail* sagen hören und erkannt, wie das klingt.

Ich denke: *Wenn keiner von uns beiden es ausspricht, ist nichts passiert*, und antworte: »Sie machen es jetzt.« Oder so was in der Art. Ich weiß es nicht genau.

Harriet steht immer noch still da, aber meine Mama und Adam sprinten panisch in der Gegend rum, rammen Zaunpfähle in den Boden und stolpern über ihre eigenen Füße. Eigentlich müsste es witzig sein, wie hektisch sie rumfuchteln, damit die Schweine nicht merken, dass sie einfach davonrennen könnten, den Hügel hoch.

»Helft uns mal!«, schreit Adam. Er stößt einen Pfahl in die Erde, und Mama will zu ihm hasten, überlegt es sich dann aber anders und dreht wieder um, rutscht im Schlamm aus und knallt mit einem *Wums* flach auf den Rücken.

Harriet bewegt sich nicht. Sie sieht zu, wie Mama sich aufrappelt. Die Treiber kommen an unterschiedlichen Stellen zwischen den Bäumen vor, manche aufgeregt, andere langsam und müde. Nach und nach erkennen sie, dass es keinen Zaun gibt, um die Schweine einzusperren.

»Schließt die Lücke!«, schreit Bill. »Adam! *Lücke zu!*«

Martin eilt mit seinen seltsamen Trippelschritten zu Hilfe. Er läuft immer, als hätte er Angst, hinzufallen.

»Alles gut«, meint Amy völlig tonlos. »Die Schweine sind mit Fressen beschäftigt.«

Sie hat recht, die Schweine zuckeln die Anhängerrampe hoch und futtern Rüben. Sie haben gar nicht kapiert, dass der Weg in die Freiheit offensteht.

Mama wirkt sauer, weil sie voller Schlamm ist und noch niemand geguckt hat, ob es ihr gut geht. Adam schlägt mit einem Stein einen Zaunpfahl ein, aber das Plastik ist so biegsam, dass der Stein ständig abrutscht und stattdessen seine Hand trifft. Jim wandert zu Mama rüber und hilft ihr beim Abklopfen, genau wie bei mir und den Mädchen, wenn wir hinfallen. Mama stößt seine Hände weg.

»Alles gut«, faucht sie.

»Dann bringen wir mal den Rest in die Erde, was?«, meint Jim. Die anderen gucken ihn an. Er tut, als wäre sie gar nicht unhöflich gewesen. So wie immer.

Plötzlich sehe ich Harriet, die schon halb den Hügel hoch ist. Mir ist überhaupt nicht aufgefallen, dass sie weg ist.

»Willst du deiner Mama hinterher?«, frage ich Amy.

»Nein, schon okay.« Sie krempelt die Ärmel hoch. »Lass uns erst hier fertig helfen.«

Als der Zaun wieder steht und an ist, machen wir uns alle auf den Heimweg. Adam nimmt mit Niah und Em den Lada, der Rest von uns geht zu Fuß, zusammen und doch getrennt.

Vor uns läuft Jim neben Josh her. Josh erzählt irgendwas, und Jim hat den Kopf zu ihm gebeugt, als würde er an seinen Lippen hängen, so wie er es auch bei uns macht. Dieses Gefühl hat er mir immer gegeben, schon als ich noch ganz klein war.

Eigentlich sollte Mama bei ihm sein, aber das ist sie nicht. Und auch keiner von den anderen Erwachsenen. Ich schaue zu, wie Jim neben Josh her läuft und interessiert tut, und plötzlich erscheint mir seine Freundlichkeit gar nicht mehr stark. Nicht größer oder als würde sie über dem alltäglichen Chaos stehen. Sie erscheint mir schwach.

Die Schweine werden morgen zum Schlachter gebracht, während ich und Amy in der Schule sind, damit wir es nicht sehen müssen.

18

SELTEN UND WERTVOLL

Amy

Die Erwachsenen *merken* nicht mal, wie ich und Lan den Lada klauen.

»Wenn sie was hören, denken sie bestimmt, es sind die Hodges«, meint Lan. »Außerdem ist es dunkel, also sehen sie uns nicht.«

Ich kann nur im ersten Gang fahren, aber das ist nicht schlimm, wenn ich langsam mache, und wir haben schon das ganze Zeug hinten reingepackt, in eine Decke gewickelt, nur müssen wir erst noch den Pritschenanhänger abkuppeln.

Wir beugen uns drüber und flüstern. Ich sprudle über vor Angst und Aufregung, aber Lan ist plötzlich total ernst, so wie Jim. Nichts an der ganzen Sache ist witzig, trotzdem tränen mir schon die Augen vor unterdrücktem Lachen. Aus dem Großraum, wo die anderen Kinder fernsehen, dröhnt die galoppierende Westernmusik von *Spirit* – da drin muss es krass laut sein. Das Küchenfenster vom Bauernhaus, wo die Erwachsenen streiten, ist so nah, dass ich wieder loskichere und mir fast in die Hose mache. Ich muss mich auf die Fersen setzen und die Augen zukneifen, während Lan den Hebel löst.

»Amy!«, zischt er. Ich reiße mich zusammen und helfe ihm. Wir kurbeln quietschend, bis der Anhänger ab ist, dann steigen wir in den Lada, aber die Türen knallen wir nicht zu.

Ich halte die Luft an, und wir lassen die Häuser nicht aus den Augen, während ich den Schlüssel drehe. Der Motor geht beim ersten Mal an, mit einem Husten, und grummelt vor sich hin.

»Pass auf!«, mahnt Lan, als ich den Fuß von der Kupplung nehme. Ich würge den Lada nicht ab. Er macht einen Satz nach vorn, aber darauf bin ich vorbereitet. Wir ruckeln auf die Hausecke zu.

»Lenken!« Lan will nach dem Steuer greifen.

»Weg da!«

Wir kriechen vorwärts, spüren jede Rille und Pfütze. Das Auto schleicht ums Kuhhaus rum. Wir sind nicht in der Nähe vom Trog, das passt also, aber es ist zu dunkel, um genau zu sehen, wo Mamas Blumenbeet ist. Wenn wir da drüberrollen, bringt sie uns um. Den Weg erkennt man gerade so, weil ein bisschen Licht aus den Häusern draufscheint.

»Pass auf!«, zischt Lan wieder.

»Mach ich doch! Halt die Klappe!«

Meine Tür schwingt auf, weil ich nicht gleichzeitig lenken und den Griff festhalten kann. Lan umklammert seinen mit beiden Händen.

Wir sind halb über den Hof. Der Lada ist unendlich laut, und die Quietscher bei jedem Hubbel gellen wie Schreie durch die stille Nacht. Mit den Häusern ringsum, aus denen jederzeit irgendwer rausgucken und uns entdecken könnte, ist es beinahe weniger unheimlich, weil wir nichts anderes tun können, als einfach weiterzuwippen, ich und Lan um elf Uhr abends, obwohl morgen Schule ist. Ich muss grinsen. Ist mir alles schnurz. Ich hasse sie. Wir checken das Wagenhaus aus, als wir dran vorbeizuckeln. Die Vorhänge sind zu, dahinter leuchtet Licht. Die sehen uns nicht, außer sie kommen raus für Holz oder so.

Langsam tuckern wir an Finbar und dem Neuhäuschen vorbei in die Stockfinsternis, die uns einhüllt wie eine Decke. Vor den

Häusern ist der Hof nicht mal annähernd so dunkel. Der Mond ist noch nicht aufgegangen. Man sieht einfach null.

»Wo ist das Tor?«, flüstere ich. Wir erkennen weder das Gatter noch die Mauer noch sonst irgendwas. »Taschenlampe an!«

Samtschwarze Dunkelheit, Holzrauch, nasses Gras und der Lada als einziges Geräusch. Ich habe absolut keinen Plan, wie weit wir schon sind oder wo. Als wäre man mutterseelenallein. Lan knipst die Taschenlampe an, und plötzlich ragt die Mauer direkt vor uns auf. Ich steige auf die Bremse, und der Motor kriegt so was wie Schluckauf und geht aus.

Atemlos und mit eingezogenen Köpfen warten wir drauf, dass eine Tür auffliegt und irgendein Erwachsener was ruft. Aber es bleibt mucksmäuschenstill. Nichts. Nur ein paar bellende Füchse. Richtig friedlich.

Keiner von uns beiden sagt was. Jetzt ist es nicht mehr lustig, sondern supercool, als wären wir auf Streife. Lan steigt aus, und ich verfolge seine verschwommene Gestalt, die mit wippender Taschenlampe an der Mauer langläuft. Dann gibt er mir ein Zeichen – »hier …«

Ich trete die Kupplung durch und drehe den Schlüssel. Der Lada springt wieder an, als hätte er Hummeln im Hintern, er bebt und knurrt. Mit einem Blick über die Schulter zu den Häusern nehme ich vorsichtig den Fuß von der Kupplung.

Langsam rolle ich an Lan vorbei, rechts an der Mauer lang, folge seinen Signalen, bis ich das Gatter entdecke. Ich beuge mich tief übers Lenkrad, aber es ist gar nicht so eng, alles easy. Scharf links, durch, und schon geht's wieder bergab. Lan rennt neben dem Auto her und springt zurück auf den Beifahrersitz.

»Cool«, bemerkt er selbstbewusst und vergisst, dass er seine Tür nicht zuknallen darf – es dröhnt wie eine Explosion.

»Scheiße.«

Ich knalle meine auch zu und trete aufs Gas.

»Scheinwerfer! Lan! Scheinwerfer!«

Mit heulendem Motor schießen wir in die Nacht. Lan fummelt am Hebel rum, und das grellweiße Licht prallt auf das lange Schmoddergras und die Disteln vor uns. Die Schatten zucken, als würde der Boden wogen, und die Finsternis fühlt sich so an, wie von einer Klippe zu stürzen.

Wir donnern den Hügel runter. Lan dreht sich immer wieder um. Ich will rufen oder lachen. Oder schreien. Oder weinen. Ich umklammere den Lenker so fest, dass mir die Finger wehtun. Ich kann kaum über die Motorhaube gucken. Kalte Luft strömt durchs offene Fenster, blitzsauber und wild.

Scheiß auf die, scheiß auf die, scheiß auf alle, denke ich. *Wir sind frei, wir sind frei!*

Am Ende vom Feldweg lassen wir den Lada an den Schweinebuckeln stehen. Unsere Decke mit Kram schwingt zwischen uns hin und her. Wir haben uns den perfekten Ort ausgesucht, mit kleinen Hügelchen wie Sanddünen und nicht zu vielen Disteln. Total versteckt.

Mit dem Holz, das wir aus meinem Haus geklaut haben, schüren wir in einer Mulde ein Feuer. Dabei brauchen wir fast alle Streichhölzer auf. Als es endlich brennt, stellen wir die Bratpfanne drauf und kabbeln uns nur ganz kurz. Ich breche ein Stück Butter mit den Fingern ab und lege die Würstchen rein, bevor es überhaupt geschmolzen ist.

»Wenn sie nicht braun genug werden, können wir sie auch einfach direkt ins Feuer halten«, erkläre ich, während ich mir die Butterreste von den Fingern schlecke, aber die Würstchen fangen schon an zu brutzeln. Wir sind voll die Profis.

Wir schlingen die Arme um die Knie und entspannen uns ein bisschen. Ab und zu gucken wir zwar noch über die Schulter, aber eigentlich wissen wir, dass wir sicher sind. Bis hier runter würde Papa mit seinem blöden Letzten Relikt niemals fahren.

Die Würstchen platzen und brennen an – riecht richtig gut. Wir schlagen für jeden zwei Eier in die Pfanne und packen noch mehr Butter dazu.

»Schneiden wir sie klein und machen Würstchenomelett«, meint Lan. Wir holen unsere Taschenmesser raus und versengen uns die Finger beim Schnippeln. Der Rauch pikst uns in den Augen, bis sie tränen.

»Was war das?«, fragt Lan plötzlich.

Mit hämmernden Herzen halten wir die Luft an. Krachen, Zweige-knacken und dann ganz deutlich kleine Hufe auf nassem Grund.

»Ein Reh«, sagen wir im Chor, und weiter geht's.

Wir kochen und essen, manchmal im Licht der Taschenlampe, aber meistens nur im Schein des knallheißen Feuers, neben dem wir kauern. Nach dem Essen schieben wir das ganze Zeug von der Decke und wickeln uns drin ein, weil es auf einmal viel kälter ist als vorher und Nebel aufzieht, der alles durchnässt. Da fällt mir auf, dass ich immer noch nicht pinkeln war und dringend muss. Ich nehme die Taschenlampe und stehe auf.

»Mein Hintern ist nass«, sage ich, während ich in die Dunkelheit wandere und den Lichtstrahl rumschwenke auf der Suche nach einer guten Stelle.

»Hast du dich angepinkelt?«

»Nein, du Depp …«

Lan lacht. Ich lege die Taschenlampe auf den Boden und zerre mir die Jeans runter. Überall ringsum raschelt es, eine Eule schuhut, eine andere antwortet.

»Mir tun die Finger weh«, ruft Lan.

»Mir auch. Und mir ist schlecht …«

»Nicht in deine Brunze brechen!«

»Bist du eklig.«

Ich ziehe die Jeans wieder hoch und renne zurück, als wäre irgend-was hinter mir her. Schon klar, dass das nicht stimmt, aber wenn man im Dunkeln rumläuft, kommt es einem immer vor, als würde was nach einem greifen.

Das kleine Feuer ist noch heiß, aber schon runtergebrannt, es hält nicht mehr ewig. Ich will nicht, dass dieses Gefühl zu Ende geht. Ich will nie wieder zurück ins öde, blöde Haus.

Der Mond geht auf über dem Foy-Forst, steigt über die Baumwipfel und scheint so hell, dass die Äste sich schwarz gegen das Silber abheben. Unsere Zehen sind nass und werden langsam kalt. Wir ziehen die Decke hoch bis zum Hals und umklammern sie fest. Wir könnten mehr Feuerholz suchen, aber heute hat's geregnet, also wäre es nass. Außerdem ist es schon spät.

»Rücken an Rücken«, meint Lan.

Wir rutschen rum, lehnen uns aneinander, unsere Rücken wie Heizungen. Ich gucke zum Foy-Forst, Lan guckt zur Kahlen Wildnis.

Wieder höre ich was, wie bei dem Reh, aber diesmal ist es irgendwie anders. Kein Krachen und keine Hufe. Ich stoße Lan an. Gleichzeitig drehen wir die Köpfe und lauschen. Es kommt näher. Ich spüre Lans Herz in seinem knochigen Rücken schlagen, fast so schnell wie meins.

»Was ist das?«

Wir spähen in die Dunkelheit.

Der schwache Feuerschein hilft null, sondern macht es bloß noch schwieriger, was zu erkennen. Lan wendet sich hin und her und klemmt dabei die Decke ein. »Runter da!« Ich schubse ihn. Da entdecken wir auf einmal, gerade so, wie auf einem alten Foto, die grau-schwarz-weiße Nase von einem Dachs. Die Nase. Die blitzenden Augen. Wir schauen ihn an, und ich glaube, er schaut zurück. Es ist, als wäre alles um uns rum erstarrt. Dann bewegt er sich, dreht sich langsam um in der Finsternis, volle Breitseite, wie ein Geisterschiff, bevor er verschwindet. Wir atmen aus. Alles ist wieder normal.

»Sah aus wie ein Bär«, sage ich.

»Es war ein Dachs.«

»Ach, echt, Lan? Danke. Als wär ich doof.«

Nach einer kurzen Pause bemerkt er: »Selten und wertvoll.«

Und ich nicke.

Wir lassen den Lada am Tor stehen, um nicht zurück über den ganzen Hof fahren zu müssen. Die Decke tragen wir zwischen uns.

»Die denken bestimmt, jemand von ihnen hätte ihn da abgestellt.«

»Ja, die finden ihn schon.«

Alles ist dunkel, bis auf die Bauernhaus-Küche. Wir schleichen uns bei mir rein und verstecken die zusammengerollte Decke hinter den Stiefeln.

»Nacht«, flüstert Lan, als er in Richtung Großraum schlüpft.

»Nacht.«

Ich gehe hoch. Durch den Türschlitz von Mamas und Papas Schlafzimmer fällt noch Licht, und ich höre sie wieder reden. Mir egal, worüber.

Im Badezimmerspiegel sehe ich, wie rot meine Augen vom Rauch sind. Mein Gesicht ist rußverschmiert, mit Schlieren von den Tränen, und in meinen Haaren hängt ein dickes Wurstbröckchen. Ich esse es, bevor ich es mir anders überlegen kann, und grinse breit, weil wir es geschafft haben. Wir haben den Lada geklaut. Es hat sich angefühlt, als würde er uns gehören.

Ich wasche mich mucksmäuschenstill, drehe das kalte Wasser nur so weit auf, wie es geht, bevor der Hahn komische Geräusche macht. Dann schiebe ich mir ein Stück Zahnpasta in den Mund, kaue drauf rum und spucke es wieder aus. Ich liebe den Geruch hier – nach Seife und nassem Teppich. Den sauberen Duft von Flüssigwaschmittel auf dem kratzigen Handtuch.

WINTER

2010

19

SCHNEE

Lan

Ein neues Jahrzehnt hat angefangen, es ist Januar, und es schneit. Der ganze Hof ist weiß, und fast jeden Tag kommt noch mehr Schnee dazu. In der Früh ist der Schnee von einer harten Eisschicht überzogen, die zerbricht, wenn man drauftritt oder reinpikst. Abgrundtiefer Schnee. Wochenlang.

Am ersten Tag sind die Flocken so dicht gefallen, dass wir vom Bauernhaus aus das Wagenhaus nicht mehr erkennen konnten. Das war lustig. Dann ist alles unter dem Weiß verschwunden – Schubkarren, Gemüsebeete, Mauern, Gräben. Ständig stolpern wir über Sachen, die wir ganz vergessen haben. Und es ist eiskalt, als wären wir in einer Gefriertruhe gefangen. Auf den Trögen liegt Eis, und die Plastikeimer für die Ziegen sind sogar komplett durchgefroren. Als wir sie umgedreht haben, sind Eisklötze in Eimerform rausgefallen und kein bisschen geschmolzen. Später hat es draufgeschneit, und jetzt sehen sie aus wie riesige weiße Puschel.

Man hat das Gefühl, es hört nie wieder auf. Wir hatten schon so viele Tage schneefrei, dass wir gar nicht mehr mitzählen. Manchmal schafft es nicht mal der Lada bis ins Dorf. Wir haben Pfade geschaufelt oder platt getreten, die kreuz und quer über den Hof führen wie ein verwackeltes Spinnennetz. Der Wind, der von

Colins Hügel fegt, hat den Schnee so hoch gegen die Bauernhaus-
wand geweht, dass er bis über unsere Köpfe reicht. Wir sind gar
nicht mehr zur Haustür gekommen, wir mussten uns durchgra-
ben. Die Sonne geht erst lange nach dem Frühstück auf, aber nachts
wird es eigentlich nie richtig dunkel, weil der Schnee die ganze
Zeit leuchtet. Wenn der Mond scheint, sieht es aus wie komisches
blaues Tageslicht.

Ich soll eigentlich Schnee sammeln, damit wir noch mehr Ziegel
für unser Iglu pressen können, aber ich betrachte lieber die Spuren im Schnee auf den Schweinebuckeln. Es ist mucksmäuschenstill,
keine Vögel, die singen oder so. Der Nachmittagshimmel ist grau,
nur da, wo die Sonne sein muss, wirkt er wie ein alter blauer Fleck.
Manchmal raschelt es, wenn Schnee von einem Ast fällt, und ich
höre Amy und die anderen am Iglu arbeiten. Ich bin ein kanadischer
Fährtenleser mit einer Fellmütze. Ich entdecke die winzigen, drei-
zehigen Spuren von einem Rotkehlchen – wahrscheinlich – und größere, vielleicht von einem Fasan oder einer Krähe, und runde Löcher,
bestimmt von einem Fuchs, und einen schmalen Graben, als wäre
was über den Boden geschleift worden, von einem Dachs oder …

»LAN!«

»Komme …«

Wenn ich bloß eine echte Fellmütze hätte. Mir ist bitterkalt. Ich
schaufle Schnee in meine Plastiktüte und kehre zum Lager zurück. Amy, Josh und Niah schuften schwer. Das Iglu sieht überhaupt nicht aus wie ein Iglu. Eigentlich wollten wir große, scharf-
kantige Eisziegel machen. Wir haben es wirklich versucht, aber das
merkt man kaum. In unserer Vorstellung war es perfekt, in echt ist
es nicht mal gut.

»Was?«, fragt Amy.

»Nichts.«

Bryn und Eden kommen keuchend angestapft, mit einer Plane
voll Schnee, den sie auf den Materialhaufen kippen.

»Wir sind schon bei der zweiten Reihe«, berichtet Josh. Er will gelobt werden, also tue ich ihm den Gefallen.

Niah sitzt auf dem Boden und klopft das Iglu mit beiden Händen glatt.

»Wir brauchen Werkzeug.« Amys Gesicht wirkt klein und spitz. »Was meinst du, sollen wir den Gang zum zweiten Zimmer jetzt schon bauen oder später aushöhlen?«

Gang? Zweites Zimmer? Das Iglu ähnelt einer Sandburg nach einer ordentlichen Welle, aber Amy wartet auf eine Antwort.

»Vielleicht lieber später?«

Für den Heimweg den Hügel hoch brauchen wir ewig. Wir haben den Feldweg in eine Rodelbahn verwandelt, und die ist mit hartem Eis überzogen, deswegen müssen wir durch den Tiefschnee daneben laufen, wo unsere Beine pitschnass werden. Es ist schon fast dunkel. Der Schnee knarrt und quietscht. Der Hof wirkt wie ein Kreis aus Lebkuchenhäusern, hell und einladend, aber ich will nicht rein.

»Ich hab Hunger!«, schreit Bryn und springt davon wie ein Kaninchen. »Ich auch!« Niah schiebt ihre Hand in meine. Ihre Handschuhe triefen. Ems Vorhänge sind zugezogen und leuchten rot. Durch Finbars Fensterläden fallen Lichtsplitter. Aus allen Schornsteinen quillt Rauch in einer dicken Linie, die sich vom Himmel abhebt.

Em sitzt in meiner Küche im Sessel neben dem Rayburn und strickt, mit Wildschütz auf dem Schoß. Wildschütz ist viel zu groß für egal welchen Schoß, und für Ems ganz besonders, seine knochigen schwarzen Labradorbeine sind überall. Das kann für keinen von beiden bequem sein. Sie hat ihr seltsames Strickzeug auf ihm abgelegt, sodass er aussieht, als hätte er es an. Er verdreht schuldbewusst die Augen in unsere Richtung.

»Hey, Em.«

»Tür zu, es ist eiskalt.«

Eden und Bryn schnappen sich Brot vom Tisch und rennen hoch, während sie schreien: »Setzt schon mal Wasser auf, setzt schon mal Wasser auf!«, und Josh läuft durch den Großraum und ruft: »MAMA!«

»Gail ist bei den Hühnern«, sagt Em.

Wäre Mama jedes Mal bei den Hühnern, wenn es wer behauptet, dann wäre sie selbst ein Huhn und würde bei ihnen leben. Keine Ahnung, wo sie wirklich steckt.

Niah hebt die Hände, und ich schäle ihr die Handschuhe ab und hänge sie an die Ofenstange. »Shepherd's Pie«, sagt sie. Auf der Warmhalteplatte steht eine Pieform mit Resten. Ich schiebe ihr was auf einen Teller. Sie klettert auf die Bank.

»Danach ist Badewannenzeit«, meint sie. Sie ist sehr organisiert. »Und dann Bettgehzeit.«

»Mhm.«

Ich und Amy setzen uns gegenüber, um ihr Gesellschaft zu leisten.

»Zähneputzen nicht vergessen«, ergänzt sie.

Wir hören Jim anstapfen und sich den Schnee von den Stiefeln stampfen, ehe er reinkommt.

»Papi!«, ruft Niah.

Auf den Schultern seiner dicken hellbraunen Jacke und in seinen Haaren ist Schnee. Er zieht die Arbeitsstiefel aus und hängt die Jacke an den Haken.

»Hallo, mein Schatz. Hallo, meine kleine Prinzessin.« Er gibt ihr einen Kuss und umarmt sie.

»Ich esse jetzt«, berichtet sie. »Danach ist Badewannenzeit.«

»Und dann Bettgehzeit«, ergänze ich.

Sie nickt.

»Da hast du wohl recht.« Jim stellt den Kessel auf die Herdplatte.

»Schau mal.« Em hält ihr Strickzeug hoch.

»Wow«, bemerkt Jim. »Richtig groß.«

Draußen auf dem Hof sind laute Stimmen zu hören. Erst Rani, dann Martin.

»Was ist denn jetzt wieder?«, fragt Em.

Jim späht aus dem Fenster über der Spüle.

»Was ist los? Was ist los?«, rufen die Mädchen über uns in ihrem Zimmer. Dem Klang nach kratzen sie an ihrem zugefrorenen Fenster, um es aufzukriegen. »Mach's nicht kaputt!«, kreischt Eden.

»Wer schreit denn da?«, schreit Harriet aus dem Großraum.

»Rani! Warte!«, brüllt Martin draußen.

Em wirft Wildschütz von ihrem Schoß, und wir laufen zur Hintertür und reißen sie auf.

Rani stürmt jaulend und armewedelnd durch den Schnee vor dem Wagenhaus, und Martin versucht hektisch, sie einzuholen.

»Weißt du was, Martin? Ist mir scheißegal!«

Wir drängeln und schieben, um einen besseren Blick zu kriegen – alle außer Niah, die weiterisst und dabei mit einer Hand ihr Glas festhält, als wollte es ihr jemand wegnehmen.

Rani hat ihren langen Steppmantel an. Wie eine aufrecht laufende Raupe sieht sie aus, während sie davonmarschiert und Martin hinter ihr herstolpert. In der Wagenhaus-Tür erkennen wir Bill und Lulu, gerade noch so. Lulu wirkt, als würde sie weinen.

»Herrgott«, stöhnt Amy. »*Erwachsene.*«

»Sag mir nicht, dass ich mich beruhigen soll!«, schreit Rani Martin an. »Du Geizkragen! Du Scheißbuchhalter!«

Rani und Martin sind immer nett zueinander. Und Rani schreit nie rum.

»Was hat er getan?«, frage ich.

»Ich glaube, sie hat einfach genug vom Schnee«, meint Jim. »Wie wir alle.«

Er beugt sich aus der Tür.

»Tee, Rani?«

Rani rutscht aus.

»Fick dich, Jim. Ich mach mich vom Acker. Seit über zwei Wochen sitze ich in diesem Haus fest.«

»Sie hat den Schlüssel!«, ruft Martin verzweifelt. »Sie will den Mondeo nehmen.«

»Nicht den Mondeo«, sage ich, und Amy schlägt sich mit der flachen Hand gegen die Stirn. »Ruft die Polizei!«

Rani verschwindet ums Bauernhaus. Martin will ihr nachrennen und stürzt in den Schnee, trifft mit der Seite auf.

»Autsch, verdammt, Herr im Himmel, aua! Warum ist hier nicht gestreut?«

»Papi!«, jammert Lulu in der Wagenhaus-Tür. »Mami! Geht nicht weg!«

»Sie genießt jede Sekunde«, meint Amy. »Dumme Nuss.«

Wir laufen zur Vordertür, um zu sehen, was Rani als Nächstes macht.

Sie zieht die Autoschlüssel aus der Tasche, taumelt auf den Mondeo zu und beugt sich über die Motorhaube, um mit dem Arm den Schnee runterzuwischen.

»Rani …«, sagt Martin, als er sie endlich eingeholt hat.

Sie kratzt mit bloßen Händen die Windschutzscheibe frei und ignoriert ihn. Jim schlüpft wieder in seine Stiefel.

»Wo willst du hin, Rani?«, frage ich.

»Weg«, antwortet sie wütend. »Einen Cappuccino trinken.«

Martin humpelt durch den wirbelnden Schnee auf sie zu.

»Sei doch vernünftig, Rani …«

Harriet und Josh lehnen sich aus der Tür vom Kuhhaus, um auch was mitzukriegen.

»Ernsthaft«, ruft Harriet durch den Wind, »oben beim Tor liegt der Schnee über drei Meter hoch.«

»Scheiß drauf.« Rani sperrt das Auto auf.

»Du bringst dich noch um!«, ruft Martin.

»Dann ist das eben so«, schreit Rani und zerrt an der Fahrertür.

»Jetzt drehen sie völlig durch, Lan«, meint Amy.

Plötzlich kommen Adam und Mama durch den Schneevorhang angerannt, aus Richtung Obstgarten und Ruine.

»Was macht ihr denn da?«, fragt Adam.

Sie sehen rosig und glücklich aus. Völlig anders als alle anderen. Anders als der gesamte Tag. Der Schnee. Alles. So als hätten sie beide Geburtstag und es wäre Sommer und wir würden draußen picknicken. Wir starren sie an, als sie stehen bleiben, und sie starren zurück. Es ist fast, als würden sie versuchen, genauso besorgt und elend und durchgefroren zu wirken wie jeder andere auf Frith, es aber einfach nicht schaffen.

»Ich war bei den Hühnern«, erklärt Mama.

Martin geht auf Rani zu.

»Bleib weg!«, ruft sie und richtet den Autoschlüssel auf ihn wie eine Waffe.

»Was zum Teufel ist hier los?«, fragt Adam.

»Rani, bitte …«, fleht Martin.

Rani steigt ein.

»Rechnet nicht so bald mit mir.« Lachend knallt sie die Tür zu und lässt den Motor an.

»Nein!«, ruft Martin. »Rani! Das ist gefährlich!«

»Megagefährlich«, bemerkt Amy. »Quasi lebensgefährlich«, erwidere ich.

»Klappe, Kinder«, sagt Harriet. »Das ist es wirklich. Sie bleibt bestimmt stecken, und die Traktoren sehen sie nicht.«

Wir stellen uns vor, wie Colin mit seinem Traktor rumrast, wie der Mondeo zertrümmert auf der Straße liegt. Amy lacht.

Rani schaltet die Scheinwerfer ein, die Scheibenwischer flitschen hin und her. Abgaswolken wabern auf uns zu, als das Auto zurücksetzt. Jim beugt sich vor und bohrt ein Loch in den Schnee am Fenster, um zu ihr reinzugucken. Sie wedelt wild mit der Hand. Die

Reifen drehen durch, als sie mit einem Ruck anfährt, die Einfahrt hoch. Martin trommelt auf den Kofferraum, rennt stolpernd hinter dem Auto her.

»Halt!«, ruft er. »Ich flehe dich an, bleib stehen!«

Da stößt Jim plötzlich ein seltsames Bellen aus. Ich und Amy schauen ihn an. Kurz denke ich, er hat sich verschluckt. Aber er lacht. Noch mal dieses Geräusch. Wie eine Krähe. Ein KAH! Ich und Amy wechseln einen Blick. Dann stimmt Harriet mit ein. Sie lachen beide. Bellen vor Lachen und ersticken halb. Taumeln rum, völlig außer Kontrolle, pressen die Hände vors Gesicht, wimmern und stampfen. Wir Kinder starren sie an. Das ist nicht witzig. Das ist schrecklich. Ein Anfall. Vielleicht habe ich was verpasst. Irgendwas nicht gesehen. Ich gucke zu Mama und Adam. Die beiden lachen nicht. Kein bisschen. Sie wirken … als wären sie weit weg. Als würden sie das alles von irgendwo anders aus beobachten, einem Schiff oder so. Einem richtig schönen Schiff, vielleicht sogar einer Yacht, und die Sonne scheint nur auf sie.

Der Schnee fällt immer dichter, während Rani davonrollt. Jim und Harriet bepieseln sich weiter, stöhnen: »Himmel, aufhören, Herr im Himmel, bitte aufhören, Hilfe.«

Armeschwenkend verfolgt Martin den Mondeo. Rani fährt so langsam, dass er kaum joggen muss.

Auf einmal sagt Jim: »O nein. Ach, Harriet«, in seiner normalen Stimme, traurig.

Riesige Schneeflocken bedecken Harriets Haare wie eine dicke Fellmütze. Sie ist blass geworden, als wäre sie steif gefroren, und ihr Lachen hat sich in Weinen verwandelt. Ihre Mundwinkel sind verzogen, aber sie macht kaum ein Geräusch, nur ihre Brust hebt und senkt sich, und Tränen strömen ihr über die Wangen.

»Liebling …« Adam kommt auf sie zu. Der Schnee unter seinen Stiefeln ächzt. »Süße …«

»Nein«, sagt Harriet unter Tränen. »Nein, Adam.«

»Es tut mir so unendlich leid, Harriet«, meint Mama. »Wir können einfach nicht länger dagegen ankämpfen.«

»Rein mit euch.« Jim breitet die Arme aus, um uns wieder nach drinnen zu treiben. »Kinder? Rein, alle miteinander.«

Wir gehorchen.

Niah sitzt immer noch am Küchentisch.

»Jetzt ist Badewannenzeit«, sagt sie. »Nicht vergessen.«

Eden und Bryn dürfen zuerst, zusammen mit Niah. Ich, Amy und Josh gehen zu Josh ins Zimmer, schälen uns aus den nassen Jeans und Socken und wickeln uns in Decken, bevor wir uns vor Joshs Brutkasten in der Ecke knien und jeder ein Ei in die Hand nimmt.

»Macht ihnen keine Angst«, flüstert Josh. »Denkt dran, sie können euch hören.«

Die Stimmen von Adam und Harriet dringen durch den Boden zu uns rauf, aber wir lauschen angestrengt, ob die Küken in den Eiern schon piepsen. Wir hören ganz flüsterleise, ferne Laute. Dann legen wir sie wieder zurück.

»Sie schlüpfen bald«, meint Josh. »Es ist schon Tag zwölf.« Er hat einen Kalender an der Wand, an dem er die Tage abstreicht. Vor Kurzem haben Harriet und er sein Zimmer in Regenbogenfarben gestrichen. Und er hat Bilder von Tieren aufgehängt: Faultiere, Pandas, alle möglichen Arten von Bären. Wir schauen zu dem Grizzly mit dem Lachs im Maul und dem spritzenden Wasser, während Harriet und Adam unter uns reden und reden und reden.

»Mir tut der Bauch weh«, sagt Josh.

»Das habe ich auch manchmal«, erwidere ich. »Das vergeht wieder.«

»Willst du eine Wärmflasche?«, fragt Amy.

»Die ist unten.«

Runter will keiner von uns.

»In meinem Bett ist auch noch eine«, fällt mir ein – die liegt da schon seit Ewigkeiten. »Wir können sie am Wasserhahn auffüllen. Soll ja nur eine Wärmflasche sein, keine Heißflasche.«

Wir sind gerade im Bad, als wir draußen was hören und uns ums Fenster scharen, um zu gucken. Eden und Bryn wickeln sich in Handtücher. Rani und Martin kommen zurück nach Hause gestapft.

»Kein Mondeo«, bemerkt Amy. »Den mussten sie anscheinend stehen lassen.«

»Rani hat einen Lagerkoller«, sage ich.

»Zum Glück hatte sie keine Pistole«, meint Eden. »Sonst wäre sie vielleicht Amok gelaufen.«

Wir malen uns aus, wie Rani in ihrem Raupenmantel Amok läuft.

»Dann würden jetzt überall unsere zermatschten Leichen liegen«, fährt Eden fort. »Und der ganze Schnee wäre voller Blut.«

Wir sehen es so deutlich vor uns, dass wir fast nachgucken, ob es nicht tatsächlich ein Massaker gegeben hat und ob der Schnee immer noch weiß ist, nicht blutgetränkt.

Rani und Martin halten sich in den Armen. Sie wirken wie immer. Glücklich.

Ich und Amy sitzen draußen auf der Brücke mit Josh und lassen die Beine durch die Seile baumeln. Josh umklammert seine Wärmflasche. Eden und Bryn kommen dazu. Eden hat jetzt eine Decke um sich geschlungen, und Bryn trägt Hasenschlappen, die früher mal Amy gehört haben.

»Wie kalt ist es?«, fragt Amy.

»Braucht einen Kessel«, antwortet Eden. »Oder zwei.«

Sie setzen sich neben uns.

»Wir haben Niah ins Bett gebracht«, berichtet Bryn.

Wir sitzen alle fünf in einer Reihe, wodurch die Brücke nach vorne kippt und wir Lust kriegen zu schaukeln. Wir bewegen die Beine, und die Brücke schwingt hin und her, das dicke Seil knarzt, und der Steinboden unter uns schwankt.

»Nein, es ist bloß eine Wiege«, meint Bryn, also werden wir langsamer.

»Wisst ihr noch damals, als Gabriella in der Klause gewohnt hat?«, fragt Amy.

»Nein, da war ich noch zu klein«, sagt Bryn. »Voll unfair.«

»Ich schon«, sagt Eden. »Em hat auf dem Sofa geschlafen.«

»Und damals, als Perdy ihre Jungen gekriegt hat?«, schalte ich mich ein.

»Und der blöde Bill sie zerquetscht hat.«

»Fieps ist ein Weibchen.«

»Wieso?«

»Ich glaube, sie ist schwanger.«

»Wisst ihr noch damals, als der Gastjunge weg war und ihr ihn wiedergefunden habt?«

»Toby?«

»Ach ja …«

»Der wär fast gestorben.«

»Ist er nicht ganz gestorben?«

»Nein, nur fast.«

»Wisst ihr noch damals, als die Schweine ausgebüxt und in den Spar spaziert sind?«

»Ellis, Wallace und Gary …«

Wir springen von Erinnerung zu Erinnerung und lassen uns sanft von der Seilbrücke wiegen.

FRÜHLING

2010

20

ZIEGEN

Amy

Es ist die erste warme Woche seit Ewigkeiten. Das neue Gras ist knallgrün und die Luft samtweich. Josh sät Samen aus mit Finbar, und ich und Lan lehnen an seiner Hütte in der Sonne und diskutieren drüber, wer im Kampf gegeneinander gewinnen würde, Spider-Man oder Iron Man. Wo man auch hinschaut, wächst irgendwas, und die Hühner und die Küken scheinen einen Frühlingswettkampf am Laufen zu haben, überall reinzuschlüpfen und zu picken und sich aufzuplustern. Hier könnte ich mein ganzes Leben lang sitzen. Die Sonne soll nie wieder weggehen. »Nein, wenn Iron Man in Spinnennetze eingewickelt ist, kann er nicht schießen, oder?«, meint Lan.

Mama steht in der Hintertür und ruft: »Amy! Hilfst du mir mal?«

Eigentlich total normal und unschuldig, aber irgendwas an ihrem Tonfall lässt die Zeit stillstehen. Ich glaube, ich habe nur drauf gewartet, ich habe gewusst, dass dieser Moment irgendwann kommt. Es fühlt sich an, als würde ich meinen Körper verlassen und zurückschauen auf mich und Lan, wie wir immer noch an der Wand lehnen, wie Lan mit einem Stecken im Boden kratzt. Ich gucke rüber zu Josh, der sich übers Beet beugt, und zu Finbar, der sagt: »Richtig, Josh, einfach reinwerfen, genau so.«

»Amy!«, ruft Mama.

»Deine Mama will was von dir«, meint Lan.

Ich rapple mich auf und folge meinem Geister-Ich.

»Bis dann«, sage ich, damit er nicht mitkommt.

Mama wartet an der Tür.

»Fütterst du die Ziegen mit mir?«

Puh, alles gut, ich soll ihr nur beim Ziegenfüttern helfen.

»Klar.«

Wir nehmen jede einen Eimer, schalten den Strom aus, öffnen den Zaun und laufen zwischen den Ziegen durch, die drängeln und schubsen und die Köpfe heben. Gabriella steht in der Mitte und stupst mich mit der Schnauze an.

»Meinst du, Gabriella hätte gern noch ein Kälbchen?«, frage ich.

»Ich muss mit dir reden«, sagt Mama.

Ich möchte so tun, als hätte ich nichts gehört, aber sie hält mich auf. Wir stehen in der Sonne, ganz in der Nähe von dem Ziegenstall, den Jim und Papa gebaut haben.

»Willst du lieber woanders hin?«, hakt sie nach.

»Nein, schon okay.«

»Bist du bereit? Ich muss dir was sagen.«

»Ja.«

»Es tut mir schrecklich leid, Amy, aber wir müssen hier weg.«

»Wer?«

»Ich, du und Josh. Wir müssen ausziehen.«

»Was?«

Keine Ahnung, was ich erwartet habe. Ich fange an zu weinen, bevor ich überhaupt drüber nachdenken oder die Info verarbeiten kann. Die Tränen rollen einfach los.

»Frith verlassen?«

Wir stehen da wie auf dem Präsentierteller. Sie legt einen Arm um mich.

»Komm mit.«

Ich bin tränenblind, aber sie führt mich, sagt, wie leid es ihr tut und dass sie das alles niemals wollte.

»Amy, wir können einfach nicht hierbleiben. Wir müssen gehen.«

»Warum kann *Papa* nicht gehen?« Ich schüttle ihren Arm ab. »*Er* sollte gehen müssen.«

Sie wirkt kurz überrascht, dann nicht mehr. Ich habe nie ein Wort über Papa und Gail verloren. Kein einziges. Nicht mal mir selbst gegenüber. Jetzt ist das mit den beiden überall, und alles ist kaputt.

»Er und Gail wollen nicht«, sagt Mama gepresst. »Wir sind mit seinem Geld hergezogen. Die Wohnung, die wir für Frith verkauft haben, war seine. Deswegen gehört unser Anteil ihm, nicht mir.«

»Bitte zwing mich nicht dazu – bitte, bitte, Mama, zwing uns nicht.«

Ich bettle. Ich weiß, dass ich das nicht tun sollte, aber ich kann nicht anders.

»Es lässt sich nicht ändern«, erwidert sie. »Es tut mir leid.«

Ich weine noch mehr. Setze mich hin.

»Pass auf die Disteln auf«, warnt Mama.

Wir sitzen zusammen mitten zwischen den Ziegen neben einem Kuhfladen. Von allen Orten auf ganz Frith ist das hier der unbequemste und hässlichste.

»Verlässt Jim Gail?«, frage ich. »Geht er auch?«

Sie schaut mir fest in die Augen.

»Jim und Gail sind nicht mehr zusammen, aber er will nicht weg.«

Gabriella ist immer noch nicht gern allein. Sie ist uns gefolgt und steht neben mir, schleckt mir übers Bein.

»Ich glaube, er hofft, dass das alles nicht endgültig ist«, fährt Mama fort. »Er liebt sie.«

Ich denke an Gail und ihre dämlichen Ideen und ihre nervige Lache und dass sie Lan nie beim Lesenlernen geholfen hat und sich null für Niah interessiert.

»Warum, verdammt?«

»Keinen verfickten Schimmer. Ist einfach so.«

Ich bin so traurig, dass ich kaum was rauskriege.

»Warum ist Papa in *die* verliebt? Er sollte *dich* lieben.«

»Er hat versucht, es nicht zu sein. Wirklich. Sie haben es beide ehrlich versucht.«

»Warum haben sie sich nicht mehr angestrengt?«

Nach einer kurzen Pause, so als hätte sie eine Entscheidung getroffen, antwortet sie: »Weil die beiden Scheißarschlöcher sind. Du willst die Wahrheit hören? Sie sind beide *Scheißarschlöcher*.«

Sie wirkt durchgeknallt und hässlich. Am liebsten würde ich sie schlagen. Am liebsten würde ich *ihn* schlagen, weil sie recht hat. Ich bin ein Kind, und er ist mein Vater. Ich bin eine Frau, und er vögelt Gail.

»Nein, ist er nicht«, sage ich schließlich. »Papa ist kein Arschloch.«

Sie nimmt mich in den Arm. Wir lachen oder so was in der Art. Wahrscheinlich sind wir beide ein bisschen durchgeknallt. Ich fühle mich so erwachsen. Dann erhasche ich einen Blick hinter das Hier und Jetzt, auf die Zukunft, die wie schwarzes Wasser vor mir liegt. Wir ziehen weg. Ich höre auf zu weinen. Nach einer Weile geht mein Atem wieder normal.

»Ich hab Halsweh.«

»Es tut mir so leid, Amy.«

»Lasst ihr euch scheiden?«

»Vielleicht.«

»Aber … wo wollen wir hin?«

»Bristol, London. Ich weiß nicht.«

»*Bristol?*« Bristol ist Papas Stadt.

»Das habe ich noch nicht entschieden.«

»Wann?«

»In zwei Wochen.«

Zwei Wochen? Es ist immer noch supersonnig und komplett windstill. Die anderen Kinder spielen irgendwo. Ich höre sie lachen und rufen.

»Es tut mir so leid, Amy. So unendlich leid. Wir haben alles kaputtgemacht.«

Sie soll sich nicht die ganze Zeit entschuldigen. Sie darf nicht im Unrecht sein.

»Das war längst überfällig«, meint sie.

Ich gucke bergab zu den Schweinebuckeln. Dort haben wir im Winter das Iglu gebaut, das eigentlich nie ein richtiges Iglu war. Wir haben tagelang geschuftet und die anderen zum Helfen gezwungen. Es hat null Spaß gemacht. Wusste ich es da? Wusste ich es sogar schon früher? Vielleicht wusste ich es immer.

»Wahrscheinlich«, erwidere ich.

Gabriella grast. Am liebsten würde ich ihr ewig zuschauen und nie zum nächsten Teil übergehen, wo meine Eltern sich trennen und ich Frith verlassen muss.

Langsam wandern wir zurück. Mama mustert mich dauernd, damit ich nicht in Ohnmacht falle oder sterbe. Ich habe nichts zu sagen. In meinem Kopf herrscht Leere. Sie wird ganz geschäftsmäßig.

»Bitte verrat es Josh noch nicht. Er soll es erst nach seinem Geburtstag erfahren.«

Ich nicke. Sie fasst mich an den Schultern, schaut mir fest in die Augen, um sicherzustellen, dass ich zuhöre.

»Er soll es noch nicht wissen. Aber dir musste ich es erzählen. Meinem großen, erwachsenen Mädchen.«

Ich betrachte die geplatzten Äderchen an ihren Nasenlöchern und ihren zerschlissenen Pulli voller Heu. Und ich sage, was sie zu mir sagen würde, wenn ich sie um so was bitte.

»Klar. Keine Sorge, er kriegt einen richtig schönen Geburtstag, okay?«

»Danke, Amy.«

Hand in Hand laufen wir zurück zum Haus.

Lan sitzt nicht mehr da, wo ich ihn zurückgelassen habe.

»Sie erzählen es ihm gerade«, erklärt Mama.

»Jetzt?«

Da schaut Josh vom Beet auf, entdeckt mich und winkt.

»Hey, Amy! Wir haben alle Bohnen gesät. Sie sind alle drin.«

21

SPALTEN

Lan

Jim erzählt mir, dass Mama und Adam sich lieben. Dass Mama bald mit Adam im Bauernhaus leben wird statt mit ihm, und dass Amy, Josh und Harriet wegziehen. Wir sind in seiner Werkstatt. Mama läuft weinend hinter ihm auf und ab, während er in seiner ruhigen Stimme redet. Sägemehl wirbelt durch die Luft. »Wir lieben dich beide«, sagt er immer wieder. Und: »Ich bin weiter für euch alle da.« Mein Herz zieht sich ganz eng und fest zusammen. Mir ist schlecht. Tränen strömen mir aus den Augen, während die beiden Erwachsenen laufen und reden und schwitzen und mir eine Lüge nach der anderen auftischen. Davon wird mir schwindelig.

»Wir wollen nur das Beste für euch.«

»Ich werde dich immer lieben.«

»Wir geben unser Bestes.«

»Jim wird immer einen Platz in meinem Herzen haben, aber ich kann nicht mehr seine Frau sein.«

Ich sage kein Wort. Eine Ewigkeit lang. Irgendwann gehen ihnen die Lügen und Ausflüchte aus, und sie kriegen es mit der Angst zu tun.

»Lan?«, fragt Mama. »Lan?«

Sie kann behaupten, was sie will, aber ich wusste es schon vorher. »Das ist wie bei Gray Parks. Du glaubst, dass du im falschen Leben festsitzt.«

Daraufhin weint sie noch heftiger und beteuert, wie sehr sie mich liebt und ihr Leben auf Frith und dass es ganz anders ist als damals. »Ich habe Gray verlassen, nicht dich.«

Immerhin hat Jim aufgehört zu reden. Ich schaue aus dem Fenster, wo meine Schwestern auf dem Hof spielen. Ich kann Jim nicht hassen. Und Mama auch nicht, selbst wenn ich es wollte – ich habe viel zu viel Angst, dass sie gar nicht erst versucht, mich zurückzugewinnen. Aber sie hätte das alles nie getan, wenn Adam nicht wäre.

»Lan? Bitte.«

»Du kannst mich nicht zwingen, mit Adam zusammenzuwohnen«, rufe ich, wie ein kleines Kind. »Lieber gehe ich. Mit Amy.«

»Sorry«, meint Jim, »aber so funktioniert das nicht.«

»Es ist schrecklich, dass du leidest, Lan«, meint Mama. »Aber ich werde mich nicht dafür entschuldigen, mein richtiges Leben leben zu wollen.«

Danach bin ich überrascht, dass ich überhaupt noch aufstehen und laufen kann. Sie haben mich in winzige Stücke zerschlagen. Das spüre ich.

Während wir in der Schule sind, legt Jim eine Matratze für sich in seine Werkstatt, und Adam zieht in die Ruine. Fast wie in dem einen Lied, das wir als Kinder gesungen haben – *Honeys im Bauernhaus, Connells im Kuhhaus, Hodges im Wagenhaus, Finbar, Finbar, kein Bett frei …* Bloß dass alles durcheinander ist.

Jetzt, wo sie es uns gesagt haben – jetzt, wo es wirklich passiert –, können wir nicht mehr so tun, als würden uns die ganzen Streitereien nicht auffallen und wie unsere Eltern miteinander umgehen. Mama fragt: »Bist du denn nicht erleichtert, endlich der Wahrheit ins Auge sehen zu können?« Bin ich nicht. Uns ging es gut. Alle behaupten immer, ehrlich währt am längsten. Das ist die größte Erwachsenenlüge von allen. Die Wahrheit ist böse. Ich hasse sie.

Die Kleinen kapieren immer noch nicht, was los ist. Selbst nachdem Jim seine Matratze aus dem Haus getragen hat. Selbst nachdem Adam mit einer Tasche voll Hosen und Socken zur Ruine geschlurft ist. In seinem *traurigen Gang*, so als würde ihn das alles unendlich schmerzen. Dabei sieht der genauso aus wie sein Gang zu den Mülltonnen. Er ist so ein mieser Schauspieler, nicht mal das kriegt er hin.

Meinen kleinen Schwestern hat Mama erzählt, dass es normal ist, wenn Erwachsene ab und zu eine Pause voneinander brauchen. Und sie haben es ihr abgekauft. Irgendwie erbärmlich.

Vor der Schule hocke ich mit Niah am Trog und suche nach Fröschen. Wir entdecken ein bisschen Laich mit schwarzen Punkten drin, aus dem bald Kaulquappen schlüpfen.

»Werden das welche zum Essen, so wie die französischen?«, fragt sie.

»Nein.« Aber wenn es welche wären, erkläre ich ihr, und wir sie kochen wollten, müssten wir das Wasser ganz langsam erhitzen, damit sie es nicht merken. Keine Ahnung, ob das stimmt. Das hat irgendwer mal behauptet. Die Vorstellung finde ich ziemlich cool.

»Und danach essen wir sie mit Butter?«, hakt Niah nach.

Jim und Martin kommen mit einem großen Stück Rigips über den Hof.

»Wofür ist das?«

»Das verschafft allen ein bisschen mehr Privatsphäre«, meint Martin.

Ich folge ihnen rein. Amy ist schon da, zusammen mit Harriet. Die beiden kleben jetzt ständig aneinander. Sie sind nie getrennt.

Draußen hupt Adam.

»Schule«, sagt Harriet, aber wir gucken zu, wie Jim und Martin die Rigipsplatte die Bauernhaus-Treppe hochtragen und dabei dauernd gegen die Wand stoßen, weil es so eng ist.

»Was machen die da?«, fragt Amy. »Was ist los?«

»Fahrt einfach in die Schule«, meint Harriet.

Als wir wieder heimkommen, ist die Seilbrücke abgesperrt, von beiden Seiten. Ich renne meine Treppe hoch und Amy ihre. Ich starre auf die Stelle, von wo aus wir normalerweise auf die Brücke und den kompletten Großraum geschaut haben. Wahrscheinlich macht Amy gerade genau dasselbe, aber ich kann sie nicht sehen, bloß eine Wand. Als die Kleinen mit den Erwachsenen diskutieren und sich heulend beschweren, sagt Adam: »Wir können nicht mehr die ganze Zeit so aufeinanderhocken.« Irgendwann verlieren sie das Interesse. Lulu und Bryn gucken eine DVD, Josh rennt raus zu seinen Schafen. Keine Ahnung, wo Bill ist. Er wohnt nicht mal im Bauernhaus, trotzdem hat er sich am lautesten beschwert. Und viel geweint. Jetzt scheinen sie es alle wieder vergessen zu haben. Ich muss an die Frösche denken. Das Leben der Kleinen ändert sich genauso wie das von mir und Amy, aber sie haben es noch nicht gemerkt. Sie begreifen es erst, wenn das Wasser schon kocht.

Immer wieder komme ich her und starre von der Bauernhausseite auf die neue Wand. Ich kann mich einfach nicht dran gewöhnen. Sie haben sie sogar gestrichen. Schon verrückt, wie leicht man das Bauernhaus und das Kuhhaus von was Besonderem in stinknormale, langweilige Häuser verwandeln kann, mit einem großen Raum dazwischen. Heute hat Jim mitgekriegt, wie ich hoch zur Brücke geschaut habe, und sich neben mich gestellt. Ich glaube, er wollte was Nettes sagen, aber als er den Mund aufgeklappt hat, bin ich ihm zuvorgekommen.

»Ihr solltet die ganze Brücke abmachen. So sieht es voll bescheuert aus.«

22

SORTIEREN

Amy

Papa sitzt im Kuhhaus-Bad auf dem Badewannenrand, in der Hand die gelbe Quietscheente, die wir schon seit immer haben, und weint. Der Anblick erschreckt mich. Mama hat nicht mehr geweint, seit sie es mir erzählt hat.

»Was machst du mit Enti?«, frage ich.

Er antwortet, dass er weint, weil er das alles nicht erträgt, weil er Enti Josh geschenkt hat, als Josh noch ganz klein war.

»Nein, Papa, Enti gehört mir.«

Ich kann mich nicht dran erinnern, dass er früher beim Baden mit uns gespielt hätte, aber das spreche ich nicht aus, weil ich ihn nicht noch trauriger stimmen will. Ich versuche dauernd, ihn zu hassen, aber das klappt nicht. »Komm her und drück mich«, meint er. »Das muntert uns auf.« Ich tue, was er sagt. Aber eigentlich will ich ihn nicht trösten. Er sollte mich trösten. Nur will ich das auch nicht, ich will bloß, dass er Mama wieder liebt und wir nicht von hier wegmüssen. Ich fühle mich total schwach, weil ich ihn nicht hassen kann. Ich suche überall, aber ich finde kein bisschen Wut in mir, nirgendwo.

»Danke, Süße«, sagt er. »Ich hab dich lieb.«

Und das Verrückte ist, in dem Moment, als er mich umarmt,

glaube ich ihm sogar. Ich habe das Gefühl, er würde alles auf der Welt für mich tun, wenn ich ihn darum bitte. Deswegen halte ich meine Zunge im Zaum.

Mama hat gemeint, ich soll meine Klamotten durchgucken. Es sind sooo viele. Sachen, die ich seit Jahren nicht gesehen habe. Sie wirken verknuddelt und irgendwie traurig, weil keiner sie trägt. Alles, was mir zu klein ist, werfe ich auf einen Haufen für Bryn und Eden. Ich fühle mich stark und fähig und kurz auch Teil einer Reise in Richtung Zukunft. Es macht fast Spaß. Ich entdecke mein Lieblings-T-Shirt mit den langen Ärmeln und dem großen Stern vorne drauf, und ich halte es hoch und stelle mir vor, wie ich es in London anhabe, wo ich noch nie war, kein einziges Mal. Wie ich in ein Klassenzimmer voller Kinder trete, die mich anstarren. Das T-Shirt ist nicht mehr weiß und hat Grasflecken. Außerdem ist es sowieso schon viel zu kurz. Ich denke an die Gastkinder aus London, die immer sagen, dass es auf dem Land stinkt. Ob sie das wohl auch sagen, wenn ich dort bin, also dass *ich* stinke? Mir war nicht mal klar, dass ich die Gesamtschule in Ross gut finde, aber anscheinend liebe ich sie über alles.

Ich kriege dermaßen Angst, dass mir schlecht wird, deswegen suche ich Mama und unterdrücke die Tränen, während ich ihr alles erzähle, aber sie meint bloß: »Keine Sorge, wir kaufen dir neue Klamotten.« Sie hört mir nicht mal zu. Ich will schreien: *Womit denn? Wir haben kein Geld!* Aber ich will ihre Gefühle nicht verletzen, ich weiß, dass sie sich ständig Gedanken deswegen macht.

Klavier unterrichten kann sie wahrscheinlich überall, bloß ohne Bauernhof und drei Familien. Bloß ohne eine Herde wunderschöner karamellfarbener Ziegen. Sie wird Hazel nicht mitnehmen können. Aber Hazel ist alt. Die lebt vielleicht eh nicht mehr so lang. Von den Hunden kann auch keiner mit. Nicht mal Christabel. Aber die stirbt bestimmt auch bald. Ich denke zu viel nach. Wenn ich erst mal angefangen habe, ist es schwer, wieder aufzuhören.

DVDs. Hausaufgaben. Aufräumen. DVDs. Hausaufgaben. Aufräumen.

Ich gehe nicht raus und gucke mir irgendwas an. Alles, was ich sehe, tut weh.

Ich bin mit Mama im Spar und starre auf ein abgepacktes Schinkensandwich, während Ruby Wright und Leslie Robinson sich über Arzttermine unterhalten. »Bin gleich bei dir«, sagt Leslie. »Alles gut«, sagt Mama. Der Schinken ist rosa und feucht – er sieht nicht mal aus wie Schinken. Jetzt redet Ruby auch mit Mama. Wo wohl das Schwein hergekommen ist, das im Sandwich steckt? Vielleicht sind es auch ganz viele zerschredderte Schweine. Würde man unseren Schinken so falten, würde er brechen. Ich denke an das Grab von Engel Rakete. Und wie Papa und Gail die Pfähle für den elektrischen Zaun nicht in die Erde gesteckt haben, um die Schweine einzufangen, weil sie zu beschäftigt mit Verliebtsein waren.

»Weißt du noch, als Ellis, Wallace und Gary zu dir in den Laden spaziert sind«, frage ich Leslie plötzlich laut. Mir war gar nicht klar, dass ich was sagen wollte. Ich habe sie unterbrochen.

»Ja, Liebes«, antwortet Leslie.

Wir zahlen und gehen raus auf den Bürgersteig, und Ruby rennt Mama hinterher und berührt sie am Arm.

»Alles in Ordnung, Harriet? Alles in Ordnung?« Als würde zweimal fragen zeigen, wie sehr sie sich sorgt.

Alle wissen, was bei uns auf Frith passiert ist. Alle wissen, dass ich und Josh und Mama wegziehen. Mama hasst es, wenn die Leute deswegen nett zu ihr sind, das macht sie sauer.

»Mir geht's gut, Ruby, vielen Dank«, antwortet sie und funkelt Ruby an wie eine Löwin.

Ich kriege Angst um Ruby.

»Wie geht's deinen Dexter-Rindern?«, frage ich, damit sie sich nicht festbeißt.

»Tammy ist trächtig! Wir erwarten Zwillinge.«

Als Mama und ich wieder in Sicherheit sind, allein im Lada, kurbelt sie das Fenster hoch und umklammert das Lenkrad.

»Wohin jetzt? Ich verlier noch den Verstand.«

»Jack und Joffrey.«

»Richtig. Okay.«

Aber sie lässt den Motor nicht an.

»Fehlt es dir, Gail als beste Freundin zu haben?«, frage ich.

Sie schaut mich lange an.

»Ja. Sehr sogar.«

»Wie lieb von euch«, sagt Jack, als wir ihm eine Kiste mit unseren Eiern und Rhabarber überreichen. »Kommt rein, kommt rein.«

Jack und Joffreys Zuhause wirkt von außen wie ein riesiges Puppenhaus und hat eine gigantische, glänzende Küche. Die Geburtstagscupcakes für Josh sind in drei strahlend weißen Schachteln. Auf jedem einzelnen steht Joshs Name in Schnörkelschrift.

»Joffrey hat sie gestern Abend hergebracht.«

»Die sehen toll aus«, meint Mama.

Früher hat immer Rani die Geburtstagskuchen gemacht. Aber Mama will, dass Joshs Geburtstag was Besonderes wird, sie sagt andauernd: »Es soll was ganz Besonderes werden.« Rani-Kuchen *sind* was ganz Besonderes. Josh weiß noch nicht, dass wir wegziehen. Ich finde, sie hätte es ihm verraten müssen.

Auf dem Heimweg hüpfen die Schachteln so wild rum, dass wir Angst haben, die Glasur fällt ab. Auf dem schmuddeligen Rücksitz wirken sie ziemlich fehl am Platz.

»In London kaufen wir ganz viel aus dem Laden«, meint Mama.

Ich fühle mich so panisch und verloren, dass ich kaum Luft kriege.

Als wir zurückkommen, regnet es in Strömen. Wir schirmen die Schachteln ab, so gut es geht, und verstecken sie im Keller. Rani meint, wir können im Wagenhaus feiern, aber Mama will einfach den Großraum benutzen. Rani hat Chirotis gebacken, so wie immer. Der Zuckersirup-Kardamom-Duft ist über den Hof gewabert und hat mich an unsere ganzen früheren Geburtstage erinnert. Wahrscheinlich ist es gar nicht schlecht, was anderes zu machen.

Rani und Martin tun mir leid. Sie können nichts dafür, dass unsere Eltern so dämlich sind und alles zerstört haben. Wenn Martin morgens zur Arbeit fährt, wirkt er so glücklich und aufgeregt wie ein Tier, das aus dem Zoo flüchtet, und abends steigt er ganz depri aus dem Mondeo, als wäre er in die Falle gelockt und zurück in die Gefangenschaft gebracht worden.

Ob sie Lan wohl auch leidtun? Bestimmt. Und bestimmt fände er das mit Martin als Zootier superlustig. Ich würde ihn gern fragen. Aber wir reden nicht miteinander.

Wir gucken uns nicht mal an.

Ich habe irgendwie Schiss, ihm ins Gesicht zu schauen. Ganz komisch, so als würde ich, wenn ich ihn angucke, sehen, wie mies ich mich wirklich fühle. Es geht einfach nicht. Selbst wenn ich es versuche. Und für ihn wahrscheinlich auch nicht.

Deswegen ignorieren wir uns.

Wir unterhalten uns nicht mal auf dem Weg zur Schule, und bis Ross ist es weit.

Kein *La traviata* mehr, kein *Purple Rain*, so wie früher, als wir klein waren. Papa schaltet das Radio ein, und ich sitze vorn, und niemand sagt ein Wort, auf der ganzen Strecke. Und ich fühle mich mutterseelenallein.

Es heißt jetzt *Gail und mein Papa.*
Gail und Adam.
Adam und Gail.

Also gibt's für mich und Lan eigentlich nichts zu sagen, oder? Gail hat meinen Papa gestohlen. Und ich und Mama wissen als Einzige, wie das ist. Wir sind noch nicht mal weg, und ich vermisse Lan jetzt schon. Ich kann mich gar nicht mehr dran erinnern, wie es sich anfühlt, wenn alles einfach normal ist.

23

DAS HEUFELD

Lan

Ich sitze bei Jim in der Werkstatt auf dem Boden und mache keine Hausaufgaben. Jim ist endlich fertig mit Mamas Kommode, aber jetzt weiß er nicht, wie er sie ihr schenken soll, deswegen schleift er einfach weiter die Einlegebretter ab, glatter und glatter und glatter. Die Kommode steht in der Ecke, und drei von den Brettern lehnen an der Wand neben der Matratze, auf der er nachts schläft und die er tagsüber vom Boden nimmt. Er hat einen Wasserkocher hier drin, aber kein Essen, wegen der Mäuse, darum bringe ich ihm jeden Morgen Frühstück. Kein richtiges Frühstück, bloß Brot und Butter.

Wenn Jim arbeitet, wirkt er ganz ruhig und friedlich. Überhaupt nicht so, als würden die Dinge, die gerade passieren, tatsächlich passieren.

»Ich vermisse es, wie du uns Frühstück machst«, erkläre ich.

Er schaut auf.

»Ich auch.«

Dann schmirgelt er weiter, und ich versuche, nicht drüber nachzudenken, wo Mama und Adam gerade sind oder was sie treiben. Ich versuche es wirklich, aber das ist wie bei dem Spiel, das Finbar mir und Amy beigebracht hat. »Wenn ihr eine Minute lang nicht an rosa Elefanten denkt, dürft ihr bei meinem Club mitmachen.«

Das ist unmöglich. Deswegen gibt es auch keinen Rosa-Elefanten-Club. Weil ich schon an Jims Frühstück gedacht habe, will ich jetzt nicht auch noch an Adam beim Kochen denken, aber mir schießt dauernd seine Angeberei beim Spaghettimachen durch den Kopf, und ich stelle mir vor, wie ich auf ihn zu renne und ihm mit einem Hammer den Schädel einschlage. Ich müsste ziemlich hoch springen, um an seinen Kopf ranzukommen – ich bin immer noch ein gutes Stück kleiner als Amy. Alle erzählen mir ständig, dass ich noch wachse, aber niemand weiß, wie viel. Vielleicht ist Gray Parks ja klein. Das hat Mama nie erwähnt. Vielleicht ist er kleiner als Martin. Vielleicht hat sie ihn verlassen, weil er zu klein war. Vielleicht hat sie Jim verlassen, weil er zu lang für ihre Kommode gebraucht hat. Nein. Ich glaube, es lag daran, dass er nicht um sie gekämpft hat und rumgeschrien und sie geschüttelt und gebrüllt hat: »Verlass mich nicht! Bitte, bitte verlass mich nicht!« Das hätte vielleicht funktioniert. Er hat es nicht mal ausprobiert. Irgendwer muss sie aufhalten. Sonst verlässt sie als Nächstes Adam, so wie Gray Parks und Jim. Sonst macht sie bis in alle Ewigkeit weiter mit dem Verlassen.

»Lan?« Jims Stimme klingt, als hätte er meinen Namen schon mehr als einmal gesagt.

»Was?«

Er setzt sich neben mich auf den Boden. Ich habe keine Lust auf *ein ernstes Gespräch*. Da erzählt er mir nur wieder, dass er mich liebt und dass das Leben von Erwachsenen kompliziert ist. Und das will ich nicht hören. Aber er nimmt meine Hand, deswegen schaue ich ihn an und wappne mich dafür zu nicken oder so und ihm zuzustimmen, damit er mich in Ruhe lässt.

»Du bist ein toller Junge.«

Das glaube ich ihm nicht. So fühlt es sich nicht an. Aber er mag mich gern genug, um es zu sagen. Er streicht mir über den Kopf.

»Okay«, meint er. »Wir sollten dann wohl mal zu Joshs Party.«

»Oh. Ja.«

Ich und Jim rennen im Regen über den Hof und schlüpfen tropfnass in den Großraum. Die Party hat schon angefangen. Auf dem Tisch neben den Chirotis steht eine gewaltige Cupcake-Pyramide. Die Cupcakes sind bestimmt von Joffrey, aber der ist nicht da, bloß die Kinder aus Joshs Klasse, keine Nicht-Frith-Erwachsenen.

Harriet steht schweigend in der Ecke, und meine Mama kann ich nirgendwo entdecken – sie kommt wahrscheinlich gar nicht. Amy tut so, als wäre sie erwachsen, und fragt die Kinder, welche DVD sie gucken wollen.

»*Scooby-Doo, Nachts im Museum* oder *Iron Man*?«

Also nicht die Frage an sich ist Erwachsentun, sondern *wie* sie fragt, den großen Macker spielt, genau wie Adam. Einfach nervig. »*Iron Man! Iron Man! Iron Man!*«, schreien die Kinder. Joshs Lieblingsfilm ist *Nachts im Museum*.

»Alles Gute, Josh«, gratulieren ich und Jim.

Adam klatscht in die Hände.

»Dann also *Iron Man!* Kinder?«

Ich weiche zurück.

»Lan?«, fragt Jim.

Aber ich halte nicht an. Auf einmal bemerke ich, wie Amy mich von der anderen Zimmerseite aus anschaut. Das ist ein Schock. Seit Tagen habe ich das Gefühl, sie sieht mich gar nicht. Ich erstarre und gucke zu Boden.

»Bleib doch noch ein paar Minuten«, meint Jim. »Für Josh.«

Ich schüttle den Kopf.

Adams laute Schauspielerstimme dröhnt durch den Raum. Ich gehe. Ich bin raus. Ist mir egal. Ich laufe in den Regen. Das ist besser. Jim bleibt drin. Tut so, als ob. Warum macht er das? Wahrscheinlich hat er schon jahrelange Übung.

Ich werfe einen Blick über die Schulter durch die Scheibe in den hell erleuchteten Großraum, und durch den Regen wirkt der Nachmittag beinahe wie am Abend. Inzwischen hüpfen die Kinder auf und ab. Adam schwenkt die Arme. Rani und Martin verteilen Essen und Papierservietten, bevor Martin Adam mit der Leinwand hilft. Diesmal haben sie eine richtige gemietet. Joshs Miene ist besorgt. Eigentlich mag er Partys gar nicht. Keins von den anderen Kindern redet überhaupt mit ihm, nicht mal meine Schwestern. Ich laufe durch den Regen. »*Iron Man! Iron Man!*«, kreischen die Kinder im Haus, aber ihre Stimmen werden immer leiser, je weiter ich mich entferne.

Eine Tür schlägt, und Füße platschen.

»Lan!«

Es ist Amy, hinter mir. »Na?«, macht sie. Ich drehe leicht den Kopf, zucke mit den Schultern und erwidere: »Na?«, um zu zeigen, dass ich sie nicht ignoriere. Aber ich gehe weiter.

Sie bleibt mir auf den Fersen. Ich kann ihre Schritte hören.

»Was treibst du?«

»Nichts.«

»Wo willst du hin?«

»Nirgendwo.«

Ihre Schritte halten an. Und laufen wieder los.

»Verfickt noch mal, Lan.«

Fast bleibe ich stehen. Sie ist sauer. Ich sollte stehen bleiben. Ich will sie nicht ignorieren. Ich will nicht gemein sein. Ich will bloß nicht mit ihr reden. Warum geht sie nicht einfach wieder rein?

»Alles okay?«, fragt sie.

Was soll ich darauf antworten? Sie klebt an mir.

»Hab ich dir was getan?«

»Nein.«

»Wirklich nicht?«

»Nein.«

»Hör auf, Lan!«

Ich schüttle sie ab. Ich antworte ihr einfach nicht mehr. So mache ich das. Dann haut sie endlich ab. Wir kommen am Obstgarten vorbei. Keine Ahnung, wo ich hinwill. Vielleicht zum Heuschober.

Die Hühner flattern erschrocken auf, als wir am Schober vorbeistapfen. Und an der Ruine, wo Adam gerade wohnt, deswegen kann ich mich da auch nicht reinflüchten.

Amy holt mich ein. Sie ist so was von nervig. Kapiert sie denn nicht, dass Reden keinen Sinn macht? Sie begreift nie, wann sie die Klappe halten sollte. Aber sie sagt kein Wort. Sie *schubst* mich. Fest. Sodass ich fast hinfalle. Ich wirble rum ...

»Hey!«

»*Was?*«

Ich habe sie schon früher so wütend gesehen, bloß nie mit mir. Aber ich habe keine Angst. Ich starre sie an, bis sie wegschaut.

»Wie du willst, Lan. Mir scheißegal.«

Sie schubst mich noch mal. Sie ist größer als ich. Mit beiden Händen. Ich stolpere rückwärts und plumpse beinahe auf den Hintern.

»Lass mich!«

»Zwing mich doch.«

»Hau ab!«

»Nein.«

Da stürze ich mich auf sie, mit gesenktem Kopf, ramme sie, und wir kämpfen. Ich schlage zuerst zu, dann renne ich panisch weg, aber sie rennt hinterher und stellt mir ein Bein, und ich fliege zu Boden. Sie schlägt zurück. Wir rollen vom Weg runter und durch das Gatter zum Heufeld auf die alten, weichen Stoppeln und die Erde, bis unsere Rücken pitschnass sind. Wir hauen und kratzen, ihr Fuß erwischt meinen Kopf, und wir fallen wieder hin und schubsen uns gegenseitig. Mein Knie landet auf ihren Haaren, und ich spüre was reißen, und sie schreit. Ich weiche zurück, und sie fährt hoch, und ihr Kopf knallt gegen mein Kinn, sodass meine Zähne aufeinanderprallen. Meine rudernden Arme treffen sie, und sie legt sich wieder lang. Ich höre es eher, als dass ich es sehe.

Ich öffne die Augen und sinke nach Atem ringend auf die Knie. Sie rührt sich nicht.

»Alles okay?«

»Mir geht's gut«, antwortet sie sofort. »Idiot.«

Ich überprüfe meine Verletzungen. So gut habe ich mich schon seit Ewigkeiten nicht mehr gefühlt. Was Feuchtes rinnt mir übers Kinn. Schmeckt wie Blut.

»Da ist was aufgeplatzt.«

»Musst du rein?«

»Nein, passt schon.«

Wir setzen uns.

Wir sagen kein Wort, aber wir sitzen so lange da, bis wir nicht mehr schwitzen, sondern zittern. So lange, bis wir spüren, wo die blauen Flecken entstehen, bis ein paar Stellen nicht mehr wehtun und andere dafür umso heftiger. Und bis wir ganz genau wissen, was wahr ist.

»Dein Papa ist ein Arschloch«, verkünde ich langsam und ruhig. »Und ich hasse ihn.«

»Deine Mama ist ein Miststück. Und eine Schlampe.«

»Dein Papa ist ein dreckiger Scheißlügner.«

Darauf reagiert sie lange nicht.

»Sie haben Sex«, flüstert sie dann. »Das finde ich schrecklich.«

»Ich auch.«

Ihr Kopf liegt auf ihren Armen.

»Lan, was ist mit allem passiert?«

Ich weiß es nicht. Ich kann's ihr nicht sagen. Mittlerweile ist es so dunkel, dass wir keine Gesichter mehr haben, nur uns beide.

»Ich will nicht, dass du wegziehst«, erkläre ich. Gleich fange ich an zu heulen.

»Ich hab total Schiss«, erwidert sie, als wollte sie auch heulen.

Wir verhaken die Fingerspitzen. So haben wir nicht mehr Händchen gehalten, seit wir sechs oder sieben waren. Das ist nicht so wie bei denen in der Schule, die behaupten, dass sie miteinander gehen. Wir sind bloß nett. Wir bleiben so, bis es peinlich wird.

»Na dann.«

Amy reibt sich das Gesicht und bringt sich wieder in Ordnung. Ich folge ihrem Beispiel und wische mir die Nase an der Jeans ab.

»Blutest du noch?«

»Nö, hat aufgehört«, sage ich.

Es ist eiskalt geworden. Ich rieche die Stoppeln und die Erde. Und das Gras. Und den Obstgarten.

»Glaubst du, wir sensen hier je wieder Heu? Wenn wir älter sind?«

»Ich wahrscheinlich nicht«, antwortet Amy. »Weil ich nicht mehr hier bin.«

»Das weißt du nicht.«

Wir stehen auf und machen uns auf den Rückweg.

»Wie hast du dich überhaupt verletzt?«

  »An deinem Kopf.«

    »Jetzt ist der Boden blutgetränkt, oder?«

      »Ja, wie auf einem Schlachtfeld.«

      »Die Schlacht vom Heufeld 2010.«

    »So dramatisch war's jetzt auch wieder nicht.«

  »War's wohl, dein Kopf ist steinhart.«

»Halt die Klappe.« »Halt du doch die Klappe.« »Nein, du.« »Ach, vergiss es …«

24

HODGES IM WAGENHAUS

Amy

Es kommt ganz plötzlich, am Tag vorher. In einem Moment fürchten wir uns vor etwas, das in weiter Ferne liegt, im nächsten müssen wir uns *morgen* schon verabschieden.

Mama will den kompletten Hof abgehen, um Tschüs zu sagen. Ich und Josh dürfen den Lada fahren. Am Ende vom Feldweg steigen wir aus und laufen über die Schweinebuckel zum Foy-Forst, dann am Rand der Kahlen Wildnis entlang bis in unseren Wald. Und wir überprüfen fast alle Hecken.

Im Wald spielen Bryn, Eden, Lulu und Niah am Bach. Sie bauen den Damm weiter und tun so, als würden sie uns gar nicht bemerken. Sie wollen nicht gestört werden.

Als Mama und Papa es Josh erzählt haben, das mit dem Wegziehen, ist er kalkweiß geworden und hat angefangen zu schreien, als würde er von einem Fuchs gefressen. Mama hat ihn in die Arme geschlossen, und Papa war so mitgenommen, dass er vor die Tür musste. Ich glaube, Josh stand ein paar Tage lang unter Schock. Vielleicht geht es uns ja allen so. Es kommt mir immer noch nicht real vor.

Überall sprießen schon die Glockenblumen. Mamas Gesicht wird stocksteif bei ihrem Anblick. Sie starrt alles an, als würde sie es hassen, eiskalt. Ich versuche die ganze Zeit, sie irgendwie zum Lachen zu bringen. Jeder ihrer Abschiede steckt voller Bedauern.

»Ich wollte die Hecken noch fertigkriegen.«

»Wir haben nie alle Steine vom Großfeld gesammelt.«

»Ich wünschte, wir hätten das Geld für eine Milchkuhherde gehabt.«

»Ich habe ihnen gesagt, sie sollen die Ferkel auf die Schweinebuckel bringen, für den Boden, aber wahrscheinlich machen sie es nicht.«

»Hätten wir hier doch Bäume gepflanzt.«

»Ich dachte, wir hätten noch Zeit.«

Das sagt sie am öftesten: »Ich dachte, wir hätten noch Zeit.«

Später schnappen ich und Lan uns Brot und Käse und setzen uns zu Gabriella, Lily und Rose. Josh wollte nicht mit, er ist zu traurig wegen seiner Schafe, um sie noch mal zu sehen.

»Ich frage Mama nach einem Handy«, meine ich. »Damit wir telefonieren können.«

»Cool. Und wir können bei Facebook schreiben.«

»Klar.«

Das werden wir alles nicht machen, und selbst wenn, wird es nicht dasselbe sein. Es wird überhaupt nichts sein. Was sollen wir schon sagen? *Wie war dein Tag?*, so wie Erwachsene?

»AMY! SCHÄTZCHEN!«

Lan erstarrt beim Klang von Papas Stimme, und ich springe schnell auf, um zu gucken, was er will.

»Amy! Josh!«

Wir laufen zur Ruine, Josh ein kleines Stück hinter mir.

»Was ist los?«, fragt er.

Die Tür steht offen. Die Ruine war immer der sauberste und perfekteste Ort auf dem ganzen Hof, aber jetzt wohnt Papa drin.

»Was hast du angestellt?«, frage ich. Das Chaos ist unglaublich –

und Mama behauptet immer, ich würde Chaos gar nicht sehen, also muss es echt krass sein.

»Kommt rein, kommt rein.«

Papa hat gekocht, und es riecht nach einer ziemlich schlimmen Mischung aus Essen und Erwachsenenbett. Seit Mama ihm verboten hat, mit uns Kindern über sich und Gail zu reden, ist er todtraurig. Das haben die beiden andauernd versucht, irgendwas über Liebe gefaselt, es war schrecklich. »Ihr bringt sie nur durcheinander«, hat Mama gemeint. »Du kannst hier nicht der Gute sein.« Aber wenn Papa nicht der Gute sein kann, dann weiß er gar nicht mehr, wer er sein soll. Ich versuche zu ignorieren, wie unglücklich er aussieht. Er zieht erst in einer Weile ins Bauernhaus, vielleicht fühlt er sich ausgeschlossen. Aber ich werde kein Mitleid mit ihm haben.

»Ich habe gerade diesen WLAN-Repeater gekauft«, erzählt er, »aber keine Ahnung, wie man ihn einrichtet.« Zuckersüß lächelt er mich an.

»Er will sich nur einschleimen«, sage ich zu Josh.

»Stimmt«, meint Papa. »Ihr fehlt mir.«

»Ich habe keinen Plan von WLAN. Genauso wenig wie Josh.«

»Egal. Wollt ihr was zu essen? Was zu trinken?«

Er schlurft rum und räumt auf, aber dermaßen schlecht und langsam, dass wir ihm am Ende helfen. Josh spült ab, und ich putze. Als Papa sich bei uns bedankt, wirkt er so depri, dass ich kurz die Augen zumachen muss.

»Wenn ihr zu Besuch kommt, wollt ihr dann in der Ruine bei mir wohnen? Oder woanders?«

Keine Ahnung. Das kann ich mir überhaupt nicht vorstellen. Mama sagt, sie kommt nie mehr her. Sie meint, wenn sie hier nicht leben darf, kann sie Frith auch nicht wiedersehen.

»Papa …« Ich will ihn unterbrechen, aber ich weiß nicht, wie. Es fühlt sich an, als würde er mich in die Ecke drängen.

»Ich werde euch beide so sehr vermissen. Versprecht mir, dass ihr mich besucht, ja?«

»Du schmeißt uns raus!«, rufe ich plötzlich zu meiner eigenen Überraschung.

Josh wirkt erschrocken, und ich klappe den Mund wieder zu. Josh motzt nie Leute an, er kriegt nur Bauchweh.

»Ich verstehe schon, dass es euch so vorkommt«, erwidert Papa. »Aber falls ihr – *wenn* ihr mich besucht, dann könnten wir vielleicht ...« Er lächelt. »... vielleicht das Pony kaufen, von dem du schon immer geträumt hast.«

Nicht zu fassen, dass er das gerade wirklich gesagt hat. Josh zuckt neben mir aufgeregt zusammen. Das ist nicht fair. Er checkt nicht, dass er verarscht wird. Als Papa mein Gesicht sieht, verstummt er und wirkt ganz schuldbewusst, wie ein Hund, der was ausgefressen hat und erwischt worden ist.

Ich denke an Mama. An all ihre Arbeit. Und an all die Träume der beiden für Frith. Papa und Gail planen noch ein Ferienhaus, damit Frith *sein gesamtes Potenzial entfalten kann.* Sobald wir weg sind, fangen sie damit an. Na also, da ist es endlich, ich bin wütend.

»Ich komme dich hier nicht besuchen«, sage ich. »Niemals!«

Warmer Stolz erfüllt mich, als würde ein riesiger, heller Scheinwerfer auf mich strahlen, und mir schießt durch den Kopf: *Ich werde mich an diesen Moment erinnern. Ich habe recht. Das weiß ich.*

Dann fällt mir Josh wieder ein.

Und dass wir wegziehen.

»Josh kann gerne kommen«, murmle ich. »Aber ich komme nicht.«

Gleich muss ich heulen. Also packe ich Josh an der Hand und renne los. »Alles okay, Amy?«, fragt er, während er mühsam mit mir Schritt hält. »Alles okay?«

Ich, Lan und Josh stehen im Großraum und schauen raus übers Tal. Rani und Martin haben uns ins Wagenhaus eingeladen für ein Letztes Abendmahl, aber wir wollen nicht gehen. Am Horizont glüht ein orange-rosa Sonnenuntergang, und überall ist rosa Licht. Jim und Mama sitzen zusammen auf dem Trogrand und gucken zu. Jim hat den Arm um Mamas Schultern gelegt.

»Ich hasse Papa«, sagt Josh.

Ich will protestieren, aber das kann ich nicht. Jetzt, wo ich erst mal angefangen habe, wütend auf Papa zu sein, weiß ich nicht, wie ich je wieder aufhören soll.

»Jim ist viel netter«, fügt Josh hinzu.

Wir laufen raus zu den beiden.

»Kommt her.« Mama nimmt Josh in den Arm, und ich und Lan setzen uns auf den Boden vor sie. Es ist schmodderig, aber irgendwie scheint das hier ein wichtiger Moment zu sein, also kann ich mich nicht beschweren. »Schöner Sonnenuntergang«, meint irgendwer von uns, und die anderen stimmen zu.

»Wir sind die Besten hier«, sagt Josh zu Mama. »Ich, du, Amy, Lan und Jim.«

»Und deine Schwestern, Lan«, meint Mama.

»Ja, die sind ganz okay«, pflichtet Lan ihr bei. »Und Finbar.«

»Und Em«, fügt Josh hinzu. »Die ist auch ganz okay.«

»Und Rani«, ergänzt Jim. »Und Martin.«

Da fällt mir was ein. »Ich und Lan haben uns früher immer gewünscht, dass du und Jim verheiratet wärt.«

»Ich weiß«, erwidert Mama, »das habt ihr ständig gesagt.«

Echt? Daran erinnere ich mich gar nicht mehr.

»Das Ding ist, wir haben es uns sogar selbst gewünscht«, meint Jim. »Oder nicht, Harriet?«

»Irgendwie schon.«

»Leider haben wir beide das Pech, sehr dumme Menschen zu lieben. Und die Dummen scheinen auf der Gewinnerseite zu stehen.«

Rani schiebt Hausaufgaben und Malsachen vom Tisch, und Bill deckt ein. Lulu hängt kopfüber auf dem Sofa. »Ich will nicht, dass ihr geht«, verkündet sie mit den Beinen in der Luft.

»Finbar kommt nicht«, berichtet Martin.

Das haben wir auch nicht erwartet. Dieses Abendessen ist so *drinnen*, wie es nur sein kann. Alle sind lieb und nett, sogar Bill und Lulu. Keine Ahnung, wie Erwachsene sich so verstellen können und essen und reden, wenn gleichzeitig die schlimmsten Dinge passieren. Hoffentlich werde ich nie so. Ich und Lan sind eher wie Finbar. Wir fühlen uns eingesperrt und würden am liebsten flüchten. Bloß will ich auch nicht ins Bett, weil dann gleich morgen ist.

»Sarah wohnt in Finsbury Park«, erzählt Mama gerade. »Ich kenne den Londoner Norden noch nicht, aber ich bin froh, dass die Kinder und ich uns ein Zimmer teilen, ich glaube, wir brauchen einander jetzt, und wir haben zwei Betten und ein Feldbett, da können wir uns abwechseln ...« Bla, bla, bla, bla, bla.

Die Zukunft.

Die Vergangenheit.

Die *Gefühle* von allen.

Ist doch schon schlimm genug, das alles zu erleben, ohne auch noch ständig drüber reden zu müssen.

Als es schließlich Zeit wird, umarmen die Erwachsenen sich.

»Das ist wie der Abend vor der Schlacht von Azincourt«, meint Rani.

»Nur gab es damals eine Chance auf den Sieg.« Mamas Haare sind fest zurückgezurrt, ihre Lippen schmal und gespannt.

Wir stehen an der Tür. »Gute Nacht, schlaft gut, passt auf euch auf ...«

»Ich kann es immer noch nicht glauben«, sagt Martin. »Echt nicht. Ich hätte nie gedacht, dass sie es wirklich und wahrhaftig durchziehen.«

»Aber das haben sie.« Mama kommt mir kilometerweit weg vor, als könnte ich sie nicht berühren, selbst wenn ich es versuchen würde.

Wir laufen zurück zum Haus. Wir sehen Frith nicht, weil der Mond nicht scheint, aber ich weiß, dass es überall um mich rum ist. Unsichtbar. Wunderschön. Es riecht nach einer gerade angezündeten Selbstgerollten. »Na, ihr?«, fragt Finbars Stimme aus der Richtung seiner Hütte. Wir erkennen einen kleinen roten Glutpunkt, dann Finbar selbst.

»Geht's dir gut?«, fragt Mama zurück.

»Ich war bloß, na ja ... Ich will nicht, dass ihr mich für unhöflich haltet, weil ich nicht bei eurem Abschiedsessen war.« *Unhöflich* ist kein Finbar-Wort.

»Na, Kinder?«, sagt er. »Na, Finbar?«, erwidern wir. Josh ist müde und lehnt sich an mich, so wie früher, als er noch klein war. Mittlerweile ist er zu schwer, um ihn lange zu halten.

»Harriet ...«, fängt Finbar an, spricht aber nicht weiter. »Harriet«, wiederholt er.

Mama wartet.

»Scheiße«, sagt er irgendwann. »Verdammte Drecksscheiße. Oder?«

»Ja«, antwortet sie. »Verdammte Drecksscheiße. Ich wünschte, ich könnte dir was anderes anbieten, aber mir fällt nichts ein. Mach's gut, Finbar.«

Sie küsst ihn auf die Wange. Ich auch, obwohl er so unter Strom steht, als könnte er jede Sekunde wegrennen. Josh umarmt ihn. Das scheint ihn nicht zu stören. Dann gehen wir schnell weiter, bevor wir noch trauriger werden.

Wir sind schon fast an der Tür.

»Du hast mir ein Zuhause gegeben«, ruft Finbar durch die Windstille. »Du hast mir das Leben gerettet.«

Mama dreht sich um, und wir gucken auch, aber wir können ihn nirgendwo entdecken.

»Was hätten wir nur ohne dich getan?«, ruft sie zurück. »Die Glückspilze waren wir.«

Ich liebe es, wie sie immer genau das sagt, was mir nie rechtzeitig einfallen würde.

»Zum Teufel damit«, erwidert Finbar. »Das war nicht für die anderen, sondern für dich.«

Keine Ahnung, ob er noch da ist, als wir reingehen, oder schon wieder in seiner Hütte.

25

ABSCHIED

Lan

Ich werde ganz früh am Morgen wach. Amy ist nie vor mir auf, also laufe ich runter und durch den Großraum, um in der Kuhhaus-Küche auf sie zu warten. Die Tür ist jetzt immer zu, und als ich sie öffne, steht Amy am AGA und kocht Tee. In der Küche ist es dunkel. Amy wirkt irgendwie komisch.

»Ich wollte die Ziegen füttern, damit Mama das nicht machen muss«, sagt sie.

»Okay.«

Wir nehmen den Resteeimer und gehen gemeinsam raus.

Die Ziegen haben keine Ahnung, dass irgendwas anders ist, sie stampfen auf dem schlammigen Fleck in der Nähe vom Zaun rum und klettern einander auf den Rücken. Gabriella, Rose und Lily machen mit, wie immer.

»Die drei glauben auf jeden Fall, dass sie auch Ziegen sind«, bemerke ich.

Amy bleibt stumm. Wir kippen den Eimer aus und werden dabei fast umgeschubst. Langsam wird es wärmer. Wir gucken ihnen beim Fressen zu.

»Amy! Verdammt noch mal! Was treibst du da?« Harriet stürmt stinkwütend aus dem Haus und auf uns zu.

»Hä?«

»Du hast die Ziegen gefüttert! Das wollte ich machen!«

Plötzlich fällt aller Ärger von ihr ab, und sie wirkt einfach nur müde.

»Tut mir leid. Ich melke sie dann. Tut mir leid, mein Schatz.«

»Schon okay.«

»Zehn Uhr Aufbruch?« Sie geht rein und wirft die Tür hinter sich zu.

Ich verliere kein Wort darüber. *Die Gemüter sind erhitzt*, wie Finbar sagen würde. Ich stecke die Hände in die Hosentaschen und wende mich wieder zu den Ziegen um.

»Drehst du eine Abschiedsrunde mit mir?«, fragt Amy.

»Klar.«

Wir laufen in Richtung Elektrozaun.

»Tschüs, Hazel«, sagt Amy. »Tschüs, Satan. Tschüs, Erica, Conny und Olive.« Sie schauen nicht auf. Warum sollte sie so was auch interessieren?

»Tschüs, Gabriella Weihnacht.«

Das reicht nicht. Amy stapft zurück aufs Feld und drückt ihr einen Kuss auf die Wange.

»Tut mir leid wegen Engel Rakete.«

Es kommt mir auch wie mein Abschied vor, es ist so ewig her, dass wir ihnen diese kindischen Namen gegeben haben.

Wir schlendern an Finbars Hütte vorbei. Normalerweise wäre er inzwischen draußen – vormittags Gemüse, nachmittags Malen –, aber von ihm fehlt jede Spur.

»Tschüs, Finbars Hütte.«

Rani und Martin sind in ihrem Garten und winken. Die anderen Kinder stehen langsam auf. Das Ganz-früh-am-Morgen-Gefühl ist verschwunden.

»Tschüs, Ems Häuschen«, sagt Amy.

Am oberen Ende des Feldwegs schließen wir ein Auge, strecken den Arm aus und drehen uns im Kreis. Unsere Zeigefinger wandern über den Horizont. Das Schoberdach, der Wald, der Hügel in der Ferne, der wie ein Delfinkopf aussieht.

»Hooo-heee«, hören wir Harriet rufen. »Amyyy ...«

»Das war erst Nummer eins«, meine ich.

Wir rennen zum Gatter vom Heufeld und klettern drauf. Man erkennt immer noch die Narben von unserer Rauferei im neuen Gras und den Stoppeln.

»Amy ... Amyyyyy ... hooo-heee.«

»AMY!« Jims Stimme.

Es ist Zeit. Wir sind bloß Kinder, wir können nichts dagegen tun.

»Guck mal!«, sagt Amy.

Ein Vogel mit zwei Speeren als Schwanz schießt tief übers Feld.

Alle acht von uns gucken zu, wie Jim das neue Datum an die Wand schreibt.

2010–14. April

»Gut beobachtet«, bemerkt er.

Der Lada ist vollgepackt mit ihrem Zeug. Alle warten, während Amy und Josh sich von ihrem Vater verabschieden. Eigentlich wollten sie gar nicht, aber Harriet hat sie gezwungen. Als sie zurückkommen, hält Amy Josh an der Hand, und keiner von beiden sagt ein Wort. Meine Mama ist bei den Hühnern – diesmal wirklich, ich habe sie gesehen.

Dann verabschieden wir uns, umarmen uns und wiederholen ständig verlegen dasselbe. Ich und Amy schneiden einfach nur so was wie eine Grimasse, es gibt nichts zu sagen, und Umarmen wäre komisch.

»Okay, fahren wir«, meint Harriet schließlich. »Das hält ja keiner aus.«

Jim lässt den Lada an, und Harriet steigt neben ihm ein. Amy und Josh zwängen sich nach hinten zu den Taschen, die zwischen und unter ihnen stehen, und nehmen ihre Bettdecken auf den Schoß. Amy guckt nicht aus dem Fenster. Sie schaut gar nicht auf. Das Letzte, was ich von ihr sehe, ist ihre Nasenspitze, die hinter dem Haarvorhang verschwindet.

Nicht mal ihren Hinterkopf kann ich erkennen, weil sich im Kofferraum zu viel Kram stapelt.

Jim fährt die Einfahrt hoch. Und über den Hügel.

Der Rest von uns steht einfach nur da und weiß nicht, was er tun soll. Der Moment ist zu klein für eine so große Veränderung.

Bill hebt ein Stück Flintstein auf. Dann geht er zum Letzten Relikt und zieht die Spitze langsam über den glänzenden roten Wagen. Rani und Martin und Em und Finbar und ich sehen schweigend zu, wie er eine gezackte Linie in den Lack kratzt.

Als er fertig ist, lächelt er. Ich drehe mich um und will mit Amy drüber reden, aber sie ist nicht da.

Amy

Der Lada rumpelt den Hügel runter. Niemand sagt was. Mit der Decke auf dem Schoß ist mir jetzt schon brunzeheiß. Ich schiebe sie weg. »Nicht«, sagt Josh und schiebt sie zurück. Ich stampfe sie auf den Autoboden.

»Kinder«, mahnt Mama.

Am Ende von Colins Einfahrt hält Jim an und hupt. Ich verdrehe die Augen. Sie kurbeln die Fenster runter und warten, und ein paar Minuten später taucht er oben auf dem Hügel auf und kommt langsam auf uns zu gejoggt. Ich will nicht ungeduldig werden, aber ich muss dringend hier weg, statt Schnarchnasen-Colin dabei zuzuschauen, wie er nach den richtigen Worten ringt, die es doch gar nicht gibt. Mit geballten Fäusten versuche ich, ein freundliches

Gesicht aufzusetzen. Aber Colin sagt überhaupt nichts. Er schüttelt Mama die Hand und nickt uns auf dem Rücksitz zu, dann tippt er sich komisch an die Stirn. Jim fährt weiter. Als ich mich umdrehe, sehe ich Colin durch das winzige Stück freie Heckscheibe winken. Ich will zurückwinken, aber er sieht mich nicht.

Jim fährt ganzvorsichtig, so als wäre der Lada aus Glas, oder vielleicht auch Mama. Aber so wirkt sie null, sie starrt steinern gradeaus. Neben mir höre ich ein Geräusch. Josh weint.

»Meine Küken«, stößt er zwischen Tränen und Spucke hervor. »Ich will meine Küken nicht verlassen.«

»Schmerzmittel«, sagt Mama. »Kannst du kurz am Spar halten?«

Jim stellt den Motor aus und stiert ins Leere. Josh sieht aus, als wären wir seit zehn Stunden unterwegs, dabei sind wir erst im Dorf.

»Bock auf ein Twister?«, frage ich. Wir haben uns noch nicht von Kyle und Lily verabschiedet.

»Hey ...«, macht Jim, aber wir sind schon ausgestiegen.

In der Ladentür bleiben wir wie angewurzelt stehen. Leslie Robinson hält Mama im Arm. Und Mama weint. So habe ich sie noch nie weinen sehen, wie ein kleines Mädchen. Ihr kompletter Körper bebt, und ihr Gesicht ist an Leslies Schulter vergraben. Leslie tätschelt ihr den Rücken.

»Na, na, Liebes, alles wird wieder gut.« Leslie wirkt wie ein anderer Mensch, richtig weich und nett. Sie lösen sich voneinander, und Leslie legt Mama beide Hände an die Wangen.

»Das Land wird immer da sein. *Immer.* Alles andere vergeht. Das Land besteht.«

Mama nickt. »Danke.«

Leslie wendet sich zu uns um, wieder ganz normal.

»Was kann ich für euch tun?«

»Sind Kyle und Lily da?«

»Die sind mit Chris unterwegs. Nächstes Mal wieder.«

Ich klappe schon den Mund auf, um ihr mitzuteilen, dass es kein nächstes Mal gibt, bevor mir klar wird, dass sie das weiß.

»Sagst du ihnen Hey von uns?«, frage ich.

»Aber sicher.«

»Kommt mit.« Mama nimmt mich und Josh an die Hand, und wir steigen zurück in den Lada.

Und Jim fährt wieder los. Weg.

Wir verlassen das Dorf, rollen an Feldern und Bäumen vorbei, am Land der Robinsons und dem Schild zu ihrem alten Haus, biegen auf die Landstraße und dann auf eine große, breite Straße zu den anderen Autos. Der vollgepackte Lada ist am langsamsten.

Ich schaue auf die weißen Linien, den Grünstreifen, die Bäume und die Felder dahinter, bis zum grünen Horizont, der wie eine Welle vorüberrauscht. Ich denke an die Zukunft. Nicht *die* Zukunft, für die wir laut den Erwachsenen *gerüstet* sein sollen, die ist kalt und unheimlich. Nicht an die Schule in London mit lauter Fremden. Die echte Zukunft. Mein Leben. Wenn ich selber entscheiden kann. Ich bin pragmatisch. Und superstark. Das weiß ich, weil Mama es immer sagt und ich es auch spüre. Bei meiner Geburt hat sie mir in die Augen geschaut und war zuversichtlich. Ich bin auch zuversichtlich. Frith ist mein Zuhause, und ich werde wiederkommen. Dieser Abschied ist nicht für immer. Und vielleicht ist es gar nicht so schlimm, eine Weile weg zu sein. Ich erlebe Abenteuer. Und dann komme ich zurück nach Hause. Wie, keine Ahnung. Aber dass, steht felsenfest. Genau wie Leslie zu Mama gesagt hat: Egal, was passiert, Frith wird immer da sein. Und ich kann mich glücklich schätzen, weil ich mal dort gelebt habe, weil ich das Gefühl kenne, irgendwo hinzugehören. Ich greife nach Joshs Hand.

»Alles okay?«

Er nickt und hebt leicht die Mundwinkel.

»Mama, alles okay?«

Mama dreht sich zu mir um und lächelt. Sie muss nicht sagen, dass sie mich lieb hat, das weiß ich auch so.

Lan

Ich habe nichts zu tun. Die Erwachsenen werkeln irgendwo auf dem Hof, und Rani hat die Mädchen und ihre Kinder mitgenommen zum Kochen oder so. Ich wollte nicht. Ich stehe da, bis der letzte Hauch Diesel verflogen ist und man nur noch die Vögel singen hört.

Vielleicht gehe ich einfach rein, aber als ich zu den Häusern hochschaue, weiß ich gar nicht, in welches. Das Bauernhaus kommt mir nicht richtig vor. Und im Kuhhaus sollte eigentlich Amys Familie sein, und Amy. Bald wohnt Jim dort. Dann hat er das ganze Ding nur für sich. Ich könnte in Joshs Zimmer schlafen, oder in Amys, um in ihrer Nähe zu sein. Vielleicht mache ich das wirklich. Aber eigentlich will ich da jetzt nicht drüber nachdenken. Oder über sonst irgendwas.

»Lan?«

Mama kommt aus dem Obstgarten und auf mich zu.

»Geht's dir gut?«

Ich zucke mit den Schultern. Was soll ich darauf auch antworten?

Sie nimmt mich in den Arm. »Tut mir leid, dass ich nicht für dich da war bei der Verabschiedung. Das ist alles nicht leicht.«

Ich rühre mich nicht und erwidere kein Wort. Nicht, um zu schmollen oder sie zu ärgern. Ich weiß einfach nicht, was ich sagen oder fühlen soll, und ich will nicht weinen. Auf einmal spüre ich, wie sie ein bisschen zusammenzuckt und sich aufrichtet. Ich folge ihrem Blick und entdecke den langen Kratzer im Letzten Relikt, den Bill gemacht hat. Sie runzelt die Stirn.

»Ich war's nicht«, versichere ich und komme mir wie ein Feigling vor. Sie schaut auf mich runter, als würde sie kopfrechnen, wie so oft. Dann lächelt sie, und mir wird warm, als würde die Sonne plötzlich scheinen.

»Ich glaube dir. Aber es ist in Ordnung, wenn du sauer auf Adam bist. Oder auf mich. Und mir ist klar, dass Amy dir fehlen wird. Aber wir sind hier, Lan. Du, ich, deine Schwestern – *wir sind hier*, und ich würde dich niemals verlassen.«

Meine Kehle schnürt sich zu, und meine Stimme klingt komisch. »Ich weiß«, erwidere ich, obwohl ich es nicht weiß. Aber ich bin froh, dass sie es gesagt hat.

»Bis später.«

Damit geht sie davon. Zu Adam, das ist mir klar. So läuft das jetzt wahrscheinlich einfach.

Ich bin wieder allein vor den Häusern. Die Steinwände und die Einfahrt, die Grasbüschel und die Gänseblümchen, die in den Ritzen wachsen. Ich hebe den Fuß und beobachte, wie ein paar Grashalme hochschnellen. Und auch ein Gänseblümchen, dessen Stiel sich langsam erholt, bis es wieder ganz normal aussieht, als wäre mein Fuß nie da gewesen.

Auf einmal fallen mir Joshs Küken ein, im Brutschrank in seinem Zimmer. Zu ihnen hat Amy bei ihrer Abschiedsrunde nicht Tschüs gesagt, vielleicht haben alle sie vergessen. Es fühlt sich immer noch nicht gut an, und ich zögere. Aber irgendwer muss sich um sie kümmern.

Im Kuhhaus ist niemand. Und es wirkt völlig anders. Ich steige die Treppe hoch und bleibe auf dem Absatz stehen.

Das Horizontbild an der Wand von Amy und mir ist immer noch da. Dafür haben wir damals jede Menge Ärger gekriegt. Jetzt ist der

Horizont mit anderem Kram übersät, den wir Kinder über die Jahre gemalt haben – Tiere und Regenbögen und Strichmännchen. Ich betrete Joshs Zimmer. Sein Bett steht noch da und sein leerer Plastikwäschekorb und der Nachttisch, aber sonst ist fast alles weg. Das Zimmer sieht alt und dreckig aus, so hat es vorher nicht ausgesehen. Richtig schlimm. Der Brutschrank auf dem Boden ist eingesteckt und beleuchtet. Ich knie mich davor. Die Küken hopsen und drängeln und piepsen. Sie haben Wasser. Scheint alles okay zu sein. Die meisten sind inzwischen flauschig und werden dicker. Nur ein paar wirken noch feucht und strähnig. Vorsichtig öffne ich den Deckel, hole eins raus und drücke es an meine Brust, mit der anderen Hand obendrauf, damit es keine Angst kriegt. Es piepst und pikt mich sanft. Ich gehe wieder raus zur Treppe. Meine Schwestern spielen zusammen auf dem Hof. Bill und Lulu kann ich nicht entdecken, aber meine Schwestern sind da, alle drei, und lachen über irgendwas.

Ich setze mich aufs Fensterbrett, das Küken in der Halsbeuge. Es kommt mir wie das lebendigste und zerbrechlichste Wesen auf der ganzen Welt vor.

Amy sitzt wahrscheinlich noch im Auto, nicht am Bahnhof. Ich werde sie anrufen und ihr bei Facebook schreiben und alles. Dachte ich eigentlich nicht, aber wahrscheinlich doch. *Logisch*, höre ich fast ihre Stimme in meinem Kopf.

Das Küken fühlt sich so lebendig an, es summt beinahe an meinem Hals. Weich und wertvoll. Und irgendwo tief drin schlägt ein klitzekleines Herz.

Ich schaue raus auf die Hügel, die in Richtung Tal wogen, hoch und runter, in die Ferne, auf die Vormittagssonne und die Schatten, die über die Hügel wandern und sie blau statt grün färben. Ganz weit hinten hängt eine dunkle Wolke. Ich beobachte sie, bis sie sich lichtet, es drunter wieder goldgrün wird, ein Fleckchen Sonne, das so weit entfernt ist, als würde man durch die Zeit gucken. Wie lange es wohl dauern würde, bis dahin zu laufen, und wie es dort wohl wäre?

Ich stehe auf und setze Joshs Küken zurück zu den anderen, dann warte ich unten in der Einfahrt auf Jim. Er will bestimmt wissen, dass es ihnen gut geht.

Danksagung

Ohne meine außergewöhnliche Lektorin und Verlegerin bei Chatto & Windus, Clara Farmer, würde es dieses Buch nicht geben; für ihre Ehrlichkeit und Geduld werde ich ihr ewig dankbar sein.

Danke auch an meine unglaublich talentierte US-Lektorin Terry Karten für ihre zielsichere Hilfe und ihre Liebe zu Frith.

Britischen Dank an Priya Roy, Isobel Turton, Amanda Waters, Mollie Stewart, Victoria Murray-Browne und Beth Coates.

Amerikanischen Dank an die großartigen Tracy Locke und Katie O'Callaghan.

Ursprünglich dachte ich, ich möchte eine idyllische Landschaft als Cover für dieses Buch. Aber ich habe mich gründlich geirrt. Danke an Stephen Parker für das wunderschöne Chatto/Vintage-Cover, an Milan Bozic von HarperCollins für das megacoole US-Pendant – und an beide für ihre Beharrlichkeit.

Ein riesiges Dankeschön an die geniale Cathryn Summerhayes von Curtis Brown und an Jennifer Joel von ICM.

Ich fühle mich dankbar und geehrt, die Unterstützung von Hannah Telfer und Jonathan Burnham zu haben.

Folgende Bücher, Websites, Orte und Menschen haben mir geholfen, Frith zu erschaffen:

Das neue Buch vom Leben auf dem Lande von John Seymour (übersetzt von Reinhard Ferstl). *The Smallholder's Handbook* von Suzie Baldwin (www.accidentalsmallholder.net). Das ganz besondere Linhay in Devon von www.smilingsheep.co.uk, wo ich das Sensen-Kapitel geschrieben habe. Das einzigartige Drovers' Bough (www.droversbough.com), wo ich noch nicht geschrieben habe, aber hoffentlich bald einmal werde. Jane Howorth vom British Hen Welfare Trust. Und die Royal Society for the Protection of Birds.

Dieses Buch hatte, mehr als alle anderen zuvor, den Beistand von Testleser*innen. Dafür bedarf es ganz besonderer Fähigkeiten und Nachsicht. Danke, Tabitha Boyd, Tim Boyd, Benita Garvin, Rebecca Harris, Anna Parker und Angel Parker.

Folgende Lieder werden in diesem Roman zitiert:

Do You Want To von Franz Ferdinand.
    Alexander Paul Kapranos Huntley, Nicholas John McCarthy,
    Paul Robert Thompson und Robert Hardy.
Take Me Home, Country Roads von John Denver.
    Bill Danoff, John Denver und Taffy Nivert-Danoff.
Purple Rain von Prince.
    Prince Rogers Nelson.
The One I Love von David Gray.
    Craig McClune und David Gray.
Top of the World von The Carpenters.
    John Bettis und Richard Carpenter.

Dieses Buch ist Mark und Tarn gewidmet, deren inspirierende Leben ich hemmungslos geplündert habe. Für die Seilbrücke, die Ziegen, Harriets Zugruf, die Gefahren des Heuschobers, für so viele kleine Details von Frith – und für unsere Freundschaft: Danke.